CORINNE MICHAELS

Traduzido por Júlia N. Ventura

2ª Edição

2021

**Direção Editorial:**
Anastacia Cabo
**Produção Editorial:**
Solange Arten
**Tradução:**
Júlia N. Ventura
**Arte de Capa:**
Bianca Santana

**Preparação de texto:**
Samantha Silveira
Carol Dias
**Revisão:**
Equipe The Gift Box
**Diagramação:**
Carol Dias
**Ícones de Diagramação:**
Freepic/Flaticon

Copyright © We Own Tonight by Corinne Michaels, 2018
Copyright © The Gift Box, 2018
We Own Tonight (Esta Noite é Nossa) foi negociado pela Brower Literary & Management
Todos os direitos reservados.
Nenhuma parte do conteúdo desse livro poderá ser reproduzida em qualquer meio ou forma – impresso, digital, áudio ou visual – sem a expressa autorização da editora sob penas criminais e ações civis.
Esta é uma obra de ficção. Nomes, personagens, lugares e acontecimentos descritos são produtos da imaginação da autora. Qualquer semelhança com nomes, datas ou acontecimentos reais é mera coincidência.

Este livro segue as regras da Nova Ortografia da Língua Portuguesa.

CIP-BRASIL. CATALOGAÇÃO NA PUBLICAÇÃO
SINDICATO NACIONAL DOS EDITORES DE LIVROS, RJ
Leandra Felix da Cruz Candido - Bibliotecária - CRB-7/6135

M569e

Michaels, Corinne
    Esta noite é nossa / Corinne Michaels ; tradução Júlia N. Ventura. - [2. ed]. - Rio de Janeiro : The Gift Box, 2021.
    252 p. (A segunda chance ; 1)

    Tradução de: We own tonight
    ISBN 978-65-5636-063-8

    1. Romance americano. I. Ventura, Júlia N. II. Título. III. Série.

21-69928         CDD: 813
                 CDU: 82-31(73)

# Capítulo 1

## HEATHER

— Droga, Heather. Estamos sempre atrasadas por sua causa! — grita Nicole do lado de fora do banheiro.

Ela é a minha melhor amiga desde a sexta série. Você já deve imaginar que ela sabia como se arrumar em menos de vinte minutos, se quisesse ter a menor chance de chegar a algum lugar sem se atrasar.

— É um risco — eu a provoco, enquanto termino de prender o cabelo.

— Você me deixa louca.

— A vida é assim.

Eu a ouço resmungar baixinho alguma coisa ao se afastar. Não sei por que razão ela fica tão chateada. Temos muito tempo. Do jeito que Nicole dirige, vamos chegar quinze minutos antes do show de abertura com aquele pé de chumbo dela.

É lógico que me arrumo sem um pingo de pressa. Sinto vontade zero de me forçar a usar maquiagem ou qualquer modelo de calça.

A ideia de Nicole para uma noitada entre amigas é totalmente diferente da minha.

Eu podia ficar em casa, tomar um martini e ficar feliz. A minha melhor amiga quer cair na farra. Estou velha demais para essa merda. No fim, acabo fedida e sentindo gosto de cabo de guarda-chuva na boca.

Prefiro ficar confortável de pijama a usar esse jeans que, para vestir, tenho que me deitar na cama e ficar me contorcendo. Só fico imaginando a cena conforme encolhia a barriga e me curvava para trás para conseguir fechar a droga do botão. Depois ainda fiz uns quinze agachamentos para "esticar" a calça, rezando o tempo todo para não estourar nenhuma costura. Nada como uma boa atividade física para nos vestir.

Não posso me esquecer de ligar para a minha amiga personal para um treino de boxe.

Ela bate na porta outra vez.

— Eu vou sem você. — *Não, não vai.*

Abro a porta só um pouco.

— Estou com os ingressos aqui. Então, quer saber? Pode ir.

Mostro a língua e, rapidamente, fecho e tranco a porta. Se elas não tivessem me deixado para trás em duas outras ocasiões, não teria que chegar a esse ponto. Aprendi rápido que precisava estar um passo a frente das minhas três melhores amigas. Por outro lado, se tivesse deixado ela ir sem mim, eu podia ter ficado assistindo Netflix e me entupindo de pipoca.

Nicole pode não ter aprendido a controlar o tempo, mas aprendeu que tenho um lado vingativo. Portanto, ela me deixa terminar sem mais interrupções. Eu poderia ficar aqui enrolando só para irritá-la, mas isso significaria mais tempo olhando para os azulejos cor-de-rosa da parede que detesto.

A minha casa não é ruim, mas também não é maravilhosa. Quando os meus pais faleceram, ela foi deixada para mim. Está velha e caindo aos pedaços, mais do que eu gostaria de admitir. Mas não posso me desfazer daqui. É a única coisa deles que tenho e o único lugar que posso bancar.

O financiamento já está pago, o que me permite quitar as despesas médicas da minha irmã com o pouco que sobra.

Finalmente satisfeita com a minha aparência, saio com um sorrisão presunçoso.

Ela olha para o relógio quando apareço e balança a cabeça.

— Caralho!

O melhor jeito de evitar que Nicole exploda é mudar de assunto.

— Você não devia falar palavrão, não fica bem em você. Vamos pegar a Danni e a Kristin?

— Não. Ainda bem! Senão acabaríamos perdendo a banda de abertura.

Ela e eu somos as duas mais sarcásticas e imbecis da turma. Quando começamos a discutir, a coisa fica feia em um piscar de olhos. Sem as nossas duas mediadoras, é melhor deixar pra lá.

— Você tem certeza? — pergunto, ignorando a alfinetada.

— Sim, tenho certeza. Elas nos encontrarão lá.

Nicole e eu saímos e entramos no carro. Queria que ela comprasse um veículo de tamanho normal. Tenho 1,65 de altura e os meus joelhos amassam os meus peitos de tão espremida que fico. Nesse meu jeans que já é apertado e nessa lata de sardinha, vou acabar tendo um treco.

— Por favor — falo, de um jeito dramático —, diga que elas não levarão os maridos.

Ela ri.

— Cuzão Um e Brioco Dois não vão. Sairão só os homens. — Ela coloca o dedo na boca e faz um som como se fosse vomitar.

Agradeço a Deus pelos pequenos milagres. Aqueles maridos são os piores, principalmente o da Danielle.

— Quem sabe aqueles idiotas não se apaixonam loucamente um pelo outro? — reflito, e me ajeito para ficar mais confortável.

A Nicole ri com malícia, observando-me.

— E chegam à conclusão de que nunca deveriam ter se casado com mulheres tão incríveis como elas.

— E então vamos finalmente construir aquele complexo onde nós quatro poderemos viver.

— Não. Nós precisaremos de paus. De jeito nenhum que vou morar com vocês sem ter alguém com quem transar. As três me deixarão louca de tal maneira que vou precisar de algum alívio. Diariamente.

— Ridícula.

— Você está perto do celibato.

Lá vamos nós outra vez.

— Cale a boca. — Ela saí da garagem tão depressa com o carro que eu quase bato com a cabeça no vidro. — Nic! — grito, quando ela vira outra vez em alta velocidade nessa droga de armadilha mortal. — Jesus! Vai devagar!

— Pare de ser dramática. Estou com você, e você tem um distintivo. Ninguém vai me multar.

— Não estou nem aí se te mandarem encostar o carro. — Eu me endireito e agarro a beirada do banco. — Eu não quero é morrer.

— Se você for morrer de alguma coisa, vai ser de falta de sexo. — Ela revira os olhos e chama a minha atenção para a rádio dos anos 90. — Ouça a *Four Blocks Down* e prepare-se para ver os rapazes rebolando aquelas bundas deliciosas no palco. Depois do show, você pode deixar de ser teimosa e relaxar, quem sabe assim deixa de ser tão infeliz?

— Não sou infeliz. — Bato no braço dela.

— Tudo bem. — Dá de ombros e me ignora, seu jeito típico de me deixar falando sozinha.

*Eu sou infeliz?* Não. Eu sou feliz... na maior parte do tempo.

Tenho um ótimo emprego que faz com que me sinta realizada. Ser uma policial não é fácil, mas eu adoro.

A única desvantagem real do meu emprego é que fico cara a cara com o meu ex-marido todos os dias. Por sorte, as coisas não acabaram assim *tão* mal. Mas eu estaria mentindo se dissesse que isso não me incomoda. As coisas com o Matt são... estranhas. Às vezes, as pessoas simplesmente não dão certo, ou você se dá conta de que aquele com quem se casou não é o que você pensava. Queria que me transferissem para outra cidade, mas a minha irmã, Stephanie, e os doze anos investidos na minha aposentadoria me mantêm aqui.

Nicole canta aos gritos outra estrofe da música.

— Canta comigo, Heather!

Não quero, mas sou transportada para a época em que nós quatro tínhamos franjas tão grandes que poderiam chicotear em alguém, vestíamos cores que ninguém jamais deveria usar e babávamos pelos caras da *Four Blocks Down* sem um pingo de vergonha.

Espremida na minúscula armadilha mortal posando de veículo, deixo rolar por um instante.

Nós duas cantamos juntas, berrando as letras dos nossos primeiros *crushes*.

— Ainda queria ter a minha fronha do Eli. — Sorrio.

— Eu tinha uma toalha do Randy. Queria me enrolar nela de novo. — Nicole dá um suspiro.

Juro que essa mulher precisa de sexo mais do que qualquer outra pessoa que conheço.

— O seu vibrador nunca tem descanso?

Ela olha para mim com aquela cara de você-é-uma-idiota de sempre.

— Você vai descobrir muito em breve, meu amor: se não usa… enferruja.

— E você vai extrapolar no uso — retruco.

Nicole é a única de nós que nunca se casou. Ela mora no centro de Tampa. Precisa se deslocar até Carrollwood para me pegar, mas sabe que, se não fizesse isso, eu não iria.

Às vezes, sinto inveja da vida que ela leva. Nic tem tudo que sonhou. Abrir a Dupree Designs e, então, fechar contrato com um dos empreendedores mais ricos da cidade foi pura sorte. Ela dormiu com ele, conseguiu mais alguns trabalhos, e, antes de se dar conta, estava no topo.

Depois ela deu o pé na bunda dele.

Quando estacionamos o carro na arena, Nicole se vira no banco.

— Ouça, sei que faz questão de ser a responsável da turma, mas essa noite — ela agarra as minhas mãos —, eu imploro que relaxe. Você precisa de um descanso.

Eu a olho feio.

— Mas eu relaxo.

— Você está de coque. — Ela ergue a sobrancelha. — Você é a definição de rigidez.

Toco o meu cabelo, odiando o fato de ela ter razão. Mas esta sou eu. Gosto de fazer boas escolhas. Com exceção do meu casamento com Matt, que não foi *ruim*, por assim dizer, apenas precipitado. Não importa se ele era um babaca. E péssimo de cama.

Bem, talvez tenha sido uma escolha ruim.

Continuando.

— Não sou totalmente rígida, Nic.

— Eu não disse totalmente rígida, mas solte o cabelo. Vai deixar a Danni com inveja, já que ela nunca consegue o seu tom de loiro, não importa quanto dinheiro gaste. Quem sabe um dia ela se enxerga e para de tentar. — Nicole e Danielle têm uma relação de amor e ódio. Essa semana parece estar pendendo para o lado do ódio. Queria que elas já tivessem superado isso e esclarecido as coisas, mas as duas alegam que não existe problema algum.

Pelo que eu soube, a Nicole dormiu com o ex da Danielle três dias antes de ela se casar. Não sei se é verdade ou não, mas eu não ficaria nem um pouco surpresa, já que estamos falando da Nic. Quando soube dessa história, preferi não me envolver. Jamais me meteria no meio disso, mas Nicole sempre tem algo de ruim para dizer da Danni e vice-versa.

Rixas à parte, Nicole está certa. Eu nunca saio. Se não estou com a bunda no sofá, estou com a minha irmã.

Desfaço o coque, deixando os fios loiros caírem ao meu redor. Graças ao jeito que enrolei, eles quase formam cachos. Nicole, sem perder tempo, pega a bolsa no banco de trás e atira o estojo de maquiagem no meu colo.

— Coloca um pouco. Já sabe, fique sexy. Não para ficar igual a uma divorciada sem graça.

— Muitas vezes me pergunto por que foi que eu não te larguei depois do colégio. — Pego um delineador e escureço os meus olhos castanhos. Coloco um pouco de *blush* e *gloss*. — Melhor?

— Muito.

Seguimos para o show e não consigo parar de rir. Todo mundo tem mais ou menos a nossa idade. Todos estão aqui para ver uma *boyband*.

Os meninos que despertaram desejo em todas nós quando éramos adolescentes são adultos agora, mas aqui estamos nós, prontas para desmaiar e berrar suas músicas.

Não consigo me lembrar de quantos sonhos eu tive com Eli Walsh ou de quantos cadernos enchi de assinaturas com "Sra. Heather Walsh". Tenho certeza de que não sou a única. Existem provavelmente algumas centenas de mulheres de meia-idade aqui essa noite, que fizeram o mesmo.

Algumas menos vestidas do que as outras.

— Que porra é aquilo que ela está vestindo?

Nicole olha e faz cara de nojo.

— Deus do céu! Alguém precisa dizer para ela que pneus e minissaia não combinam.

Eu bufo.

— Parece a nossa versão do reencontro da turma do colégio — comento, enquanto procuro pela Danni e pela Kristin na multidão. Sei que

9

não somos mais tão jovens, mas quando foi que ficamos tão velhas quanto algumas dessas pessoas na fila? Mãe do céu.

— Heather! — Kristin acena, correndo até nós.

Apesar de nos vermos pelo menos uma vez a cada três meses, eu sinto falta delas. Fizemos uma promessa quando terminamos o colégio de que nos veríamos com tal frequência e, até agora, ninguém a quebrou. O fato de todas nós morarmos nos arredores do centro de Tampa facilita, mas acredito que, independentemente da distância, estaríamos sempre disponíveis umas para as outras.

Certas amizades jamais se rompem, mesmo que alguém durma com o ex da outra.

— Estava com saudade de você — digo, quando me abraça.

Ela estala um beijo na minha bochecha.

— Eu estava mais.

Todas nós ficamos ali, abraçadas. Somos umas idiotas, mas pouco importa. Tirando a minha irmã, elas são a única família que eu tenho.

— Como está a Steph? — pergunta Danielle.

— Está bem, eu acho. Estou esperando ela me ligar.

Danielle é muito gentil, sempre pergunta da Stephanie.

— Fico feliz em saber que ela está bem. — Sorri.

— Sim, ela já deveria ter me ligado. Talvez seja melhor eu ligar para ela.

Danni agarra a minha mão, impedindo-me de pegar o telefone.

— Tenho certeza de que a enfermeira te avisaria se tivesse alguma coisa errada.

Ela está certa, mas não consigo controlar as minhas preocupações. Tenho a impressão de ter passado a vida inteira tomando decisões em torno de Stephanie. Não arrisco quando se trata dela.

— Só vou conferir — explico, ao pegar o telefone do sutiã.

A Danielle ri.

— Já devia saber que não ia adiantar tentar te impedir.

Nenhuma ligação perdida e nada de mensagens.

*Respire. Tenho certeza de que ela está bem, não exagera.*

Envio uma breve mensagem, senão não fico tranquila.

> Oi, está bem? Não tive notícias suas hoje.

Ela responde de imediato.

> Sim, mãe.

Pirralha.

> **Teve outros tremores?**

A minha irmã tem Huntington[1]. Ela foi diagnosticada aos dezenove anos e isso tirou a independência dela antes mesmo que tivesse tempo de curti-la. Tentei cuidar dela. Fiz tudo o que pude para mantê-la comigo, mas quando ela começou a sofrer de paralisia recorrente e dificuldade para falar, soubemos que estava além da minha capacidade.

Assistir a luta da sua irmã de vinte e seis anos de idade com início precoce de demência é devastador. Mas as últimas semanas foram boas. Ela está consciente, alerta e até mesmo feliz. Às vezes, os sintomas são tão leves que eu até me esqueço de que ela é doente, mas então a doença mostra o seu lado feio de novo e aí não tem como esquecer.

> **Não. E você não está com as meninas? Vá se divertir, Heather. Mande um oi para elas!**

— A Steph está bem? — pergunta Nicole, quando me vê escrevendo.

— Ela está. Quer dizer, você sabe... — O meu ânimo despenca assim que penso nela, que nunca vai ter esse tipo de experiência. Danielle coloca a mão no meu braço, e eu me forço a sorrir. — Mandou oi para vocês.

— Mande um beijo para ela — Kristin diz, logo em seguida. Envio a mensagem e digo que a amo, antes de guardar o celular de novo.

— Ok! — diz Nicole. — Vamos ver os lugares incríveis que a nossa super fã Kristin descolou para nós.

Kristin faz cara feia para Nic, o que teria muito mais resultado se ela não estivesse no fã-clube da banda. Isso mesmo, a minha melhor amiga de trinta e oito anos de idade entrou para um fã-clube da *Four Blocks Down*. Tenho certeza de que ela se arrependeu de ter dado essa informação, só que isso nos colocou na primeira fila, então não estamos sendo muito cruéis com ela... ainda.

— Você pode sentar na arquibancada lá no alto, se quiser.

Nicole envolve os ombros dela com o braço.

— Você me ama demais para me privar do Randy. — Dá um suspiro apaixonado.

Eu rio.

— Como se fosse conseguir ficar perto dele. E ele é casado!

---

1 Doença de Huntington — é uma condição hereditária em que as células nervosas do cérebro se rompem ao longo do tempo e isso afeta a capacidade cognitiva.

Tento parar de pensar na Stephanie. A doença da minha irmã está acabando comigo. Queria poder ajudar, mas não tem o que fazer. O que me faz sentir impotente o tempo todo.

Stephanie cresceu me ouvindo cantar e dançar as músicas desses caras que nem uma louca. E, enquanto ela fica presa na porcaria de uma clínica especializada, eu estou aqui. Não é justo. Nada disso é justo. Ela deveria estar aqui comigo.

— Ei. — Danni me cutuca. — Você está bonita.

Respondo, com um sorriso discreto:

— Obrigada. — Não estou mais me sentindo tão despreocupada. Não consigo parar de pensar no quanto gostaria de poder fazer isso com ela.

— Me desculpa. — O sorriso dela se desfaz lentamente.

— Pelo o quê?

Ela dá de ombros.

— Fiz a realidade estragar nossa grande noite de diversão e descontração.

— Pare! Não se sinta assim. — Passo um braço envolta dos ombros dela. — A minha realidade está sempre comigo. A minha irmã está morrendo. É assim que as coisas são.

O sorriso de Danielle desaparece por completo.

— Desculpa, Heather.

Eu sei que não era a intenção dela me deixar triste. Eu queria ser mais parecida com a Nicole. Sem responsabilidades, sexo com qualquer estranho, nada com o que me preocupar… Mas não é assim que a minha vida funciona.

Não. A minha é uma série de tragédias. Enquanto as minhas amigas estavam nas festas da faculdade, eu estava trabalhando em tempo integral. As minhas noites e os fins de semana não eram preenchidos com bailes ou viagens para praia; eu tinha que fazer a lição de casa com a Steph. Não sou uma pessoa amargurada. Na verdade, eu me sinto grata de certa forma. Isso me forçou a dar valor à vida e às pessoas nela. Cada dia que tenho com a Stephanie é um presente.

Balanço a cabeça.

— Você não tem do que se desculpar. Vamos agir que nem idiotas e fingir que não existem problemas no mundo.

— Quer se divertir como se estivéssemos em 1999?

— Sim, é exatamente isso. Se nós pelo menos tivéssemos os nossos bonecos da *Four Blocks Down…*

— Eles são recordações colecionáveis — Kristin me corrige, antes de ficar roxa de vergonha, e balbuciar alguma coisa a respeito de encontrar os nossos lugares. Nicole, Danielle e eu damos gargalhadas e a seguimos.

Aceno para dois dos caras do meu pelotão que estão aparentemente fazendo a segurança do lugar quando passamos por eles. Merda. Nunca passou pela minha cabeça que alguém do trabalho estaria aqui. Normalmente, é o outro distrito que cuida do *MidFlorida Amphitheater*. Eles parecem empolgados de estar aqui, só que não. Eu me determino a me comportar de modo que o meu departamento não descubra que vim aqui para ver a minha *boyband* favorita. Mas, conhecendo aqueles dois, já devem ter mandado mensagem para todo mundo. Juro, policiais são piores do que garotas adolescentes quando a questão é fofoca.

Eles nunca me deixarão esquecer isso.

As duas bandas de abertura tocam. Eu canto junto, porque as músicas deles eram a minha trilha sonora quando era adolescente. Colocava as músicas que falavam coisas como "fodam-se os homens" e quase estourava os meus alto-falantes, com as janelas abertas, cantando fora do tom e destruindo cada nota, porque eles eram os meus ídolos. Devo muitos dos meus rompimentos a eles, que sempre me diziam que eu não tinha que aceitar aquilo tudo.

— Ah! — grita Danielle, depois que a segunda banda termina. — FBD é a próxima! Eu era apaixonadíssima pelo...

— Shaun — Nicole corta a fala dela. — Nós nos lembramos de você lambendo o pôster dele.

— Minha nossa! — Dou risada. — Eu me lembro disso. Ela vivia se esfregando naquilo. — Viro o resto da minha cerveja e balanço o cabelo.

— Queria que ele fosse o meu primeiro beijo — explica Danielle.

Todas nós queríamos. Porra, eu posso ter tido várias fantasias com o Eli, mas não teria chutado nenhum deles para fora da minha cama. Eles eram tudo quando éramos mais novas. Acho que em algum lugar na nossa cabeça nós estamos congeladas no tempo.

— Quer outra cerveja? — grita Kristin.

Eu já bebi três. Mais um pouco, fico bêbada. Então faço que não com a cabeça.

— Sim, ela quer — Nicole responde por mim. Olho para ela de boca aberta. — Estou dirigindo. Você está se divertindo. — Ela vira para Kristin. — Ela vai beber a noite inteira.

— Oh — Danni ri —, isso vai ser épico.

— Cala a boca, sou uma bêbada boazinha.

*Na minha opinião.*

— Você é divertida — acrescenta Danni.

As luzes se apagam e o clima muda. Todas nós começamos a gritar e seguramos as mãos umas das outras. Eli e Randy são daqui, então é superespecial. Os shows que eles fazem quando estão em casa são sempre mais barulhentos e duram mais tempo.

— Estão preparados, Tampa? — a voz do PJ explode.

Todas nós gritamos ainda mais alto.

— Mais uma vez — agora é a voz do Shaun que ecoa. — Estão preparados?

Começo a pular com a Nicole, incapaz de me controlar. Deixo a energia do lugar tomar conta de mim. Eu sou provavelmente a que mais grita de nós quatro. E também não estou nem aí.

— Porra, se estamos!

A Kristin olha para mim com um sorriso satisfeito. Aquilo não se parece nada comigo.

— É isso aí, Tampa! — O rosto do Randy aparece no telão ao lado do palco. — Os irmãos Walsh estão em casa. E queremos ouvir vocês!

O rosto do Eli aparece. Eu suspiro.

— Sentiram a nossa falta?

— Senti pra caralho — berro.

— Muito bom. — O telão mostra Eli e Randy. — Também sentimos a falta de vocês. E estão prestes a ver muito do que temos para mostrar. A FBD está de volta e estamos prontos para impressioná-los.

A arena fica num breu total.

E, lentamente, eu vejo algo se erguer no palco.

Fico hipnotizada.

A luz acende bem nos meus olhos, cegando-me, mas quando consigo enxergar de novo, posso jurar que Eli Walsh está olhando fixamente para mim.

Aqueles olhos de cor verde-esmeralda me atingem em cheio. O cabelo castanho-escuro dele está curto dos lados e a parte de cima cai desleixada na testa. Assimilo cada centímetro daquele corpo perfeito. O jeito como os braços dele forçam o tecido da camiseta, as calças que abraçam aquela bunda perfeita e a extensão dos ombros largos me fazem querer atacar ele. Então, com os nossos olhares conectados, ele pisca e lança um sorriso malicioso na minha direção.

Puta merda.

Fico ali parada e olho de volta para ele, feito um peixe com os olhos estatelados e boquiaberta. Ele desvia o olhar, mas aconteceu. Eli Walsh sorriu e piscou para mim. Acabei de morrer.

# Capítulo 2

## HEATHER

— Estou viajando — comento com Nicole enquanto explico o que aconteceu, ou pelo menos, o que acho que aconteceu. — Ele não estava olhando para mim, estava? Devo ter enlouquecido, só pode. Eu devo estar estupidamente bêbada para imaginar isso.

Ela solta um dos seus sorrisos malignos, balançando a cabeça.

— Você não faz ideia de como está bonita. Juro. Loira, corpo "mignon", olhos castanhos, peitão… É claro que ele piscou para você. Caramba, eu te pegava fácil.

Não sei dizer se ela está sendo sarcástica como de costume ou se está sendo honesta. Parte de mim não quer saber. Posso continuar a alimentar a ilusão de que ele estava olhando para mim. Qual super mega estrela/deus do sexo, que pode ter qualquer mulher que deseja, prestaria atenção em mim?

Suspiro, sem conseguir mentir para mim mesma.

Começa a segunda música e ele não olha na minha direção nem uma vez. *Está bem, está literalmente confirmado.*

Eu sabia que tinha que me desligar do meu superstar. Agora posso continuar com a minha vida.

Nós bebemos um pouco mais, cantamos e faço tudo que posso para não ficar encarando. Mas… não consigo evitar. Ele é lindo demais para não olhar.

Fico observando o jeito que o peito dele mexe conforme dança pelo palco em perfeita sincronia com os outros caras. Como os olhos dele passam pela multidão, mas ainda assim, fazem cada mulher achar que ele está olhando justamente para ela. É magnético. Eli Walsh é ridiculamente sexy. Mesmo estando nos quarenta. Ele envelheceu tão bem que me faz lamentar não ser homem. É tão mais fácil para eles do que para as mulheres. Os meus peitos eram muito mais ajeitados quinze anos atrás.

Mas esse sorriso… não mudou nada. Continua iluminando cada parte do corpo dele.

ESTA *Noite* É NOSSA

— Heather! — Danielle me chama por cima da música. — Matt. — Ela balança a cabeça para a esquerda.

Ugh. Que merda ele está fazendo aqui? Não consigo fugir.

Uma noite. Eu queria uma única noite sem o Matt, sem a Stephanie, sem as contas, sem a casa desmoronando, sem nenhum tipo de problema. Mais uma vez, a vida me fode, e não do jeito que me deixa saciada no final.

Arranco a cerveja da Nicole e viro quase tudo de uma só vez.

— Uou! — exclama ela, pegando a lata quase vazia de mim. — Calma aí. Normalmente você é fraca para bebida, não consigo lembrar qual foi a última vez que bebeu desse jeito. Pega leve!

— Você disse para eu me divertir.

Ela abre um sorriso.

— *Touché.*

Ignoro Matt se afastando e parecendo autoritário com aquela roupa; o uniforme que costumava me deixar louca quando ele se aprontava para assumir o turno. Eu ficava o vendo colocar o colete e levar o tempo que fosse para garantir que cada vinco estava alinhado. Quando tinha certeza de que o uniforme estava perfeito, vestia o cinto de guarnição e ficava ali parado com o peito estufado. Agora ele parece um velho que acha que o seu volume médio é músculo. Desculpa, amigo, é o colete a prova de balas que deixa o seu peito grande, não o que está embaixo dele.

Kristin me abraça pela cintura, tirando a minha atenção dele.

— Ignore todos os homens, exceto aqueles que estão no palco.

— Só não consigo fazer com que ele desapareça.

Ela coloca a mão no meu rosto.

— Tente fugir através da música.

Balanço a cabeça e cantamos a nossa balada favorita.

— Adoro essa música. — Suspiro.

— *Love me till end of... time*[2] — nós duas cantamos em sincronia.

— Eu vou amar você, Eli! — grito.

Os olhos dele grudam nos meus e o meu rosto parece arder em brasa. O calor toma conta de todo o meu corpo quando os lábios dele se abrem sutilmente e ele fica me olhando por mais tempo que da última vez. Tudo dentro de mim enrijece. A minha respiração para, e em nenhum instante desvio o olhar. Eli finalmente se vira para dar um giro com o resto do grupo, interrompendo o nosso momento.

Quase morri de tanta humilhação. Não posso acreditar que berrei aquilo e ele me ouviu.

*Alguém me mate agora.*

---

2  Tradução: Me ame até o fim dos tempos.

Kristin solta gargalhadas, quase caindo de tanta histeria.

— Acho que acabei de fazer xixi nas calças.

— Cala a boca.

— Você berrou dizendo… que o ama… e ele… te ouviu! — Ela se esforça para falar no meio do ataque de riso. — Só você mesma.

Finjo que aquilo não me afetou. Rolou uma conexão. Eu senti, e juro que ele também sentiu. O meu coração acelerou e não só porque era ele. Uma parte de mim queria morrer, mas a outra estava eufórica. Ele olhou para mim. Sei que não foi imaginação minha.

— Talvez ele não tenha ouvido.

— Ah, ele ouviu — Kristin acena com a cabeça.

As meninas voltam a dançar e a cantar, e eu me sinto uma imbecil. Odeio ser o centro das atenções e odeio me sentir envergonhada. Aquele momento foi tão terrível quanto emocionante.

Preciso de um pouco de ar. Não consigo olhar para o palco nesse momento, sem chance. Se ele não estiver olhando para mim, e eu sei que não está, vou me sentir uma idiota. Se estiver mais uma vez, e eu sei que não está, talvez eu tenha um treco.

— Já volto — grito para as meninas.

— Você está bem? — pergunta Danielle.

— Preciso de outra cerveja.

Ela ergue a latinha que está com ela e eu subo as escadas. A música toca no fundo à medida que sigo em frente.

Chego ao balcão e pego mais duas bebidas. Vou precisar. Mas decido que de maneira alguma vou me sentir mal. Tenho permissão para relaxar. Além do mais, tenho certeza de que ele faz isso o tempo todo. Todo mundo aqui o ama, então por que diabos tenho que me importar se ele por acaso me ouviu? Eu não ligo.

Mentira.

Mas não, essa é a primeira vez que saio em quanto tempo? Vou aproveitar cada minuto. Deixo aquilo de lado, dou um gole na minha cerveja e decido assumir o meu amor adolescente por Eli Walsh.

Quando viro, dou de cara com o Matt.

— Oi — cumprimenta ele.

— Oi — respondo, reunindo todo o entusiasmo que consigo… ou seja, nenhum.

Ele analisa a multidão e olha para a minha cerveja. Consigo ver o julgamento em seus olhos. Deus não quer mesmo que eu tenha uma vida.

— Não esperava encontrar você aqui.

— Também não achei que ia te encontrar.

Matt estufa o peito e coloca a mão no cinto de guarnição.

— Pois é, achei que podia fazer um pouco de hora extra.

— Isso é bom.

Não sei ao certo o que dizer.

— E, então, como vai a vida? Steph? — *Como se você realmente se importasse.*

— Ela está bem. Perguntou de você um dia desses.

Matt passa os dedos por entre os fios curtos do seu cabelo castanho. Vendo-o desse jeito, fica difícil esquecer como as coisas foram boas durante certo tempo. Nesse instante, ele é só um cara normal e não o idiota que partiu o meu coração.

— Fico feliz de saber que ela esteja bem. E, então, *Four Blocks Down*? Nunca imaginaria que é uma *groupie*.

Estou realmente espantada de ver a surpresa dele. Tocou *Four Blocks Down* no nosso casamento. Ele sabe o quanto adoro esse grupo. As minhas madrinhas de casamento cantaram para mim a música do Eli que eu mais gosto.

— Assistir a um show não faz de mim uma *groupie*, Matt. Só estou me divertindo essa noite.

Ele coloca a mão no meu ombro. Fico esperando algum sentimento, qualquer um, mas não acontece nada. Eu costumava me derreter toda quando ele ficava perto de mim. Antigamente, fazia o meu coração disparar, agora só o faz doer.

Não sei se consigo dizer exatamente quando aconteceu, mas deixamos de nos gostar com a mesma velocidade que nos apaixonamos. Acho que chorei mais pela ideia de ter perdido o meu casamento do que por ter perdido ele em si. Eu queria um amor como o que os meus pais tiveram. No lugar disso, consegui indiferença e um homem que tinha um ciúme absurdo da minha irmã doente.

O polegar do Matt arranha a minha pele.

— Você merece.

A porta se abre e Nicole dá de cara comigo. O olhar desconfiado dela me faz rir. Não existe nenhum tipo de amor entre estes dois.

Ela bate no meu quadril com o dela, fazendo a minha cerveja espirrar para fora do copo.

— Se não é o Delegado Bundão, ou devo dizer, Capitão Canguru? — ironiza Nicole, antes de pegar o copo e dar um gole.

Lá vamos nós.

— Oi, Nicole — diz, rangendo os dentes. — E sou tenente, não um delegado ou capitão.

— Sinto muuuito pelo engano. — Ela coloca a mão no peito dele. — Bom, tanto que não estou nem aí para isso…

— Nic — eu digo, tentando amenizar a situação. Minha amiga é de guardar ressentimento e o fato de ele ter me magoado ainda a deixa furiosa.

Felizmente, ela dá outro gole ao invés de responder. Depois de terminar, enrosca o braço no meu.

— Permita-me roubar a minha melhor amiga para curtirmos a nossa noite sem homens covardes que deixam as esposas por serem egoístas. Tchauzinho.

Ela me arrasta para longe.

— Tchau — eu me despeço dele.

Nicole aperta o meu braço.

— Eu te amo e não quero, por favor, que você perca mais um segundo pensando nele.

— Estou bem. Ele estava sendo bastante gentil.

O que era parte do problema. No começo, eu era feliz. Mas aí a Steph piorou e a minha atenção não estava mais voltada para ele. Eu precisava tomar conta dela, o que significava que Matt tinha que cuidar de mim. Ou ele não queria ou não sabia como, e esse foi o começo do fim. Brigávamos o tempo todo e mal nos víamos. Então, um pouco antes de me deixar, ele ficou ridiculamente gentil. Não tinha sexo apaixonado nem brigas homéricas. As coisas estavam calmas até.

— Tudo bem, então. Vamos cantar e ver se você paga outro mico.

Ugh. Já estou me arrependendo.

Voltamos para a primeira fila e eles estão tocando uma das músicas mais antigas da banda. Não sei por que tocam as novas. Sério, ninguém liga. Queremos fingir que temos treze anos cantando com nossas escovas como se fossem microfones.

— Muito bem, meninas — cantarola Randy com uma voz suave. — Chegou a hora. Vamos relaxar um pouco. Talvez a gente possa encontrar aquela mulher que só aparece uma vez na vida?

A minha música favorita.

Eli caminha pelo palco, sorrindo e apontando aleatoriamente para as mulheres no meio da multidão.

— Sinto como se precisasse cantar para alguém dessa vez, Ran.

Randy abre um sorriso largo.

— Está precisando de inspiração, irmão?

Eli continua a andar pelo palco enquanto fica batendo no queixo com o indicador.

— Preciso de uma mulher que se entregue para mim. Será que alguma de vocês é ela? — pergunta para o público.

As pessoas gritam, pulam e balançam as mãos desesperadas. Eu me escondo atrás de Nicole por precaução, porque eu ia preferir levar um tiro na cabeça do que subir ali.

Ele vem pelo palco e fica parado na minha frente. Aqueles lindos olhos verdes brilham com malícia quando me encontram.

ESTA *Noite* É NOSSA

Ele aponta.

— Você — sussurra, com os olhos fixos em mim.

*Estou ferrada.*

Todo o sangue escorre da minha cabeça. Não. De jeito nenhum. Ouço vagamente os gritos ao meu redor, mas não consigo me mexer. Nego veemente.

O dedo de Eli me chama enquanto o segurança vem na minha direção.

— Sobe aqui, princesa.

— Não — sussurro ao mesmo tempo em que Nicole me empurra para frente. — Não consigo.

— Ah, você vai. — Ela me dá um empurrão, e o segurança me puxa por cima da grade.

Olho para cima e Eli está com a mão estendida para mim.

— *Will you be my once in a lifetime?*[3] — começa a cantar.

O meu coração dispara quando coloco os dedos na palma da mão dele. Rezo para não desmaiar. Estou no palco com a *Four Blocks Down*.

Respira, Heather, digo interiormente, conforme ele canta e me conduz pelo palco.

— *You're the only girl I see*[4]. — Eli acerta cada nota. A mão dele continua segurando a minha quando começa a dançar. Essa era a música que eu costumava imaginar ele cantando para mim. — *I want to wake up next to you*[5].

*Oh, Eli... se ao menos...* Sinto o calor queimar o meu rosto. Qual é o meu problema?

Eli me coloca sentada na cadeira no palco. Graças a Deus, porque era bem possível que eu acabasse caindo dura no chão. Agradeço às luzes que não me deixam enxergar a multidão. Pelo menos não estou vendo as minhas amigas fazendo sabe-se lá o que. Ou os meus colegas de trabalho. Ele se ajoelha na minha frente, segurando a minha mão como se fosse me pedir em casamento. Não consigo sentir meus pés e mãos. Estou tremendo, e não é de frio.

— Quer ser a mulher da minha vida? — pergunta de novo.

Sei que essa é a droga da rotina.

Já assisti ao show deles pelo menos quatro vezes, duas vezes na época do colégio e mais duas quando estava na faculdade, mas ele está me deixando completamente sem chão. Tem mais de vinte mil fãs aqui, mas nesse instante... Somos só eu e ele. Uma mulher tem o direito de sonhar.

Ele passa a mão no meu rosto quando finaliza a última nota. Ajuda-me a levantar e me puxa para perto.

---

3   Tradução: Você será a única na minha vida?

4   Tradução: Você é a única garota que eu vejo.

5   Tradução: Eu quero acordar ao seu lado

— Não vá para lugar nenhum depois do show — sussurra, no meu ouvido.

Afasto-me e olho dentro daqueles olhos verdes, esperando ouvir: "brincadeira". O que não ouço.

Puta que pariu. Ele acabou de me pedir para ficar? Só pode ser pegadinha. Sério, onde está a equipe de filmagem esperando para pular na minha frente?

A próxima música começa e o segurança me ajuda a voltar por cima da grade.

As meninas me atacam com gritos e braços descontrolados. Não consigo falar. Não sei nem se consigo respirar.

Nicole entra na frente das outras e segura os meus ombros.

— Respira, Heather.

Concentro-me para puxar o ar e balanço a cabeça.

— Que porra é essa que acabou de acontecer? — Fico de boca aberta.

— Bom... — Ela abre um sorriso antes de continuar — O cara mais gostoso de todos os tempos acabou de cantar para você.

Elas me fazem um milhão de perguntas sobre como foi. A única coisa que eu consigo dizer é:

— Surreal. — Foi insanamente surreal.

Eu jamais acreditaria que aquilo realmente aconteceu se elas não tivessem me mostrado os vídeos que fizeram com o celular. Cada segundo glorioso está documentado. Vejo como o meu rosto fica corado, os meus olhos arregalados, e como fico pálida depois. Ótimo. Ergo o olhar, esperando que ele não esteja me vendo surtar com as minhas amigas, mas ele está de costas para nós cantando para o outro lado da arena.

Fico pensando no que ele sussurrou para mim. Ele quer que eu fique mesmo? E por quê? Talvez queira me dar algum *souvenir* assinado? Faria sentido. Faz uma mulher passar uma puta vergonha e depois dá para ela uma camiseta autografada.

— Nic — eu a chamo, porque não vou guardar isso para mim, nem pensar.

— Sim?

— Ele quer que eu fique depois do show — grito na orelha dela.

O rosto dela se ilumina.

— Não brinca!

— Deve ser um mal-entendido, né? — pergunto.

— Ou ele quer você.

— Não! — Ela está muito louca. Não tem a menor chance de ele "me querer".

Impossível.

21

— Ele já sabe que você o ama. — Ela dá risada.

— Tanto faz. Até parece que vou ficar aqui esperando.

— Ah, está bom que não vai! — Nicole cruza os braços. — Vamos ficar. E descobriremos o que Eli Walsh quer, porque você seria uma idiota se não fizesse isso.

Sim, tudo bem, sou uma idiota. Não porque não quero me encontrar com ele, mas justamente porque quero. E muito.

# Capítulo 3

## ELI

— Foi um bom show — diz Adam, estalando o pescoço. — Estou ficando velho demais para essa merda.

— Você está velho.

— Você é mais velho que eu — ele me lembra.

Apesar de ter quarenta e dois anos, gosto do esforço físico que fazemos no show. Só queria que não fosse tão cruel com esse meu corpo, que está ficando velho. Não me lembro de precisar de tantos analgésicos alguns anos atrás. Entre viagens, comida de merda e apresentações, eu me sinto velho pra caralho.

Apesar de gostar de interpretar muito mais do que imaginei que gostaria, adoro ainda mais as fãs. Eu não me divirto assim quando fico preso num *set* de filmagem o dia inteiro.

Olho para o meu irmão.

— O Randy é mais velho que a gente, então tem isso.

— Vá se foder — Randy rebate. — Temos algumas semanas antes de precisar nos juntar de novo, já que a turnê acabou. Vou para casa ficar com a Savannah. Ela disse que as crianças estão dando trabalho. É a vez de o papai puxar a orelha.

— Está certo. — Dou risada. Aquelas crianças o têm na palma da mão.

— Todo mundo aqui sabe que é a Vannah que eles ouvem.

— Não corte o meu barato.

— Estamos indo para o *meet and greet*[6]. — Shaun dá um tapa na minha perna. — Você vem?

Dei ordens estritas para o meu empresário para que ele trouxesse aquela mulher de volta aqui. Eu praticamente desenhei um mapa para achá-la. É melhor que ela esteja lá ou o pau vai comer. Adorei ver a cara dela enquanto eu cantava. Parece que ficou em choque quando comecei a apelar. Quase me desequilibrei nas minhas pernas quando gritou dizendo que me amava.

---

6   *Meet and greet* é um encontro dos fãs com os artistas para fotos. Em turnês, costuma acontecer antes ou depois do show.

**ESTA *Noite* É NOSSA**

Ela nem teve tempo de se esconder.

Achei fofo.

Gosto disso.

E, também, tem mais ou menos um mês que não transo, então parece perfeito. Principalmente se ela for boa de cama. E mais, como terminamos a turnê e a minha mãe anda na minha cola querendo que eu passe um tempo com ela, vou acabar ficando em Tampa por algumas semanas de qualquer jeito. Pode acabar sendo uma boa ter alguma distração antes de começar a filmagem da próxima temporada do *A Thin Blue Line* daqui a dois meses.

— Vamos lá encontrar a galera. — Levanto-me, esticando os braços para cima.

— O que eu quero dizer é, vamos lá encontrar a loira.

Está no nosso contrato que temos que participar de um *meet and greet* depois de todo show. É um caralho ter que fazer isso. É sempre a mesma merda. A gente senta no *lounge* e bebe enquanto umas mulheres ficam falando as mesmas coisas de novo e de novo. Fico feliz ao ver que elas gostam. Fico feliz em saber que elas ouvem as nossas músicas desde que tinham três anos, mas não me interessa. Isso só serve para me lembrar que eu estou velho.

Mas se ela estiver lá, aí sim eu vou me divertir. Vou ficar assistindo aqueles olhos castanhos se encherem de prazer enquanto a levo ao delírio.

— Você pediu para o Mitch trazer a loira de volta, foi? — Randy pergunta, enquanto joga as coisas dele na bolsa.

— Pedi.

Os caras saem da sala enquanto volto para falar com Randy.

— Qualquer dia você vai acabar engravidando uma dessas mulheres.

Viro os olhos.

— O caralho que vou. Essa lição eu aprendi na nossa primeira turnê mundial. Estou nisso há vinte anos e nunca aconteceu. Não tem nenhum mini Eli nem nenhuma Eliete correndo por aqui.

— Não que você saiba — Randy retruca.

Podemos ficar nisso para sempre, mas a verdade é que tomo minhas precauções. Não tem a menor chance de eu ter que assumir um filho de uma *groupie*. Não sou besta. E mais, Mitch é foda. Nós somos o ganha-pão dele. De jeito nenhum ele vai querer que uma merda qualquer o atrapalhe de ganhar dinheiro. Sei por experiência própria a facilidade com que ele faz as coisas desaparecerem.

— Não se preocupe comigo.

Ele para de colocar as coisas na bolsa e olha sério para mim.

— Como se algum dia isso fosse acontecer.

Randy é dois anos mais velho e, desde que o nosso pai caiu fora quando éramos criança e morreu dois anos depois, acha que é responsabilidade dele me proteger.

— É sério, Ran. Pare com isso. Tente ser só o meu irmão pelo menos uma vez, porra.

Ele solta o ar pelo nariz, contrariado.

— Está bem. Mas acho que você precisa crescer, Eli. Você já passou dos quarenta, nunca se casou, não tem filhos, não tem nem um relacionamento sério desde que a...

— Não fale o nome. — Eu levanto a mão. — Não quero pensar nela essa noite.

Randy não é besta. Não converso dela. Nunca.

— Está bem, mas a Vannah também está preocupada.

— A Savannah não está nem aí para minha vida amorosa. O que você quer dizer é que a mãe está preocupada. Ela deve estar comendo a mente da Vannah com essa história para ela falar com você. — A minha mãe é mestre em se meter na vida dos outros. Parece uma porra de um papagaio. — Eli precisa de uma esposa. Eli precisa de uma esposa. — Ouço isso o tempo todo.

— Não, não é a mãe. É todo mundo. Pare de sair por aí curtindo com qualquer uma. Dê um jeito de encontrar alguém com um cérebro de verdade. Não tem como você dizer que está satisfeito com essa vida que está levando.

— Tenho como dizer que cansei de ficar te ouvindo. — Apoio as costas e cruzo os braços.

Por que as pessoas acham que tenho que me casar para ser feliz? Quando foi que isso virou sinônimo de sucesso e satisfação?

Randy pendura a bolsa no ombro e sorri. Sei exatamente o que está passando em sua cabeça. Acha que me convenceu. Ele tem todas as respostas em relação ao motivo pelo qual preciso viver a vida que acredita que eu deveria estar vivendo.

— E quando as coisas ficarem mais difíceis para você? — Ele acaba de tocar no meu único ponto fraco.

— Agora chega.

Mostro o dedo para ele e saio. Assim que entro no corredor, já ouço os gritos. Sem dúvida não estou mais no clima, mas preciso pelo menos aparecer. Aceno para as mulheres que não conseguiram entrar e sigo para o *meet and greet*, onde espero que ela esteja.

Tem dias em que essa vida é bem cansativa. Trabalho até ficar só o pó e não consigo curtir como achei que iria. O tempo todo na minha vida é só trabalho. Esse negócio tem uma expectativa de vida, e eu já passei do tempo. É por isso que transferi o meu foco para a minha série e meus projetos como ator. É assim que me sinto normal. Estou cercado de gente que não se importa com quem eu fui todos esses anos. Sou profissional, amigo, a porcaria de um ser humano. Quando estou em turnê, é diferente.

Além disso, atuar me dá muito mais liberdade do que a banda jamais deu. Tenho mais dias de folga, não preciso ficar preso em um ônibus e recebo um belo intervalo entre as filmagens. Não sei como esses outros músicos conseguem ficar o tempo todo em turnê.

Dobro a esquina e a música do *after party* toma conta de tudo. O contrabaixo está alto e as luzes estão fracas, o que significa que as mulheres estão definitivamente prontas. Mas a minha mente está programada para uma única coisa: convencer a loira a passar a noite comigo. Ela não sai da minha cabeça e eu ando rápido, esperando que esteja lá.

Já faz muito tempo que não me animo assim alguém. Não tem essa de relacionamento normal para quem é artista. Mulher nenhuma está disposta a tolerar os tabloides, as *groupies* e a ideia de ter o namorado ou marido sempre longe. Nem eu estou, caralho.

— Eli — uma mulher que eu não conheço canta para mim. — Aí está você. — Ela é gostosa, mas não é quem eu estou procurando.

— Eu te acho depois. — E a dispenso.

Olho por todo lado no salão escuro, mas não a vejo. Outras mulheres vêm falar comigo. Sorrio como de costume, enquanto fico procurando pelo rosto dela. Ela deveria estar aqui. Esse é o lado bom do nosso empresário, ele faz a porra do trabalho dele.

Finalmente, algumas pessoas se mexem e eu a vejo. Está em pé em um canto com a amiga. O cabelo loiro e comprido está puxado para o lado, exibindo a pele do ombro, enquanto ela dá um gole na cerveja. Adoro mulheres que bebem no gargalo. É sexy e prático. Mostra que ela não tem frescura e sai tranquilamente com os caras.

Vou me espremendo por entre as pessoas na direção dela.

— Você ficou mesmo — digo, meio que dando um susto nela.

— Oh… — Ela limpa a garganta. — Eu-eu… Foi o que você disse. Quer dizer, foi o que você me disse para fazer, não foi?

— Já que você disse que me ama e eu cantei para você, achei que deveríamos nos encontrar oficialmente.

Ela arregala os olhos castanhos e aquele sorriso todo tímido se enche de luz. É ainda mais bonita do que eu me lembrava. Todas as curvas do seu corpo estão no lugar certo.

Cada lugar em que um homem costuma querer colocar as mãos foi esculpido com perfeição. Não há a menor dúvida de que está em forma, e eu estou mais que pronto para ver o que está debaixo daquelas roupas.

— Eu sou a Nicole. — A amiga dela estende a mão. E lá vem ela de novo com aquele olhar que entrega que está me analisando. Agora estou entendendo por qual motivo a loira trouxe a amiga. Jogada inteligente.

— Eli. — Eu me viro para ela com um sorriso sincero.

— O meu nome é Heather, a propósito.

— Heather — repito, deixando o nome deslizar pela minha boca. — Quer outra cerveja? — Ela fica vermelha. — Eu disse alguma coisa errada?

— Não — responde, enquanto coloca a mão no meu braço. — Desculpa. Só estou nervosa.

Gosto de ver que a deixo meio desnorteada. As mulheres que voltam aqui costumam ser confiantes demais. Como se tivéssemos sorte de tê-las escolhido. Aí elas vêm com promessas sexuais e ofertas que passam dos limites. Noventa por cento das vezes, fico por aqui. Acho que depois de tanto tempo acabei ficando mais seletivo.

A culpa é da minha sobrinha e do meu sobrinho. Não estou dizendo que quero um relacionamento sério, porque isso é a última coisa que eu preciso, mas seria legal ter alguém para conversar uma vez ou outra. Fico cercado de atrizes a maior parte do tempo, então já tive a minha cota de relacionamentos falsos.

— Não fique nervosa. — Tento tranquilizá-la.

Heather sorri e coloca o cabelo atrás da orelha. Será que tem alguma coisa que essa mulher faz que eu não vou achar atraente? Devo estar perdendo o juízo.

— Foi um ótimo show.

— Fico feliz que tenha gostado. — Realmente fico. Dei o meu sangue cantando e dançando. Sempre que estamos em casa, nos entregamos um pouco mais. — Gostei de alguns momentos mais do que outros.

— Eu também. — Os olhos dela brilham.

— Por que não vamos para algum lugar com um pouco mais de privacidade para conversar? A área do *after party* é sempre muito cheia e não vou conseguir evitar as pessoas.

Ela olha para Nicole e depois para mim. Nicole dá um leve empurrão nela e chego à conclusão de que aquela mulher é a minha nova melhor amiga. Claro, quero fazer muito mais do que conversar, mas primeiro quero tirá-la de todo esse barulho.

Faço com que o meu empresário olhe para mim e balanço a cabeça na direção de Nicole. Ele vai garantir que ela fique ocupada.

— Não sei.

— É sério, esse lugar vai virar uma coisa que nem você nem eu queremos fazer parte. — Jogo a verdade na esperança de que ela entenda o que quero dizer. — Só quero conversar, se é isso que você quer — e então minto só um pouquinho.

Nicole sorri, fala alguma coisa no ouvido dela e a empurra para frente. Estendo a mão, esperando que a amiga tenha me ajudado.

Heather olha para baixo e então entrelaça os nossos dedos.

Caralho, essa noite vai ser boa.

# Capítulo 4

## HEATHER

Ai, meu Deus. Ai, meu Deus. Estou indo para um lugar com mais privacidade com o Eli. O que é que eu estou pensando? Não estou pensando. Nitidamente, estou tendo algum tipo de experiência fora do corpo. Jamais faria isso. Mas ainda assim, aqui estou eu, segurando a mão dele e saindo do *meet and greet*.

— Você está bem? — A voz grave dele demostra preocupação.

— Estou ótima. — Eu sou uma grande mentirosa.

— Está mesmo? É que você está tremendo.

O meu corpo inteiro está tremendo. Não sei dizer se é porque estou tão empolgada ou assustada a ponto de perder o juízo. Não. Tenho certeza de que é a segunda hipótese. Foco na minha respiração. Estou sempre em situação de muito estresse, era para eu tirar isso de letra.

Isso é, como diz a Nicole, só uma trepada. Aparentemente, as pessoas fazem isso o tempo todo e é normal. Eu posso ser normal. Posso deixar toda a merda de vida de lado e viver o momento.

Só deixar a noite ser o que ela é e curtir.

Limpo a garganta e sorrio.

— Esse tipo de coisa nunca acontece comigo.

Ele ri enquanto para na frente do ônibus da turnê.

— Que tipo de coisa?

— Isso — respondo, num tom um pouco mais agudo. — Normalmente não bebo, não fico gritando para qualquer pessoa, não costumo ter gente cantando para mim, não costumo ser chamada para o *meet and greet* e agora… — Não tenho coragem de continuar. Sem chance de eu terminar essa frase, mesmo porque nem sei exatamente o que vai acontecer. Talvez ele queira me perguntar sobre alguma coisa idiota. De repente ele não quer sexo. Eu não sei se quero sexo.

Isso é mentira.

Eu quero sexo sim, e quero muito. Quero relaxar, como a Nicole me disse para fazer. Não quero ter nenhum medo das consequências de uma noite. Sempre sou responsável. A minha vida é exemplar. Eu defendo a lei, cuido da minha irmã, trabalho para sustentar a mim e a Steph, sou voluntária no centro de jovens, e nunca relaxo.

Eu vou curtir. Bom, se ele quiser.

Obrigada, Jesus, pela cerveja. Ou seja lá quem for que a tenha feito.

— O que você quer que aconteça, Heather? — Os olhos dele estão fumegantes e ele me puxa para perto.

Ah. Me. Come.

— Eu-eu... — A minha boca fica seca.

As mãos dele vão até o meu quadril enquanto ele nos troca de posição e me coloca de costas contra a porta do ônibus. Sinto o toque dele subir pelos dois lados do meu corpo até que para no meu pescoço.

— E aí? A gente conversa ou faz alguma outra coisa?

Penso outra vez no que a Nicole disse. *"Deixe rolar pelo menos uma noite"*. E, pelo menos essa noite, vou realizar a fantasia da minha adolescência. Vou transar com Eli Walsh. Em um ônibus de turnê. Depois de um show da FBD.

As minhas costas ficam eretas quando evoco a minha Nicole interior. Pressiono o corpo contra o dele, empurrando-o com a mão.

— Acho que podemos achar outra coisa para fazer.

Aqueles lindos olhos verdes brilham surpreendidos antes de sua boca colidir com os meus lábios. Cada centímetro do corpo dele está alinhado ao meu. Os nossos lábios se movem em harmonia enquanto ele procura com as mãos a maçaneta da porta. Assim que ela se abre, caímos para trás. Ele vai me conduzindo por cima dos degraus e pelo interior do ônibus sem se atrapalhar ou tropeçar.

Eu me perco no beijo dele. Não é suave nem gentil. Não, ele me devora. É paixão desenfreada. Nenhum de nós dois está preocupado com delicadeza. Isso é diferente de qualquer beijo que experimentei com o Matt. Ele era lento, frio e superficial. Não existia nenhuma *necessidade*.

Preciso disso. Preciso fugir da minha mente.

Eli me empurra para onde quer, enquanto segura a minha cabeça na pegada forte que ele tem. Meus dedos percorrem seu corpo enquanto seguimos adiante. Ele abre a porta que dá para o quarto.

— Cama — sussurra, antes de seus lábios encontrarem os meus novamente.

Interrompo o beijo para arrancar a camisa dele.

— Uau — digo, quando coloco os olhos no peitoral dele. Os meus dedos se movem lentamente naquele peito de tirar o fôlego e seguem então em direção ao abdômen, subindo e descendo em cada músculo. Não existe

gordura nenhuma no corpo dele, e posso sentir cada movimento, cada pulsar sob as pontas dos meus dedos.

— Você é linda. — Aqueles olhos cheios de emoção ficam vidrados nos meus enquanto ele afasta o meu cabelo.

— Mais ou menos.

Seus olhos analisam o meu corpo antes de voltarem para os meus.

— Não tem nada mais ou menos em você, Heather.

Era tudo que eu precisava. Minha mão agarra o pescoço dele, e trago sua boca de volta. Ninguém nunca me fez sentir assim. E eu ainda estou de roupa.

Ele usa o peso dele para me empurrar para a cama. Vou à loucura ao sentir o corpo dele apoiado em cima do meu. É a porra do Eli Walsh. Antes mesmo que eu perceba, a minha camisa está sendo tirada e procuro o cinto dele. Consigo abrir a fivela antes de ser colocada por cima.

Os nossos lábios se movem em perfeita harmonia e meu coração parece que vai sair pela boca. No fundo eu sei como isso é estranho para mim, mas não consigo parar. Quero sexo selvagem, ir à loucura. O fato de que vou transar com Eli é um pouco assustador, mas parece certo. Talvez porque sonho com ele desde que eu era uma criança. Talvez porque estou bêbada pra caralho. De qualquer maneira, está acontecendo.

Sento-me completamente exposta enquanto solto o sutiã. O meu cabelo loiro cai na minha frente, dando-me um pouco de cobertura. Os nossos olhos ficam vidrados uns nos outros e deslizo as alças para baixo.

Eli abre um sorriso embaixo de mim quando o sutiã cai. Não estou me exibindo totalmente, mas é o bastante para ele ver o que quer.

— Os seus peitos são perfeitos — a voz grave é macia como seda. — Tire o cabelo, baby. Quero ver você inteira. — Ele coloca as mãos atrás da cabeça, assistindo com atenção e parecendo estar em êxtase.

Faço o que ele pede. Mais uma vez, mal consigo me reconhecer. Estou sempre no comando, mas rendo-me a ele sem questionar e coloco o cabelo para trás antes de me abaixar mais para perto. Os meus seios ficam pendurados, quase encostando no seu tórax.

— Eu nunca faço isso.

— Nunca faz o quê? — Ele ergue a mão e passa o dedo no meu rosto.

— Sexo casual.

— Parece que estou quebrando um monte das suas regras.

Esforço-me para manter a voz estável.

— Eu diria que sim.

— Você quer parar? — Os dedos dele escorregam, descendo pelo meu pescoço e passando por sobre o meu seio, e ele começa a fazer pequenos círculos ao redor do meu mamilo com o seu toque suave.

— Não.

Ele sorri.

— Você gosta do jeito que eu te toco? Gosta de sentir os meus dedos na sua pele?

— Sim — admito.

— Quer mesmo isso? — pergunta, enquanto pega o meu mamilo entre o polegar e o indicador.

Não há palavras. Já fui atingida por um disparo de *taser*, mas isso aqui tem mais eletricidade.

Cada centímetro do meu corpo está aceso. Quero que isso não acabe nunca. Sexo casual não é tão ruim assim, eu não sabia o que estava perdendo.

Solto o corpo e beijo os lábios dele.

— Heather? — Tenta me trazer de volta. — Responda.

— Qual foi a pergunta?

Ele dá risada.

— Quer que eu te coma?

— Sim — sussurro.

Assim que respondo, ele gira o meu corpo, deixando-me de costas. As mãos dele agarram os meus seios enquanto ele massageia e aperta. Fecho os olhos e perco-me em seu toque. Então sinto a língua dele na minha pele. O calor daquela boca e o ar fresco do quarto me dão arrepios na espinha.

Eu preciso de mais. Balanço o meu peito para cima como se pedisse mais em silêncio. Ele chupa e lambe o lado direito e então dá atenção para o lado esquerdo. Eli começa a ir mais para baixo, e eu levanto a cabeça. De jeito nenhum vou deixá-lo chupar a minha boceta. Não consigo. Matt foi o único que eu deixei fazer isso e não foi uma boa experiência.

Ele desabotoa o jeans que levo cinco minutos para conseguir colocar, e eu agarro a mão dele.

— Você não precisa fazer isso — digo, imediatamente.

— Eu quero.

Quer? Matt diz que homem nenhum quer fazer isso, só fazem porque têm que fazer.

— Estou falando sério. — Dou a ele outra chance de escapar.

Ele levanta, ficando de joelhos, e então engancha os dedos na minha calça.

— Também estou falando sério. Quero sentir o seu gosto. Quero te fazer gritar a porra do meu nome tão alto que todo mundo aqui vai saber o que estou fazendo com você. — O calor nos olhos dele me derrete toda.

— Sei que a maioria dos caras não gosta disso... — Ele para, olhando para mim de um jeito confuso, o que faz com que eu me sinta ingênua e um pouco idiota. — Quer dizer, ouvi... que... — Eli abaixa a minha calça.

— Você já gozou na língua de um cara?

— Não.

— Você vai gozar na minha. — Ele não me dá alternativa. — Um homem de verdade chupa quando está transando. Só idiotas egoístas se recusam a dar para a mulher deles o que elas precisam.

Fico deitada sem saber o que dizer. Mas não tenho tempo para pensar no que ele disse, porque já está arrancando a minha calça e a minha calcinha. Eli levanta as minhas pernas, coloca-as sobre os ombros e aquele olhar de novo me derrete toda. Ele fica me assistindo enquanto vai chegando mais perto, levando o tempo que acha que tem que levar e fazendo o meu coração disparar.

No primeiro toque da língua dele, já vou ao delírio.

Mas a coisa só melhora. Eli sabe o que está fazendo. A língua dele empurra o meu clitóris, movendo-se em círculos, e depois para cima e para baixo. Nunca senti uma coisa parecida. Começam a aparecer gotas de suor na minha testa conforme o meu clímax vai chegando. Ele não estava brincando quando disse que ia me fazer gozar.

Os meus dedos agarram o cobertor enquanto tento me segurar, enquanto tento não me erguer. Ele me faz subir cada vez mais, conduzindo-me para o êxtase.

— Puta que pariu. Ai, meu Deus — sussurro.

Ele para por um segundo, escorrega o dedo para dentro e chupa com mais força ainda. Contorço-me e começo a tremer, enquanto ele continua a me conduzir adiante. Outro dedo se junta ao primeiro e ele empurra mais fundo, mexendo do jeito certo e atingindo o ponto abençoado que homem nenhum jamais tinha encontrado antes. Eu explodo.

Tudo dentro de mim enrijece enquanto caio do penhasco. Grito o nome dele, exatamente como ele prometeu que eu faria, e então viro um mingau.

Puta que pariu. Estou morta. Morri. Fui para o céu. Encontrei o meu criador, porque esse homem é um deus.

A minha respiração fica alterada e o meu coração bate tão alto, que juro que dá para ouvir.

— Uau.

— Eu te disse. — Eli se arrasta até o meu rosto.

— Você cumpriu direitinho a sua promessa. — A minha voz está grave e cheia de gratidão. — Mas acho que está um pouco vestido demais, Eli.

— E o que você vai fazer a respeito disso? — provoca.

Dando um jeito no espaço entre nós dois, escorrego a mão para baixo e termino de abrir o zíper dele. Então tiro a calça e a boxer dele, deixando aquele comprimento impressionante saltar livremente.

— Isso — eu digo, enquanto o envolvo com os meus dedos.

Ele deixa escapar um silvo discreto enquanto deslizo a mão da base até a ponta. Fico assistindo o rosto dele, aprendendo o que faz o queixo bater ou os olhos fecharem. O meu polegar acaricia a ponta e ele me empurra de volta.

— Eu quero te comer.

As nossas bocas se conectam, as línguas se movem em círculos e as mãos percorrem o corpo um do outro.

— Preciso de você — imploro quase que em desespero. — Preciso de você agora. — Nunca implorei ou fui de ficar falando durante o sexo antes. Nunca.

Eli pega uma camisinha e coloca antes de voltar para o ponto em que estávamos.

— Você também está fazendo com que eu quebre as minhas regras — confessa. Não tenho nem chance de perguntar do quê está falando e ele já entra em mim.

Os meus olhos se fecham com força enquanto me estico para acomodá-lo. Ele é grande. O maior que eu já tive. E como não se mexe do jeito que imagino, abro os olhos.

— Você está bem? — pergunta.

Aceno de imediato.

Ele se apoia no antebraço e me beija com cuidado. Esse beijo não é igual àqueles de antes. É devagar, sensual, quase doce. Os meus dedos se enroscam no cabelo dele enquanto volta a balançar lentamente. Sussurra na minha boca enquanto continua gentil.

— Eli — acabo gemendo. Isso é demais da conta. Tudo nele é incrível. Seu polegar fica acariciando o meu rosto enquanto ele desliza para dentro e para fora. — Está uma delícia para mim.

— Para mim também. O quê que você está fazendo comigo? — Ergo o olhar na direção dele e vejo que está me observando. — Quero te fazer gozar de novo.

*Bom, não seria nada mal.*

Ele vira, forçando-me a ficar em cima. Nunca ficava em cima no passado. Quando o fiz, foi a única vez que gozei.

Considerando como isso aqui está gostoso, duvido que eu não goze de novo.

— Cavalga, baby.

E eu cavalgo. Deslizo para cima e para baixo, deixando ele me preencher por completo. Acaricio seu peito, curtindo os gemidos que ele faz. Eli está delirando tanto quanto eu. Começo a me mexer mais rápido, perto de outro orgasmo.

— Vou gozar.

— Isso. Vai rápido, baby. Vou acabar gozando do jeito que você está engolindo o meu pau.

Ele range os dentes e os dedos dele cravam na carne do meu quadril. Puxa-me para baixo com ainda mais força ao mesmo tempo em que empurra o corpo para cima para me encontrar. Estou acabada.

— Eli! — grito, quando o clímax me pega de jeito. Ele continua a me movimentar enquanto me segue até o fim.

Caio ao lado dele e tento recuperar o ar. Nenhum de nós fala enquanto voltamos das alturas.

Deitada ali, pelada, cai a ficha de que aquilo realmente aconteceu. Isso não é só um sonho. É real. Fiz sexo com um membro da *Four Blocks Down* no ônibus da turnê dele, lugar onde ele fez isso com sei lá quantas outras. Eu nunca tinha feito sexo com uma pessoa estranha qualquer e agora estou aqui, deitada com um cara que só faz isso. Não sou especial, ele provavelmente nem se lembra do meu nome, considerando que tudo que fez foi me chamar de "baby".

A cama se mexe quando Eli levanta.

— Precisa de alguma coisa? — Um banho e uma lobotomia.

— Não — eu respondo de imediato.

— Eu já volto.

Ele entra no que eu acho que é o banheiro e eu levanto num pulo. Não acredito nisso. Qual é o meu problema? No quê que eu estava pensando?

Nitidamente, não estava. A culpa é da Nicole.

— Qual é o seu sobrenome? — pergunta, do outro lado.

Visto as minhas roupas imediatamente. Preciso sair daqui.

— Covey — respondo, puxando com força o meu jeans.

Onde foi parar a minha calcinha, caralho? Olho ao redor e debaixo da cama, mas não acho. Droga.

Ele dá descarga e o meu tempo está acabando. Não vou conseguir olhar para ele. Preciso ir antes que ele volte.

Pego o meu salto alto e o celular e corro para fora do ônibus. Preciso achar a Nicole e precisamos ir embora daqui. Agora.

Eu a vejo assim que saio pela porta. Graças a Deus. Nicole está dando uns amassos em um cara no corredor. Típico. Agarro o braço dela e puxo.

— Temos que ir — explico.

Ela olha de volta para o cara.

— Eu vou…

— Não. Precisamos ir agora.

— Heather — protesta.

— Agora! — grito, e ela arregala os olhos.

As pessoas não costumam me ver gritando, mas quando eu grito... é porque a coisa é séria.

— Tchau — fala para o cara e arrasto-a comigo. — Devagar aí.

Nem dou bola para ela. A minha mente fica dando voltas enquanto penso no que acabou de acontecer.

— Temos que ir. — De jeito nenhum eu consigo olhar na cara dele.

— Você já disse isso — resmunga, enquanto anda. — O que aconteceu?

Balanço a cabeça, fazendo-a quase correr. Vou passar mal. Foi incrível, e tão absurdamente bom, mas muito errado. Não sou uma mulher de sexo casual. Sou uma pessoa de compromisso, que quer conhecer o cara com quem está se envolvendo. Os caras pelo menos sabem o meu sobrenome. Eu sou uma vadia. Sou pior que uma vadia... Sou uma *groupie* vadia.

— Não me faça parar de andar — Nicole ameaça. — Você sabe que vou parar.

— Está bem. — Paro assim que chegamos na porta de saída. — Nós transamos. E foi uma transa realmente boa. Está feliz?

O tamanho do sorriso na cara dela é toda a resposta de que preciso. Ela parece uma mãe orgulhosa em um show de talento.

— Estou pra caralho, porra. E por que é que estamos fugindo?

— Porque... — Eu respiro fundo. — A gente transou! Eu transei com ele! Temos que ir.

Empurro a porta, ainda arrastando Nicole atrás de mim.

— Isso não explica a razão para correr descalça pela arena.

Não vou explicar isso a ela.

— Continue andando.

Finalmente saímos e eu podia chorar, literalmente. Eles fecharam os portões do estacionamento.

— E agora? — pergunta, olhando para a merda do portão de metal gigante com cadeados enormes.

Poderíamos ir até a entrada sul, mas isso levaria muito tempo. Só tem uma opção.

— Subimos.

— O caralho que vamos subir!

Respiro fundo, mostrando toda a minha irritação, e olho firme nos olhos dela.

— Nicole, eu acabei de fazer uma coisa tão incompatível com a minha natureza, que nem tenho certeza se era eu. Então, subiremos nesse portão porque você é a minha melhor amiga e eu preciso sair daqui, caralho.

— Meu amor. — Os olhos da Nicole se enchem de tristeza. — Você não fez nada errado.

— Eu sou uma *groupie* vadia.

— Você definitivamente não é uma *groupie*. E você é a última pessoa do mundo que alguém poderia chamar de vadia.

Não respondo. Em vez disso, jogo os meus sapatos por cima do portão e começo a subir.

Quando eu tinha doze anos, subia um portão muito rápido. Principalmente porque cresci em Tampa, onde costumávamos pular para os quintais umas das outras. Mas não estou nem na metade do caminho e já perdi o fôlego, o meu pé escorregou mais de uma vez e fico imaginando a cena para quem vê de baixo.

— Merda! — grito, quando o dedo do meu pé erra o próximo buraco. A risada de Nicole preenche o ar. — Pare de rir e comece a subir!

— Isso não tem preço. — Ela ri ainda mais. — Espere. Deixe-me pegar a câmera!

— Nicole! Precisamos sair daqui, vai que ele venha me procurar.

— Está bem. Está bem. Bosta. — Os sapatos dela voam por cima da minha cabeça e toda a grade começa a tremer. — Você me deve uma.

— Pare de balançar! — Tento não rir, mas é inútil. Isso é hilário. — Vou mijar nas calças. — Lágrimas caem dos meus olhos enquanto me seguro. — Vou precisar de uma GoPro na próxima vez que sairmos.

— Eu te odeio — digo, enquanto dou risada.

Ela balança a grade de propósito e eu quase caio.

— Você até queria, mas não consegue.

— Se eu cair… — aviso, enquanto tento subir mais alto, mesmo balançando.

— Vai ser o que merece por me fazer subir uma porra de um portão à uma da manhã!

A quantidade de maneiras com que eu vou pagar por isso é inimaginável. Os meus colegas de trabalho viram que cantaram para mim no palco, tenho certeza que um dos caras do meu esquadrão me viu indo para o *backstage*, vou ficar com arranhões de subir esse portão e a Nicole nunca me deixará fazer com que isso caia no esquecimento.

Chego no topo, uma perna pendurada para o outro lado e a outra ainda na Elilândia. E é aí que eu ouço:

— Você vai simplesmente fugir? — Pela voz, Eli não consegue acreditar no que está acontecendo. — Simples assim?

Passo de vez para o outro lado, desço até o chão e fico com a grande entre nós dois. Nicole está perto do topo, assistindo o desenrolar da história.

— Aquilo foi um erro. Nunca devia ter acontecido.

— Então você foge? — Ele dá um passo mais perto, e agradeço a Deus pelo metal entre nós.

— Nic — sussurro, para que ela venha para baixo e ela começa a descer. Olho de novo para Eli, que fica em pé na minha frente sem camisa e sem sapato. O peito dele está agitado, como se tivesse corrido até aqui para me encontrar. Olho fixamente para ele.

— É melhor assim — digo, desejando que a Nicole pudesse acelerar a coisa.

— Por quê? Quem foi que disse? Você nem me deu uma chance! — Agarra a própria nuca.

— Isso nunca daria certo. É sério. Não precisa tentar.

Mesmo que a minha vida fosse uma maravilha, o que não é, nunca daríamos certo. Transamos, isso não significa que eu quero alguma coisa a mais. E nem se eu quisesse ia ter como. Já vi que os homens são egoístas. Não consigo dar atenção suficiente nem para um tenente da polícia local, imagina se eu conseguiria fazer isso para um ator e cantor mundialmente famoso.

Eli dá outro passo, a mão dele agarrando o aço que nos separa.

— Você disse que nunca fez isso antes. Ótimo. E eu não corro atrás daquelas que saem fora. Então, nós dois estamos vivendo uma coisa diferente. Queria conversar… eu não ia pedir nada, Heather.

Então, ele sabe sim o meu nome. Isso faz com que eu me sinta um pouco melhor.

Nicole finalmente fica ao meu lado e os meus olhos se enchem de lágrimas. Sei que ela vê. Não estou chateada por causa dele. Estou chateada por causa de mim.

— Vamos.

Ela me conhece bem o suficiente para saber que estou no meu limite. A razão para eu não fazer sexo casual é que eu sinto demais as coisas. Tive amizades que carrego pela vida inteira, um namorado com quem me casei e tenho uma irmã que precisa de mim. Sexo casual não se encaixa na minha vida. Agora que baixou a adrenalina, sinto-me vazia.

Respiro fundo e seguro a emoção.

— Olha, desculpa por ter fugido assim, mas preciso ir. E, de qualquer maneira, eu não faço parte dessa realidade.

Não sei ao certo o que diz a etiqueta sobre a situação em que você foge depois de ter feito sexo com um homem com quem passou toda a adolescência e parte da vida adulta sonhando, mas isso parece apropriado. Pego os meus sapatos, dou as costas e sigo andando.

— Heather, espera. — Viro o rosto para trás e olho para ele. — Eu só…

— Tchau, Eli.

Nunca que olharei para trás, porque, se fizer isso, é bem possível que eu pare de andar.

Assim que apertamos o passo, o meu celular avisa que tem um recado de voz. É da casa de apoio da Stephanie.

Com os meus dedos tremendo, começo a ouvir a mensagem.

— Oi, Sra. Covey, aqui é a Becca do *Breezy Beaches Assisted Living*. A Stephanie teve um… — Ela para como se não conseguisse encontrar as palavras. — Ela está sendo transferida de ambulância para o Hospital Geral de Tampa. Por favor, ligue assim que puder.

As lágrimas que eu tinha conseguido conter caem na mesma hora.

— É a Steph. Temos que correr.

# Capítulo 5

## HEATHER

— Eu estou bem — diz Stephanie, deitada na maca do hospital, empurrando a minha mão. — Você bem que podia se preocupar menos.

A convulsão que ela teve dessa vez foi a pior de todas. Felizmente, não deixou nenhuma sequela que tenha se manifestado. De qualquer maneira, nego-me a sair do seu lado por um segundo que seja. Eu me odeio por ter ido àquele show idiota, ao invés de ter ficado com ela. Ela é tudo para mim.

— Vá trabalhar, Heather. Não consigo suportar você por perto. Parece mais uma porra de um helicóptero pairando sobre mim o tempo todo. Você me incomoda.

Uma das piores consequências da doença de Huntington é a oscilação de humor.

Stephanie era uma menina doce, gentil e despreocupada. Quando tinha dezenove anos, teve a primeira crise de tremores. O corpo dela ficou rígido e ela não conseguia se mexer. Imediatamente, Matt e eu a levamos para um médico, mas não conseguiram achar nada.

O humor dela depois daquilo virou do avesso. Foi como se alguém tivesse roubado a identidade da minha irmã e deixado no lugar a pessoa mais brava que já conheci.

— Eu vou trabalhar hoje, obrigada.

— Bom. Eu volto para o *Breezy* essa noite então?

— Vai depender do que o médico disser.

De acordo com o neurologista, a previsão é de que ela vá continuar a piorar e corra um grande risco de ter uma convulsão que deixe sequelas. Quanto mais jovem você é quando a doença de Huntington se torna sintomática, mais rápido as coisas pioram.

— E, mais uma vez, não posso dar palpite em nada. É sempre você e os médicos. Já sou adulta, caralho! — Ela vira os olhos e dá as costas para mim.

— Sei que você é, mas gritar comigo não vai ajudar.

ESTA *Noite* É NOSSA

39

A minha paciência com Stephanie não tem fim, mas, às vezes, eu saio da linha. Ficar ouvindo como sou terrível, desprezível e deprimente, vez ou outra, acaba me desgastando. Eu sei que não é ela. Ela age assim por causa da frustração e da dor, mas ainda assim odeio isso.

Mas foi a Stephanie que tomou a decisão de se mudar para o *Breezy Beaches*. Ela sabia que eu não podia largar o emprego para cuidar dela. Eu precisava fazer o que estivesse ao meu alcance e uma enfermeira que dormisse em casa estava muito acima do nosso orçamento, já que o plano não cobria. Ela precisava de cuidados vinte e quarto horas e eu não tinha mais como dar conta.

Aquele foi, sem dúvida, o dia mais devastador da minha vida. Chorei mais depois de deixá-la naquele lugar do que na noite em que os nossos pais morreram.

— Eu odeio você. Odeio essa doença. — Ela vira outra vez e atira de volta a coberta, olhando fixamente para teto. — Odeio isso tudo.

Coloco a mão no seu ombro e suas mãos começam a tremer. Eles tiraram o medicamento para os tremores quando ela deu entrada no hospital e levou menos de quarenta e oito horas para eles voltarem.

— Steph — digo, com cuidado. — Por favor, não me rejeite.

— Eu n-não c-cons-s-sigo... — Os olhos dela se enchem de frustração e lágrimas. — Eu od-deio i-isso.

Vou até o lado da cama e entrelaço os nossos dedos, tentando não chorar também. Nossas mãos tremem juntas enquanto o corpo dela assume o controle. Faço o que posso para consolá-la.

— Eu sei, meu amor. Também odeio isso. Nesse momento, estamos só dançando. É só isso.

No começo da doença, era isso que eu costumava dizer quando suas mãos e pés começavam a tremer. Era o nosso intervalo para dança. Mostro um sorriso e começo a cantar enquanto nos mexemos sem nenhum ritmo ou propósito.

O meu coração fica estraçalhado ao ver essa doença roubar a minha irmã de uma vida que ela merece. Não é justo ela ter o gene e eu não. Eu ficaria feliz em ficar com ele em seu lugar, se pudesse. Muitas e muitas vezes eu vi acontecer e consegui me manter forte, mas, às vezes, não existe força. Às vezes, simplesmente não consigo. Não é a falta de força que acaba comigo, mas sim o amor. É o amor que me destrói. É o amor que torna tão difícil perdoar a Deus por fazer isso com ela. Stephanie devia estar saindo com as amigas, trabalhando, vivendo a vida. Ao invés disso, está presa em uma casa de apoio, porque não fazemos ideia de quando o próximo sintoma vai aparecer.

A lágrima que eu estava tentando tanto segurar cai.

Os olhos da Stephanie se fixam nos meus e nós duas choramos juntas.

— A sua irmã está melhor? — Matt pergunta, quando terminamos de inspecionar os uniformes e os equipamentos do pessoal.

— Sim. — Eu aceno. — Ela deve voltar para... — Paro antes de dizer a palavra "casa", porque lá não é a casa dela. É uma droga de uma casa coletiva e odeio que ela fique lá. — Para o *Breezy Beaches* em breve. Obrigada por me dar cobertura.

— Eu sei que isso é difícil para você — diz, tentando me reconfortar. — Odeio ver você assim.

Certo. Tenho certeza de que sim.

— Não seria se eu tivesse o apoio do meu marido — devolvo para ele.

Fico olhando a mudança de expressão no rosto dele com a intenção de machucar mesmo.

— Heather — Matt sussurra. — Não foi assim.

Viro os olhos e respiro fundo. Enquanto Stephanie atira toda a dor que ela sente em mim, desconto a minha raiva em Matt.

— Foi exatamente assim. Você me largou. Foi embora porque eu não queria colocar a minha irmã naquele lugar. Não me deixou escolha no final. Era para sermos um time, mas você... — paro, e tento me controlar. — Você foi embora.

— Você não me deu escolha! — Matt levanta o tom. — Estava assistindo a minha esposa se afastar. Não podia fazer nada. Não conseguia te fazer feliz. Você age como se eu fosse o vilão aqui, mas eu tinha que me sentar por perto e ficar assistindo você se afundar.

Não consigo acreditar.

— Não se tratava de mim nem de você, se tratava dela.

— Pare um instante para pensar em quem deixou quem, Heather. Você tinha me deixado muito tempo antes de eu sair por aquela porta.

Matt dá a volta e sai. Que apropriado. Os tempos são outros, mas o desfecho é o mesmo: ele é o primeiro a sair. Já tivemos essa briga antes, várias vezes, e toda vez só serve para lembrar o cuzão egoísta que ele é.

— Pronta para ir para as ruas? — pergunta o meu parceiro Brody, enquanto bate no meu ombro, interrompendo o meu olhar de fúria na direção da porta por onde Matt saiu.

Dou um suspiro e relaxo. Agradeço a Deus por ter Brody. Ele é engraçado, entende o meu sarcasmo e é totalmente confiável. Sei que sempre está na minha retaguarda do mesmo jeito que eu sempre estou na dele.

É um tipo de relação essencial entre parceiros. Tirando Nicole, Kristin e Danielle, Brody é o meu melhor amigo. Trabalhamos juntos nos últimos sete anos e não existe ninguém nesse mundo em quem eu confie mais.

— Sim. Precisarei de muito café hoje.

— E vai precisar que eu cante para você? — pergunta, abrindo um sorriso. — Ouvi falar que isso funciona contigo. Ou tenho que ser rico e famoso?

O meu coração para e fecho os olhos com força querendo morrer. Eu tinha me esquecido completamente do show. A lembrança cai como uma bomba. As músicas, a dança, o sexo com Eli Walsh. Como eu poderia me esquecer? Provavelmente existem vídeos… Ai, meu Deus.

Olho ao redor da sala de descanso e lá no quadro de avisos está uma foto de Eli cantando para mim no palco.

Droga.

Merda. Merda. Merda.

Vou até lá e rasgo a foto, tentando fingir que não me importo.

— Esses meninos são bem engraçados.

— Ah… — Whitman, um dos idiotas do meu esquadrão, pula na minha direção. — *You're my once in a lifetime girl.*

— Cale a boca. — Eu amasso o papel e atiro no lixo. — Vocês são todos uns imbecis.

— Todo mundo aqui sabe do que você gosta, Covey. Talvez só precisássemos fingir ser policiais na televisão, aí você nos acharia sexy.

— Você vai precisar cortar a comida gordurosa e perder um pouco de peso. Aí então, talvez, a senhorinha meio cega que fica ali descendo a rua vai te achar sexy.

Alguns dos caras riem e dão murros no braço dele.

— Ah é? Diz para o teu namorado que nenhum de nós aqui come *donuts*! Eu trabalho duro para ter esse físico. O problema é que, além do físico, precisamos estar em uma *boyband* para conseguir que você atire a calcinha na gente.

Isso nunca vai ter fim. Quanto mais eu der corda, pior vai ficar a situação. Pego as chaves da mão do Brody e saio dali. Eles começam a cantar e a gritar para mim, mas continuo andando. Idiotas. Trabalho com um bando de idiotas.

Brody senta no banco do passageiro e fica dando risada.

— Ah, para com isso, Heather. estamos só nos divertindo.

— Nitidamente não é isso. — Jogo o meu quepe no painel. — Stephanie teve uma crise, foi por isso que eu não vim ontem. — A euforia no olhar do Brody desaparece e ele respira fundo.

— Sinto muito. Achei que estava se recuperando da noite de cantoria e bebedeira. Ela está melhor?

— Ela está bem agora. Bom, dentro do que é possível para ela.

Foi o Brody que me ajudou a colocar a Stephanie no *Breezy Beaches*. Ele tem sido um marido mais do que o Matt jamais foi. A esposa dele, Rachel, é ótima. Fico feliz que ela e eu nos tornamos tão próximas. Existe uma ligação muito estranha entre parceiros, o que pode fazer surgir muita desconfiança, e não foram poucas as esposas que eu vi acusarem o marido de traição. Também não foram poucas as ocasiões em que elas não estavam erradas.

Mesmo amando Brody do jeito que eu amo, é um amor de irmão. Eu tomaria um tiro para salvar a vida desse cara, mas a "arma" dele não vai para lugar nenhum que não seja o coldre dele.

— Você deveria ter me ligado, Rachel e eu teríamos ido até o hospital.

— Não. — Balanço a cabeça. — Teria sido completamente desnecessário.

— Deixa eu adivinhar… Rolou, né? — O tom de voz dele está repleto de sarcasmo.

Viro a chave na ignição e começo a dirigir. Não vou deixá-lo me alfinetar. Ele é bom demais nisso.

Sigo em direção à seção em que faremos a patrulha. Mesmo com Matt sendo o cuzão que ele é, sempre me coloca na seção próxima do Hospital Geral de Tampa, algo pelo qual eu provavelmente deveria agradecer. Pelo menos estou perto se tiver alguma alteração no quadro dela.

Brody me conta que Rachel começou outra dieta maluca.

— Ela é tão linda e já é magra, não entendo o que passa em sua cabeça.

— Bom, quando vocês finalmente tiverem filhos, ela vai parar de se preocupar com isso.

Ele me olha de canto de olho e resmunga:

— Não tenho certeza se teremos filhos.

— Brody — coloco a mão no braço dele —, você precisa deixar o passado para trás.

Dois anos atrás, Brody se envolveu num acidente horroroso. Ele estava passando um comunicado quando um motorista ultrapassou o farol vermelho e bateu na lateral da viatura dele. Foi um milagre ele ter sobrevivido. Era uma daquelas noites com falta de pessoal e estávamos patrulhando sozinhos. Nunca senti tanto medo na minha vida, nem Rachel. Ela ficou tão horrorizada que o estresse fez com que ela abortasse. Brody nunca conseguiu superar isso.

— Olha só quem está falando! A mulher que se recusa a namorar porque se casou com um idiota. Caralho, qual foi a última vez que você foi para cama com alguém?

O meu rosto começa a queimar, e eu espero que ele não esteja olhando para mim.

— Conheço esse olhar, Heather. — Brody se vira no banco e dá risada. — Com quem você foi para cama?

— Não te interessa.

Merda. Ele vai ficar me enchendo o saco até eu ter que contar para fazê-lo calar a boca.

Foco na estrada e sinto vontade de erguer as mãos para o céu quando o rádio interrompe.

— Temos uma denúncia de violência doméstica no Hyde Park.

O sorriso do Brody desaparece e ele pega o rádio.

— Carro 186 assumindo.

— Copiado, oficial. Enviando o endereço agora. — A central finaliza e eu ligo o giroflex[7].

Foco na estrada enquanto Brody dá as direções. Entramos no pequeno subúrbio de classe alta e estacionamos na frente da casa.

Nós nos aproximamos da porta com cuidado, batemos duas vezes e uma mulher abre a porta com um sorriso.

— Olá, policiais.

— Bom dia, senhora. Recebemos uma ligação a respeito de um transtorno. Está tudo bem por aqui? — pergunto.

Ela sorri de maneira simpática e abre a porta.

— Sim, o meu filho é autista, e… Bem, às vezes ele faz bastante barulho. O meu vizinho de trás vive ligando. Não importa quantas vezes expliquemos que não tem nada que possamos fazer, ele continua chamando a polícia.

— Você se importa se eu entrar? — Brody pergunta.

Já vimos uma porção de casos em que a esposa encobre o marido porque tem medo dele.

— De maneira alguma. — Ela dá um passo para trás, dando espaço para passarmos. — Por favor, entrem.

— Obrigada, Sra… — Eu deixo em aberto.

— Harmon. Sou Delia Harmon.

Damos um passo à frente. Um garoto com cerca de quatorze anos vem até a porta e eu sorrio.

— Oi.

Ele fica olhando para o lado e emite um ruído.

— Sloane não fala, mas adora luzes — a Sra. Harmon explica. — Os últimos meses foram difíceis. Seu pai foi embora não tem muito tempo,

---

7    Giroflex: Jogo de lâmpadas que piscam de forma intermitente dentro de proteções em acrílico, de cores que variam entre vermelho e azul. Elas ficam na parte de cima de viaturas de emergência como: ambulâncias e viaturas de polícia.

então somos só nós dois. Mas as coisas vão indo bem, não é, Sloane? — Ela olha para o filho com doçura.

Eu sorrio, pensando na sorte que aquele menino tem por estar ao lado de uma mãe como aquela. O jeito que ela olha para ele me faz lembrar como a minha mãe olhava para mim. Ela estava sempre transbordando amor.

Stephanie e eu éramos tudo para ela.

— Oi, Sloane. — Ajoelho-me e o olhar dele busca apressado o lado de fora.

— Você consegue dizer olá para os policias? — Delia o encoraja.

Sloane não diz nada. Ao invés disso, aponta para viatura do lado de fora. O deslumbramento em seus olhos é radiante. Ele começa a puxar o braço dela enquanto ela tenta trazê-lo de volta.

— Será que ele gostaria de ver as luzes da viatura? — pergunta Brody, quebrando o silêncio.

— Ah, ele adoraria.

Brody e eu passamos alguns minutos com a Sra. Harmon e o Sloane. Nós mostramos as luzes para o garoto e assistimos a alegria tomar conta do seu rosto. Ele parece muito mais calmo e penso em como eu gostaria que pudéssemos fazer mais por ele. Inevitavelmente, surge outro chamado e precisamos ir embora. Sloane começa a fazer birra e sei que a coisa só vai piorar. Ele quer que fiquemos e odeio o fato de que vai sobrar para Sra. Harmon acalmá-lo.

Voltamos para a estrada e o nosso dia é preenchido com chamadas de merda. Dois acidentes de trânsito, um possível ladrão em uma loja, que no fim era a filha do dono, e um boletim de ocorrência por causa de um carro roubado.

Papelada é um saco.

— Você se incomoda de parar para eu dar uma olhada na Steph?

— Você sabe que não me incomodo.

Brody avisa que faremos uma pausa e seguimos para lá.

Quando chegamos na curva que vai dar perto do Hospital Geral de Tampa, um Bentley preto e lustroso vem cantando pneu da via secundária e quase bate em dois carros.

— Oh, caralho! — exclamo, antes de ligar o giroflex e a sirene. — Odeio esses merdas desse lado da ilha. Eles acham que podem fazer tudo que querem.

Ter dinheiro não significa que você está acima da lei.

Brody e eu nos aproximamos do carro e os vidros escurecidos se abaixam.

— Carteira de motorista, documento do carro e seguro — peço, olhando para o motorista.

— Desculpa, policial. — Uma voz familiar faz com que o meu olhar se erga.

Encaro aquelas suas íris verdes que eu duvido que um dia consiga esquecer. Uma sombra típica das cinco da tarde pinta o rosto dele e o sol só faz com que tudo pareça ainda mais brilhante. Sua boca se transforma em um sorriso radiante e o meu coração começa a bater mais rápido.

— Eu estava indo encontrar alguém… Mas ela acabou vindo até mim.

# *Capítulo* 6

## HEATHER

A minha vida... é... uma porra de uma comédia.

Eu não fiz nada para merecer todo esse carma. Tenho sido uma boa amiga, uma boa irmã, uma boa filha... Defendo a lei e sou uma pessoa bacana se comparada com a maioria das pessoas.

Que merda eu fiz para isso estar acontecendo comigo?

Respiro fundo e coloco a mente no trabalho.

— O senhor sabe por que motivo eu pedi para encostar?

— Vai fingir que não me conhece? — Eli pergunta, com a sobrancelha erguida.

— Sr. Walsh, todo mundo sabe quem você é. Mas isso não significa que quase colidir com dois veículos é aceitável.

Eli olha para Brody.

— E aí, cara? Ela é sempre assim?

— Vocês se conhecem há muito tempo? — Brody pergunta.

Limpo a garganta.

— Carteira de motorista, documento do carro e seguro, por favor.

De alguma maneira eu consigo dizer as palavras sem parecer instável. Brody dá risada e é um esforço tremendo não olhar para ele. Eu o odeio nesse momento.

— Pois não, Policial Covey.

— Não vá a lugar algum — aviso, enquanto pego os papéis das mãos dele.

— Não se preocupe, estarei aqui, Heather. Eu não fujo.

Enfurecida com as palavras, afasto-me, sentindo que Brody está olhando para mim. Não há dúvidas de que, assim que voltarmos para o carro, eu terei que ouvir — ótimo.

Ao invés disso, Brody fica em silêncio enquanto junto os papéis.

Ele pode não estar falando, mas está dizendo muita coisa com aquele silêncio.

— Pode falar — digo, em voz baixa, e finalmente ergo o olhar.

**ESTA** *Noite* **É NOSSA**

— Não estou falando nada. — Ele ergue as mãos. — Nitidamente vocês dois se conhecem e não foi porque cresceram aqui. Você me conta tudo, não ia deixar de me contar se o conhecesse. — Brody para e encosta no carro. — Não estou falando nada da pessoa com quem você dormiu ou deixou de dormir recentemente. Mas é bastante óbvio.

— Estava demorando.

— Não estou dizendo que é como se você tivesse vivido uma seca de cinco anos desde o seu divórcio. Nem que você dormiu com um cantor/ator. Não. Eu não tenho nada a dizer sobre isso. Nada mesmo.

Mostro que estou irritada.

— Você podia realmente não dizer nada dessa vez?

— Pois não, chefe. Eu vou ficar bem aqui, assistindo o circo pegar fogo.

As coisas não ficarão nada melhores. Estou quase preferindo ouvir as perguntas. Esse é Brody Webber. Meu parceiro, amigo e alguém sobre quem conheço sujeira suficiente para transformar a vida em um inferno se isso vazar.

— Tudo bem, então. Sim, eu dormi com Eli Walsh. Foi uma loucura, uma idiotice. Eu também tinha bebido umas seis cervejas, duas acima do meu limite, e estava tentando viver o momento pelo menos uma vez. Foda-se a Nicole e o papo motivacional dela.

Brody tosse uma risada e então se recupera.

— Desculpa, pode continuar.

— Eu juro, é melhor você guardar isso com você. Se contar para alguém… — Mostro a minha melhor cara de ameaça para ele. — E quero dizer qualquer um, eu vou transformar a sua vida num pesadelo.

Ele balança a cabeça e ri de novo.

— Não direi uma palavra sequer, mas você fez sexo casual com um dos homens mais famosos no universo das *boybands*. Você é foda demais para mim, Heather. Não acho que possamos ser amigos. Tenho certeza que você e a banda serão felizes sem mim.

Respiro e pego os papéis.

— Arrumarei outro parceiro.

Volto até o carro, rezando para que não seja muito doloroso.

— Não vou te multar dessa vez — explico.

— Porque isso seria estranho demais levando em conta que já te vi pelada? — Ai, Jesus.

Ignoro o comentário e continuo como se ele não tivesse dito aquilo.

— Só reduza um pouco a velocidade, Sr. Walsh.

— Ellington. — Ele pega a minha mão quando devolvo os documentos. — Eu acho que como… você sabe… transamos e tudo mais… — Ele para e me dá um sorriso deslumbrante antes de continuar. — Você deveria pelo menos me chamar de Ellington.

Graças à minha obsessão, sei quase tudo sobre ele, mas realmente não sabia o seu nome inteiro. Acho que na época em que eu pesquisava em busca de informações, o Google não era como é hoje. Mas agora sinto como se ele tivesse me revelado algum segredo.

— Muito bem, Ellington, por favor, dirija com segurança.

— Nós devíamos conversar sobre o que aconteceu na outra noite.

— Isso não é necessário.

Ele agarra a minha mão quando começo a me afastar.

— Um jantar.

— O quê? — pergunto, em estado de choque.

— Jante comigo.

Ele está falando sério? Quer jantar comigo depois de eu ter fugido? Ou ele é louco ou eu ainda estou sonhando.

— Agradeço o convite, mas sou uma pessoa realmente muito ocupada. — Puxo a mão de volta e ajeito a camisa do meu uniforme. — Certifique-se de que não vai jogar ninguém para fora da pista.

— Por você, Heather, eu vou dirigir com as duas mãos no volante e respeitar o limite de velocidade.

— Ah, então vai realmente respeitar a lei? — Sorrio sem permissão. Droga de Eli.

Ele se apoia de maneira que a cabeça fica para fora da janela.

— Tenho uma sensação de que você e eu nos veremos de novo.

— Acredito que não.

Na verdade, sei que não vamos. Sei que nunca mais vou mandá-lo encostar o carro de novo, e ele não sabe nada de mim, além do meu nome e que sou policial. Ok, talvez ele saiba muito mais do que eu gostaria. Ainda assim, não existe razão nenhuma para ele falar comigo outra vez. Definitivamente.

— Mantenham-se seguros no serviço, você e o seu parceiro. Odeio ver os meus colegas na linha de fogo.

O meu corpo se contorce e tiro uma onda com ele:

— Você não é policial. Você só interpreta um na televisão.

— Eu tenho um distintivo.

— É falso.

Eli estica o braço para pegar o "distintivo" e coloca ele no colo.

— Não parece falso para mim.

Reviro os olhos.

— Nós dois sabemos que não é verdadeiro. Aliás, passar-se por policial é crime.

49

— Você vai me prender? — pergunta, com um sorriso tímido.

— Você? Não vale a pena todo o trabalho com a papelada.

Com isso, eu me viro e começo a me afastar. Não estou muito longe quando ouço gritar.

— Eu vou te ver em breve, Heather.

Brody continua encostado no carro, agora com um sorriso enorme na cara. Aponto para o peito dele e aviso outra vez.

— Nenhuma palavra.

Ele dá risada e entra no carro.

— É melhor você rezar para que ninguém na delegacia ouça sobre isso.

Resmungo e descanso a cabeça no banco.

— Eu sem dúvida sei como complicar as coisas.

— Sim, sem dúvida.

Depois disso, nós dois ficamos em silêncio enquanto eu dirijo até o hospital. Seguimos até o quarto de Stephanie sem mais comentários sobre as minhas escolhas de vida. Isso é o que salva o meu emprego, os caras simplesmente não querem falar disso. Brody me deixa dizer tudo o que eu preciso, e depois de dar a contribuição dele, acabou. Não tenho discussões de três horas analisando o porquê das coisas com ele. Nicole, que eu tenho certeza que está morrendo para me interrogar em busca de mais detalhes, é exatamente o oposto.

Preciso me lembrar de evitar me encontrar com ela também.

Assim que vejo Steph, já sei que ela está melhor. As janelas estão abertas e ela está sentada na cadeira de visitante olhando para a água lá fora. As mãos dela estão estáveis e o clima geral no quarto está mais leve. Mas tenho certeza de que os meus instintos estão corretos quando vejo o sorriso enorme dela quando entramos.

— Brody! — ela praticamente grita.

Desde que me lembro, Stephanie tem uma quedinha por ele. Se eu não o visse como um cara irritante que tem problemas com gases, eu provavelmente também o acharia gostoso. Ele é alto, tem olhos azuis escuros, uma mandíbula bem definida e passa confiança.

— Steph! — Ele abre um sorriso e a envolve nos braços dele. — Está gostosa hoje.

Dou um tapa, repreendendo-o, mas sei que está tentando deixá-la feliz. Ele sabe dos sentimentos dela, e fico agradecida por nunca a deixar se sentir uma tola.

Rachel acha isso fofo.

Eu acho ridículo.

— Pare com isso — ela fala, depois de ficar vermelha. — Como vai o trabalho?

Brody conta sobre as últimas ocorrências e ela coloca a mão no peito, espantada. Eu poderia sair do quarto, plantar bananeira ou malabarismo e ela não notaria. Quando está por perto, ela só tem olhos para ele. Brody é o único homem na vida dela que não a trata como se estivesse morrendo.

— Mas a melhor parte... — Brody se inclina e eu arregalo os olhos — foi quando a sua irmã mandou um ator famoso parar o carro!

— Brody... — Eu tento fazê-lo parar, mas Stephanie acena para eu me calar.

— Sim. Eli Walsh.

— Minha nossa! — Stephanie dá um grito. — O Eli! Tipo, o mesmo cara que você foi ver no show? — pergunta, olhando para mim e depois para o Brody.

— Exatamente ele. — Brody abre um sorriso. — Heather te contou que eles se conhecem?

— Eu mato. Eu mato você — declaro.

As minhas mãos começam a suar e o arrependimento toma conta de mim. Não queria contar isso para ninguém. E a minha boca grande foi contar justo para o Brody. Sim, ele meio que descobriu sozinho, mas mesmo assim. Agora, a última pessoa para quem eu quero contar isso é a minha irmã.

Não sei porquê, mas eu me sinto como uma adulta irresponsável que fez uma coisa completamente fora dos nossos valores. Deixá-la ver isso em mim faz com que eu queira me enterrar em um buraco.

— Heather! — Stephanie se vira na mesma hora. — Por que você não me contou?

— Não tem nada para contar. Você precisa focar em você, não em mim.

— O quê? — Parecia que eu tinha feito uma afronta. — O que você quer dizer com isso?

Aproximo-me dela.

— Não tem nada que eu sinta vontade de falar a respeito.

— Mas para o Brody você conta?

Eu estava me divertindo com seu bom humor.

— Porque o Brody é um intrometido e descobriu sozinho. Você não precisa saber dessas coisas.

A cara dela se transforma de chateada para irritada.

— Você não é a minha mãe, Heather. É a minha irmã. Você age como se eu fosse criança. Tenho vinte e seis anos e estou bem cansada de ser tratada desse jeito.

Essa é a parte da nossa relação que eu absolutamente odeio. Stephanie não consegue entender que, enquanto ela é tecnicamente uma adulta, para

51

mim ela ainda é uma criança. Sou doze anos mais velha que ela e praticamente a criei. Ela ainda era menor de idade quando os nossos pais morreram. Eu não era.

Depois disso, não tivemos mais um relacionamento em que ela experimentava as minhas roupas e a gente passava horas assistindo filme. Passei a ajudar com a lição de casa, pagar as contas, lavar a roupa e conferir se ela não estava matando aula. Não tenho ressentimentos. Eu faria tudo de novo, mas isso não significa que eu gostava do jeito que isso mudou a dinâmica da nossa relação.

— Sei que não sou a mamãe. Acredite, eu sei.

Sempre que tem a oportunidade, ela me apunhala com isso, e toda vez me machuca, deixando feridas que não são superficiais.

— Então pare de me tratar como se eu fosse sua filha e me trate como irmã. Não sei quanto tempo ainda tenho e gostaria de mudar a nossa relação.

Os meus olhos se enchem de lágrimas quando ela traz à tona a verdade em torno do tempo que temos. Brody limpa a garganta e coloca a mão no braço de Steph.

— Vou pegar um café. Vejo você mais tarde, pirralha.

Ela demonstra irritação ao ouvir o apelido e vira o rosto.

Pego a mão de Stephanie.

— Desculpa se faço você se sentir assim.

— Eu estrago tudo! — Ela se descontrola e puxa a mão de mim para cobrir o rosto.

— Por que está dizendo isso?

— Porque sim! Porque eu estrago! — Ela se vira um pouco e uma lágrima cai. — Eu sei que foi por minha causa que o Matt foi embora.

— Steph…

— Não, eu sei. — Ela enxuga a lágrima e respira fundo. — Odeio ver que a minha doença te trouxe sofrimento. Você não precisava disso.

O meu coração bate acelerado e estou fazendo o que posso para me manter firme. Essa história de ela ser responsável pela decisão de merda do Matt não é verdade. Não é culpa dela se ele não era homem o suficiente. É dele.

Abro a boca para argumentar, mas ela coloca a mão sobre os meus lábios.

— Eu ainda não acabei. Não é fácil ver você tendo que economizar porque não posso trabalhar. Não tem nada que você não faria e que não faz por mim, e eu a amo demais. Mas isso não significa que você não pode ter uma vida, Heather. Jesus! Vá viver, porque não posso. — As últimas palavras saem com dificuldade. As lágrimas que eu estava tentando afastar acabam caindo. Puxo a minha irmãzinha para os meus braços e aperto-a contra o meu peito. — Eu não posso viver, mas você pode... E deveria — ela diz, no momento em que nós duas somos vencidas pela emoção.

Seguro seu rosto e puxo-a para que nos encaremos olho no olho.

— Você está vivendo agora, Steph.

— Isso não é viver. É esperar pela morte.

Todas as palavras que quero dizer parecem erradas. Ela tem todo o direito de estar brava, triste e qualquer outra coisa contra a qual lute. A vida dela mudou de forma tão brusca que pegou o nosso mundo e virou de cabeça para baixo. Não teve nenhum tipo de alerta ou planejamento para essa doença.

Ao invés de dizer alguma coisa para tranquilizar seu coração, eu a abraço ainda mais forte e a deixo chorar.

Depois de alguns minutos, ela se acalma e encosta em mim outra vez.

— Você está bem? — pergunto.

— Não, mas estou um pouco melhor.

— Não precisa esconder a sua tristeza de mim. — Eu a lembro ela. — Estou sempre aqui para o que precisar.

Stephanie acena.

— Eu sei, mas sinto falta da minha irmã. Quero que me conte quando fizer alguma idiotice e com certeza quero que me conte quando conhecer alguém famoso.

Eu resmungo e abaixo a cabeça.

— Está bem. Eu vou te contar tudo, mas foi muito mais do que simplesmente conhecê-lo.

— Puta. Merda. Não vai me dizer que trepou com ele? — Agora vai ser impossível escapar. Mas a alegria que tomou conta dela vai fazer valer todo o meu constrangimento.

Eu me viro um pouco, tentando relaxar antes de fazer aquela confissão tão embaraçosa.

— Exatamente. Se ajeita aí porque passei aquela noite inteira sendo mais que irresponsável.

— Finalmente!

# Capítulo 7

## ELI

— Deixe-me ver se entendi, você dormiu com ela, ela fugiu. Você a viu de novo e ela cai fora outra vez? — Randy pergunta, com um sorriso idiota. — Cara, você realmente tem a manha.

Eu me arrependo de ter vindo aqui. Depois de trombar com Heather, dei um pulo em *Sanibel Island*, onde o Randy mora. Não sei por que achei que isso me ajudaria de alguma maneira. Devia saber que meu irmão e minha cunhada ficariam felizes demais com essa história.

Mas ainda conseguirei dobrar aquela mulher.

Só preciso de um pouco de delicadeza e de muita paciência. Além do mais, ainda tenho uma carta na manga.

— Foi incrível.

— Você saiu do banheiro e ela tinha ido… embora? — Randy insiste, enquanto fica dando risada.

— Foi ridículo. Não conseguia encontrá-la e aí me dei conta de que ela tinha vazado. Quem é que faz isso?

Savannah ri.

— Hmm, você!

Exatamente. Esse é o meu lance. Sou eu que saio fora ou arrumo alguém para acompanhar a grudenta para fora do ônibus. Não saio para procurar a mulher, e definitivamente não vou atrás quando ela me dá o fora, duas vezes.

— Nunca imaginei que veria isso acontecer. — Vannah se inclina para trás outra vez.

— Está vendo o que acontecer?

— Você está de quatro por essa daí. Pelo menos uma vez, é você que está sentindo na pele.

Balanço a cabeça em negação. Ela não sabe do que está falando. Não dá a mínima. Savannah em si não é um problema, o problema é como ela parece não se importar comigo. Eu também tenho sentimentos. Já me apaixonei, mas eles se esquecem disso.

— Não estou de quatro. Estou é confuso. Que motivo ela teria para me afastar?

— Ah, não vem com essa agora, Eli. Você não é nenhum deus não. É um mimado que tem tudo de bandeja, isso sim.

— O caralho que eu tenho.

É a vez de ela me dar um olhar que faria qualquer homem crescido chorar. Olha ao redor para ter certeza de que as crianças não estão por perto e aí então a expressão dela volta ao normal.

— Olha a boca. Já foi ruim o suficiente ter o Adriel mandando a professora ir tomar no cu outro dia, não precisamos dessa outra palavra por aqui.

Savannah é uma grande mulher. Ela dá conta de muita coisa, mas o meu sobrinho de sete anos é um bostinha. Adriel é o mais velho e é mais que mimado. Randy ficava fora por muito tempo quando ele era um bebê, e aí tentava compensar em excesso quando estava em casa. Eu me sinto mal por ela, já que é ela quem tem que lidar com o resultado disso.

Coloco as mãos para cima e lanço para ela um sorriso.

— Foi mal. Terei mais cuidado.

— Melhor assim.

— Só estou querendo dizer que as coisas não foram assim tão fáceis para nós. Não tínhamos nada de bandeja.

Randy ri.

— Você tinha dezoito anos quando conseguimos um contrato. Desde então teve que enfrentar alguma dificuldade?

— Você teve? — Aponto para as paredes ao redor. Eles agem como se precisassem lutar muito por alguma coisa. Essa mansão de nove milhões de dólares onde estão morando não parece apontar para isso, se me perguntarem.

— Eu me lembro da mãe tendo que arrumar um segundo emprego para podermos comer e fazermos aulas de música, você se lembra disso?

Sempre voltamos nessa história. É claro que me lembro. Quando o nosso pai morreu, tudo mudou. Sim, eu era novo, mas isso não significa que não tenho lembranças daquela época. A minha mãe era ótima em esconder as coisas, porém, por mais que você se esforce, algumas coisas são visíveis. Quando a pensão alimentícia parou de chegar, paramos de fazer muita coisa.

— Por que você acha que eu fiz questão de tomar conta dela quando começamos a fazer dinheiro?

— Porque você queria ser o favorito — ele retruca, e vira a cerveja.

— Isso eu já era. Se o motivo fosse simplesmente solidificar essa preferência, eu não precisava ter comprado casa nenhuma para ela.

— Continue se enganando. — Randy ri e balança a cabeça para mim.

55

— Ok, voltando para minha questão. Você teve uma vida adulta bem fácil, Eli. Chove mulher para você, a banda teve mais sucesso do que qualquer um poderia ter imaginado, e você conseguiu o papel no *A Thin Blue Line* sem ter nenhuma experiência como ator. As coisas caem no seu colo, mas dessa vez… não está sendo bem assim.

Em certo ponto ela tem razão, mas isso não significa que não dou o meu sangue. É verdade que me procuraram e me convidaram para participar da série, mas eu comecei imediatamente a fazer aulas de interpretação. Contratei os melhores instrutores para garantir que ganharia dinheiro. Não posso falar nada em relação a *Four Blocks Down*, já que aí foi um cara prometendo sucesso se assinássemos com ele e mais uma tonelada de sorte.

Mas a Heather… Ela é uma coisa completamente diferente. Pela primeira vez, não tenho alguém me perseguindo por causa de quem eu sou. Caralho, ela fugiu.

Eu quero entender por quê. Quero saber o que ela está escondendo por detrás daquele exterior de mulher durona. Nunca vi alguém em um show como ela. Tive que me esforçar muito para não ficar encarando-a a noite toda. Existe uma atração entre nós, e sei que ela sentiu.

Tiro uma onda comigo mesmo mentalmente. É absolutamente ridículo que uma mulher esteja causando esse efeito em mim. Mas ainda assim quero vê-la de novo, o que só serve para provar que tem alguma coisa diferente. Por que ela é a única coisa em que eu consigo pensar? A verdade é, eu não ia chutar Heather para fora da minha cama naquela noite. Queria ficar com ela nos meus braços, sentir seu perfume ao longo da noite e a pele dela na minha. Ao invés de conseguir qualquer uma dessas coisas, ela saiu correndo. E a pior parte é que depois disso fui atrás dela, caralho, e estou cogitando a possibilidade de fazer isso de novo.

Savannah balança a mão na frente da minha cara.

— E então?

— Acho que você está errada, Vannah. Não tem nada a ver com a sensação de caça. — Não é essa a questão, a questão é ela.

— Sério? — pergunta, parecendo surpresa. Merda, falei em voz alta. — O que está rolando? — Vannah cutuca.

— Eu não sei — admito e dou um gole. — Era alguma coisa nos olhos dela. Estou parecendo uma menininha falando, mas é sério. Era como se tivesse essa… coisa. E só quero entender o que é.

Savannah se esforça para esconder o sorriso, mas eu consigo ver. Eterna sonhadora. Ela colocou os olhos no Randy e soube que se casariam. Ouvi essa história um milhão de vezes, e toda vez eu luto contra a vontade de vomitar. Ela jura que, quando acontece, não dá para voltar atrás.

— Não estou apaixonado por ela — eu rapidamente me defendo.

Randy bate em mim com o cotovelo.

— Parece a primeira vez em que eu coloquei os olhos na Savannah.

— Você era um idiota. E ainda é.

— Como todo homem é quando está apaixonado.

— Mas que caralho! — Ergo as mãos e me levanto.

— Olha a boca! — Savannah grita.

— Desculpa! Mas não estou apaixonado por ninguém.

Não consigo acreditar nesses dois. Desde quando pensar em uma mulher é a mesma coisa que estar apaixonado? Não é.

Isso significa que eu preciso estar com ela mais uma vez para provar que está tudo na minha cabeça.

É isso.

Pego a carteira e as chaves, e saio resmungando. Eles estão errados e não ficarei sentado com eles enquanto tentam me convencer do contrário. Tudo que sei é o nome dela, que ela é policial e onde ela mora. Mais nada. Como eu ia me apaixonar por um nome? Isso não é realista, e não tenho a menor intenção de amar outra mulher na vida.

Já passei por isso e preferia ficar sem grana a dar a alguém esse tipo de poder sobre mim outra vez.

A última vadia acabou comigo e quase destruiu tudo que conquistei com o meu trabalho.

— Ei. — Randy levanta. — Não seja assim.

— Eu vou provar que vocês estão errados.

Ele ergue a sobrancelha e sorri.

— Eli, para de ser um idiota.

— Tio Eli! — A minha sobrinha me atropela e dá um pulo nos meus braços. — Estava com saudade!

— Oi, linda! — Daria é a única menina que vou amar na vida. Ela só tem três anos e é a dona do meu coração. Sinto pena de qualquer cuzão que um dia tente chegar perto dela. Foda-se, se eu estiver numa cadeira de rodas, vou dar um pé na bunda do cara. — Eu estava mais.

— Você e papai, quero música!

Olho para o meu irmão e vejo a mesma adoração em seus olhos. Adriel pode ser mimado, mas a Daria o tem na mão. Não tem nada que Randy não faça por ela.

— Tenho que ir para casa, lindinha — tento explicar, mas ela cruza os braços e faz bico.

— Tio Eli, você não me ama.

— Você sabe que isso não é verdade.

— Por favooooor — implora, e agarra as minhas bochechas. — Eu te amo.

Estou tão ferrado quanto o Randy.

— Eu também te amo. Uma música.

— Eba! — Ela bate palma e se chacoalha para colocá-la no chão. Três anos de idade e tem todo esse domínio do mundo, toda essa coisa de manipulação já tão aperfeiçoada.

Depois de onze músicas, estou finalmente em pé ao lado do meu carro com o meu irmão.

— Olha, eu sei que ficamos te enchendo o saco lá dentro, mas você é um cara que nunca se prende a um traseiro bonito.

O meu sangue sobe ainda mais com cada palavra e eu fecho o punho. Heather não é um traseiro bonito.

Porra.

Onde é que estou com a cabeça, caralho?

É exatamente isso que ela é.

Randy ri como se tivesse esperando justamente essa resposta, ele sabe o que eu estou pensando.

Ele bate a mão no meu ombro e dá risada.

— Vai falar com ela. Se não for nada, venha aqui e falaremos para Savannah que ela estava errada. Na pior das hipóteses, você terá a sua própria confirmação.

— Você sabe que me recuso a passar por isso de novo.

— Por causa da Penelope?

Só o nome dela já me dá vontade de socar alguma coisa.

— Sim.

— Isso é triste, cara. O lance entre vocês aconteceu muito tempo atrás, e você está mais velho e mais esperto. Nunca se apaixonaria de novo por uma piranha interesseira como ela.

— De qualquer maneira, é justamente essa a questão. Não estou apaixonado por ninguém.

— Está certo. — Randy acena concordando. — Então não seria nenhum problema encontrar com ela outra vez.

Com isso, meu irmão sai fora para subir a rua de volta, e mostro o meu dedo do meio para ele. Eu deveria ter sido filho único. A vida teria sido muito mais fácil.

Ligo o carro e foco a mente na minha situação com a Heather.

Batendo os olhos no documento que está no porta-copo, sei exatamente o que vou fazer.

# Capítulo 8

## HEATHER

Depois de Brody e eu deixarmos Stephanie, recebemos um chamado atrás do outro. Não paramos o dia inteiro e acabo exausta. Graças ao trabalho por turnos, tenho os próximos três dias de folga e não podia estar mais feliz. O que é bom, já que precisarei de uma *vibe* legal para o telefonema que farei agora.

Preciso retornar a ligação da Nicole.

— Ei, ei! E aí? — digo, enquanto me jogo no sofá.

— "E aí" digo eu. Onde é que você estava? Eu te liguei quatro vezes.

Faço para ela um resumo dos chamados que recebemos, deixando de fora propositadamente o encontro que tive com o Eli, e me deito.

— Estou pra lá de exausta.

— A Stephanie está bem?

— Parece que sim. Tivemos uma conversa muito legal. — Conto para ela da minha visita ao hospital.

— Foi ótimo nos abrir uma com a outra. Sei que, às vezes, ficamos tentando esconder as coisas. A Stephanie muito menos que eu. Quando a mente dela não está no lugar certo, qualquer coisa escapa.

— Fico contente. Então, já que essa questão está resolvida, conta-me da outra noite.

— Nic — resmungo.

— Não. Você me fez escalar uma droga de um portão. Não vai escapar dessa. Eu já te dei espaço, mas essa noite isso não acontecerá.

Fico imaginando como ela deve ter se remoído de curiosidade, mas não quero falar disso agora. E é bem possível que isso nunca aconteça.

Felizmente a campainha toca.

— Ih, merda, a minha pizza chegou. Espere aí, Nic.

Coloco o telefone na mesinha de centro e pego a minha carteira antes de abrir a porta.

— É bom te ver de novo, Heather. — Ian, o entregador de pizza, sorri.

Tento não ficar deprimida em ver que o carinha me conhece pelo nome. Essa é a comida que peço depois de um turno de doze horas.

— É bom te ver também. — Devolvo o sorriso e ele me olha de cima a baixo. Ele é um menino legal, mas aqueles olhos curiosos meio que passam da conta.

Ian me entrega a pizza e eu entro para enfrentar uma noite de interrogatório com Nicole.

— Tudo bem. — Devolvo o telefone para a orelha. — Estou de volta.

— Você ia começar a me contar sobre a transa com o Eli.

Mordo um pedaço enorme de pizza e resmungo. Toda aquela coisa boa grudenta de queijo é como uma festa na minha boca.

— Heather! — Nicole grita, enquanto dou outra mordida.

— Estou comendo — respondo, enquanto mastigo.

— Pizza não é mais importante do que a minha necessidade de informação. — A campainha toca de novo e dou graças a Deus por esses pequenos milagres. — Espera aí de novo — peço, enquanto seguro o telefone com o ombro.

Saio andando sorrindo, porque sei que a Nicole deve estar enlouquecida.

— Você esque…

— Oi, Policial Covey. — Eli sorri, encostado no batente da porta. — Eu estava torcendo para que estivesse em casa. Não tivemos chance de terminar a nossa conversa.

Sem nem pensar, fecho a porta e fico ali parada. Puta que pariu. Que porra é essa que está acontecendo?

— Heather? — A voz de Nicole é um zumbido na minha orelha. Ou será que é o meu pulso repentinamente frenético?

— Hmm? — Não consigo falar. Eli Walsh está na droga da minha casa.

— É quem estou pensando?

Fico na ponta dos pés e olho pelo olho mágico. Não há dúvidas, ele está bem ali, sorrindo como se não tivesse nenhuma preocupação no mundo.

— Sim.

— Caralho! Você está brincando? — Nicole grita.

— Puta que pariu, Nic. O que eu faço, porra? — O meu coração continua disparado e estou entrando em pânico.

Nicole dá risada e volta a gritar:

— Abre a droga da porta!

Olho no espelho e fico ainda mais irritada. Estou vestindo um *short* e uma camiseta gigante, que agora está com uma bela mancha de pizza na frente. O meu cabelo está preso num coque todo bagunçado, estou sem nenhuma maquiagem, e com óculos ao invés da lente de contato. Não acredito nisso.

Eli bate de novo.

— Heather, eu posso te ouvir do outro lado.

Pressiono a mão contra a madeira e fecho os olhos.

— O que você quer, Eli?

— Heather! Abre agora a porra dessa porta! — A voz da Nicole berra na minha orelha.

— Cale a boca! — grito para a jumenta da minha melhor amiga.

— Eu não disse nada — Eli responde.

Suspiro e jogo a cabeça contra a porta outra vez, fazendo um barulho.

— Eu sei. Eu... Eu... só...

Nicole começa a rosnar para mim.

— Juro que se você não abrir agora, vou até aí e dou para ele a minha chave reserva.

Não existe a menor dúvida de que ela fará exatamente isso.

— Está bem. Tchau — despeço-me e desligo o telefone.

Sem nenhuma opção, arrumo o cabelo da melhor maneira que posso e abro a porta. Eli continua ali com o braço apoiado no batente e com um sorriso enorme na cara.

— Oi. — A voz grave dele me envolve, fazendo com que os dedos dos meus pés se encolham ligeiramente.

— Por que você está aqui e como descobriu onde eu moro? — pergunto, tentando evitar que o meu coração saia pela boca.

Ele está ridiculamente sexy. Mais ainda do que hoje cedo. Tudo nele grita "corra", mas cada músculo do meu corpo quer ficar por perto.

Ele não fala nada, só fica olhando nos meus olhos.

— Você vai me deixar entrar?

— Você vai responder as minhas perguntas? — devolvo para ele.

— Se você me deixar entrar.

Isso não vai dar certo. Deixar Eli entrar ainda mais na minha vida não é parte do meu plano. Não consigo me misturar com um cantor-ator *playboy* e a sua existência ultraproblemática. Já tenho complicações demais na vida, não preciso de outra.

Também não acho que ele é do tipo de homem que desiste. Se eu o mandar embora, ele vai voltar amanhã. Dizer "não" para alguém que provavelmente nunca ouviu essa palavra só vai servir como um desafio. É melhor colocar um fim nessa história agora para eu poder seguir em frente.

— Está bem, mas você tem cinco minutos. — Abro mais a porta e ele fica em pé na entrada, o que nos deixa cara a cara.

Os olhos do Eli não desgrudam dos meus enquanto a mão dele toca com gentileza um lado do meu rosto.

— Isso nós veremos.

Luto contra o impulso de esmagar os meus lábios contra os dele. De sentir o gosto do seu beijo e sentir suas mãos grossas na minha pele outra vez. Não existe nada que eu tenha desejado mais do que deixar de reviver aquilo na minha cabeça, mas não consigo.

Já faz muito tempo que homem nenhum me deixa enlouquecida, tirando-me o juízo por completo, mas Eli conseguiu isso sem nenhum esforço.

Nego com a cabeça e abaixo a mão dele.

— Comece a falar antes que eu pegue o meu *taser*.

— Prefiro que pegue as algemas. — Ele pisca e entra na minha sala.

Pela primeira vez desde que consigo me lembrar, olho ao redor e sinto vergonha. Levo uma vida modesta, não tenho condições de pagar pelos reparos necessários em minha casa e não trouxe móveis novos para cá desde o meu noivado com Matt, nove anos atrás. Estou aqui com um cara que poderia comprar o catálogo inteiro da *Pottery Barn*, enquanto eu não consigo nem um cobertor.

— Eli? — pergunto, tentando fazer com que ele pare de olhar ao redor. — Como você descobriu onde eu moro?

— Relaxa. — O sorriso dele é tranquilo e afetuoso. — Encontrei uma coisa sua. Acho que você provavelmente vai precisar.

— O quê? Uma coisa minha?

Ele puxa um cartão e o meu queixo cai.

— Precisa disso?

— Puta que pariu! Eu nem sabia que tinha perdido! — Eu me aproximo e pego a minha carteira de motorista da mão dele. — Obrigada. Eu estaria na merda se fizessem a conferência da papelada e eu não estivesse com isso antes do turno.

— Achei que era importante, sendo a cidadã cumpridora da lei que você é.

Fico imensamente aliviada, mas logo em seguida fico confusa.

— Mas espera… você me viu hoje cedo.

— Sim, mas eu estava numa situação complicada com uma policial que queria cortar o meu barato, então não tive chance de devolver.

Cruzo os braços e fico olhando para ele.

— Você teve tempo suficiente para isso.

Ele ergue os ombros e se atira no meu sofá.

— Achei que seria melhor devolver agora. Além do mais, eu não queria usar todas as minhas cartas logo de cara.

— Então, o que é que está acontecendo aqui?

— O que está acontecendo é que nós estamos virando amigos.

— Amigos? — pergunto.

O sorriso preguiçoso dele aumenta e ele recosta no sofá.

— Exatamente. Decidi hoje que seríamos amigos.

— E por que isso?

Não sei ao certo porque razão estou perguntando, mas não consigo evitar querer saber por que é que ele acha que isso acontecerá, já que definitivamente não vai. Não preciso de mais amigos, principalmente se for algum deus do sexo rico que, do nada, quer transformar a minha vida em uma bagunça ainda maior.

— Porque é isso que as pessoas fazem depois de dormirem juntas. Além do mais, eu sou um bom amigo.

Respiro fundo e aproximo-me.

— Não preciso de mais... — Eli abre a caixa da pizza e pega uma fatia. — Ei! Essa pizza é minha.

— Estou morrendo de fome. — Ele ri e dá uma mordida. — Hmm. — Saboreia, enquanto mastiga e eu daria qualquer coisa para ser o que ele está comendo.

Arregalo os olhos e sinto o meu rosto queimar quando me censuro por estar pensando naquilo. Qual é o meu problema? Por que é que viro uma adolescente confusa quando estou perto dele? Definitivamente não sou uma pessoa obcecada por sexo. Desde o Matt, só tive um homem na minha cama.

Um.

E foi uma chatice.

Agora, eu estou aqui em pé pensando em Eli e tudo que ele fez comigo.

— Olha, novo amigo que eu, particularmente, não pedi para ter, eu agradeço a você por ter trazido a minha carteira de motorista. — Sigo na direção da porta, mas ele continua recostado e ainda apoia uma das pernas no joelho da outra. — É sério, mas...

Ele me interrompe:

— Você não vai comer?

— Eu definitivamente vou comer, mas você definitivamente não vai ficar.

— Você não pode dividir uma pizza comigo? Não é isso que amigos fazem? Dividem as coisas, se divertem, conversam, passam um tempo juntos? — Ele balança as sobrancelhas com um sorriso no rosto.

Nego com a cabeça e suspiro.

— Nada de passar um tempo juntos, e, por mais que eu adore a ideia da nossa nova amizade, hoje foi um dia muito cansativo. O meu plano era ir para cama.

— Também podemos fazer isso. — Ele dá outra mordida como se não tivesse se oferecido para dormir comigo de novo.

— O quê? Não! Não foi isso que eu sugeri!

Ele ri e larga a pizza antes de esfregar as mãos para se livrar de alguma sujeira.

— Jesus, relaxa, Heather. Eu estava brincando. Estou aqui porque queria conversar sobre o que aconteceu. Você fugiu sem dizer uma única palavra, e quando achei a sua carteira de motorista no chão, percebi que era um sinal.

— Um sinal?

— Sim. — Ele levanta e vai até mim. — Um sinal de que temos questões pendentes. Sabe, a maioria das mulheres gosta de deixar alguma coisa para trás, para que eu vá até elas para devolver. Foi esse o caso? Um jogo para que você pudesse me ver de novo?

Cada passo que Eli dá faz o meu pulso acelerar um pouco mais. Não sei que questões pendentes ele acha que temos e não sei com que mulheres está acostumado a lidar. Fui bastante clara quando fugi e disse que não tinha mais nada para acontecer entre nós. Eu estava meio bêbeda, fui uma imbecil e tinha sido pressionada pela idiota da minha melhor amiga a fazer uma coisa fora da minha zona de conforto.

— Não tenho tempo para jogos. Nunca planejei te ver outra vez. O único sinal que existiu foi o de que eu derrubei uma coisa e você, por acaso, encontrou.

Eli fica em pé na minha frente e tenho que inclinar a cabeça para trás para ver o seu rosto. Aqueles olhos lindos me têm como refém e ele envolve a minha cintura com o braço.

— Acho que nós dois sabemos que isso não é verdade. Você está sentindo, eu sei. Consigo ver a sua respiração acelerando, os seus olhos o tempo todo buscando os meus lábios, e, por mais que você tente lutar contra isso, sei que me quer.

Balanço a cabeça, tentando dizer que ele está errado, mas quando Eli desliza a língua nos lábios, e sei que consegue escutar a minha respiração forte e repentina. Sei porque está alta e, no silêncio, é possível que tenha soado como um estrondo sônico.

— Eli... — Tento me afastar, mas o braço dele me segura.

— Não vou fazer nada, só quero conversar.

— Isso é loucura — digo, desejando que cada célula do meu corpo não estivesse louca para se entregar.

A outra mão dele sobe, deslizando até as minhas costas e me aperta com um pouco mais de força.

— Loucura seria sair por essa porta sem conferir se isso é só coisa da nossa cabeça.

— Se isso o quê é coisa da nossa cabeça?

— Essa coisa que nos muda de tal maneira a ponto de ter me trazido até aqui na sua casa e a ponto de ter feito você fugir no meio da noite sem nem dizer tchau. Tem alguma coisa acontecendo e eu quero descobrir o que é. Você não quer?

Os meus olhos não desgrudam dos dele e a sinceridade e convicção daquelas palavras me deixam atordoada. Se eu disser para ele sair por essa porta, vou me arrepender. Vou ficar pensando nesse instante para o resto da minha vida. Além disso, Nicole sabe que ele está aqui, então, se eu pedir para ele ir embora, ela nunca vai me deixar esquecer disso.

Antes de conseguir impedir que as palavras escapem da minha boca, concordo:

— Ok, mas só pizza e conversa.

Eli abre um sorriso largo e me aperta um pouquinho mais.

— Pizza, conversa e sabe-se lá o que mais — ele retruca.

Não vai ter mais nada, mas eu guardo isso comigo. Discutir com ele parece que só serve para fazê-lo ficar, comer pizza e achar que vamos ser melhores amigos.

Voltamos para o sofá e sentamos. Ele pega uma fatia e a dá para mim antes de continuar com a dele. Sento em cima das pernas dobradas e tento não ficar encarando, mas Eli Walsh está sentado na sala da minha casa, que está caindo aos pedaços. Não que eu more em um buraco de merda, mas tenho certeza de que a casa dele é bem diferente.

O meu pai era um homem de muitos projetos. Ele começava uma coisa e nunca terminava. Matt ajudou um pouco, mas estava longe de ser o Bob Vila[8]. Era no máximo o Tim Allen do Home Improvement[9] e quebrava mais do que consertava.

Depois que ele foi embora, fiz o melhor que pude para remendar os buracos da minha casa e do meu coração.

— Então, uma policial? — Eli pergunta, depois de alguns minutos comendo em silêncio.

Enxugo o molho da boca e sorrio.

— É o que eu sempre quis ser. Os meus pais foram assassinados por um motorista bêbado quando eu tinha vinte e um anos. Depois disso, eu soube que queria salvar pelo menos uma pessoa desse tipo de tragédia.

— Sinto muito — ele fala, colocando a mão no meu braço.

— Já faz muito tempo.

— Mesmo assim, deve ter sido muito difícil.

---

8   Bob Vila é um apresentador americano de programas de reformas nas casas. Uma espécie de *Lar Doce Lar*.

9   *Home Improvement* é uma sitcom americana da década de 90, que revelou os atores Tim Allen e Pamela Anderson.

Eu suspiro e levanto os ombros sutilmente.

— Não foi legal, mas acho que aquilo me fez ser quem eu sou hoje.

— Entendo você. O meu pai também morreu quando eu era novo.

— Sinto muito.

Perder os pais nunca é fácil, mas quando você é novo, é impossível saber lidar com as emoções. Tantas vezes eu quis ter os meus pais por perto para que me guiassem. Teria sido muito mais fácil.

— Tranquilo. De qualquer maneira, ele não era nenhum pai exemplar — ele dispensa as minhas condolências e diz: — Então, me conta, Heather… quem é você?

— Eu sou só eu.

De jeito nenhum vou revelar os meus segredos mais profundos. Eli vai sair por essa porta essa noite e nunca mais voltará, o que é exatamente o que eu deveria querer. Certo? Então, por que é que não jogo a merda no ventilador logo de uma vez? Até onde eu sei, sou só uma conquista. A mulher que fugiu de um homem que as outras correm atrás aos bandos. É o que a Nicole chama de reação da rejeição. Se eu tivesse ficado lá esperando, ele teria me descartado assim como as outras mulheres sem nome e sem rosto com quem ele dormiu.

Ele tira as chaves e a carteira do bolso de trás da calça e joga na mesa. *Claro, sinta-se em casa.* Acho que o plano dele é ficar.

— Sério. Quero saber mais de você — pressiona para que eu fale mais.

— Por quê? — pergunto, mostrando toda a minha frustração. — Sabemos onde isso vai dar.

Ele agarra a parte de trás do pescoço com as duas mãos e deixa escapar um forte suspiro.

— Onde?

— Você vai voltar para a sua vida extravagante e eu vou ficar aqui… — Aponto para a sala onde estamos.

— Pode ser que aconteça exatamente isso, mas só porque você está determinada a me colocar para fora daqui.

Ele não está errado, mas aquilo ainda incomoda um pouco.

— Estou me protegendo.

Eli parece se recuperar e pega outra fatia de pizza.

— Está bem então, você vai ter que se esforçar muito mais para conseguir isso. Sou basicamente um policial também.

Dou risada e viro os olhos.

— Já deixamos claro que você só é policial na televisão. Trabalho policial de verdade não tem nada a ver com aquilo.

— Então você assiste? — pergunta, de um modo tão casual e tranquilo, que se eu não fosse uma policial de verdade, teria sentido falta da reação verdadeira dele. Ele deve estar todo convencido por dentro com essa pequena descoberta.

— Eu vi uma vez, porque não tinha mais nada passando.

Que merda estou falando? Eu assisto aquela merda toda semana. No começo eu assistia porque queria ver o quanto eles mutilavam o perfil real dos policiais, mas fiquei viciada. Eu costumo ter vergonha de assumir isso, mas gosto de assistir Eli na televisão. Depois de cinco temporadas, posso admitir que estou oficialmente viciada.

Mas ele nunca vai saber disso.

De jeito nenhum darei a ele mais alguma coisa que possa ser usada contra mim.

— Bom, a minha parceira, Tina, é muito parecida com você.

— É mesmo?

Ela não tem nada a ver comigo. Tina é uma policial durona que não quer saber dos homens. O marido dela foi embora para ficar com outra mulher.

Eu quero um homem. Não quero outro cara que dê em cima de mim, depois dá o fora porque a vida não é perfeita. E o Matt foi embora porque é um imbecil.

— Sim, ela mora sozinha e dá o fora em todos os caras.

Que se dane esse cara. Ele não me conhece. E daí se estou sozinha e não quero me envolver com um homem que tem uma vida que é o oposto da minha? Eu tenho trinta e oito anos de idade, não tenho que agir de acordo com as regras dele ou com o que ele acredita.

— Eu não estou te dando o fora, eu só estou vivendo no mundo real.

Ele inclina para frente e eu me forço a não recuar.

— A única realidade é aquela que criamos.

A minha não é a de uma estrela de cinema ou de interpretar uma policial na televisão. Sou uma policial de verdade. Tenho que lidar com todo tipo de merda e não tem ninguém para gritar "corta" quando a coisa fica intensa demais. Tem bala de verdade voando, gente morrendo em acidente de carro, uma papelada sem fim e um pagamento de merda. Manter-me resguardada não é uma escolha, é uma necessidade.

— Talvez no seu mundo, mas no mundo real, temos que lidar com um monte de merda.

Eli larga a pizza e respira fundo.

— Eu também vivo no mundo real, sabia?

— Bom, já que somos amigos e tudo mais, me fala sobre ele. — Devolvo na mesma moeda.

Tenho plena consciência de que estou sendo uma filha da puta. Mas existe uma razão para eu ter fugido depois que transamos. Eu fico apavorada diante de coisas novas. Tudo na minha vida desaparece ou desmorona.

Tentar começar qualquer coisa com outra pessoa não está nos meus planos. Não posso perder mais nada.

Olhar para Eli, no entanto, me faz querer outra vida.

Uma em que poderíamos ser amigos. Uma em que poderíamos talvez ser mais que amigos, mas essa não é a que estou vivendo.

Ainda assim, uma mulher pode ter esperanças.

Eli muda de posição e limpa a garganta.

— O meu nome inteiro é Ellington Walsh, tenho quarenta e dois anos de idade, nunca fui casado e cresci aqui em Tampa. Tenho um irmão, Randy, que é dois anos mais velho que eu. Estamos na *Four Blocks Down* desde que eu tinha dezoito anos e agora eu sou um ator. Pretendo fazer cinema em breve, mas estou esperando pelo papel certo. Ah, o mais importante de tudo, eu gosto de loiras que dizem que me amam.

Dou risada.

— Me conta alguma coisa que eu não encontraria na Wikipédia.

Aquele olhar silencioso, cheio de vaidade, está de volta no seu rosto e sinto vontade de dar um tapa na minha cara.

— Você andou pesquisando sobre mim, hein?

— Claro. — Eu respiro, tentando parecer indiferente. — Não, eu não cresci lendo sobre você de um jeito bizarro. Mas as informações principais eu tenho. Que tal me contar alguma coisa da sua vida que os seus amigos saberiam?

Vamos ver quanto ele quer me contar. Não tenho certeza se ele deseja essa amizade tanto quanto pensa. Eu nem sei como é uma amizade com uma pessoa famosa. Vai ter gente seguindo-o por aí? Ele tem alguma equipe maluca de segurança? Ele tem pessoas ao redor dele? Será que eu sei o que isso significa? Não. As únicas pessoas que tenho são as minhas amigas e a minha irmã.

— Ok, era para eu estar aqui uma hora mais cedo, mas uma garota acabou me segurando.

Eu arregalo os olhos. É sério que ele está me falando de outra garota?

— Uau.

— Não desse jeito! — ele corrige imediatamente, colocando as mãos para cima. — Droga. Não sou bom nisso. Estou falando da Daria, a minha sobrinha.

— Você tem uma sobrinha?

Eu não sigo a vida pessoal de Randy desde que ele se casou. Aí sim a coisa começaria a ficar bizarra. Sei que ele e a esposa estavam juntos quando montaram a banda, então ele sempre esteve meio que fora do nosso alcance. Era sempre Eli o destruidor de corações.

— Sim, ela já é uma manipuladora de homens. A minha cunhada a treinou para aterrorizar o meu irmão e a mim. É especialista naquele lance de olhos enormes e cara de anjo.

Eu sorrio, entendendo como as crianças conseguem te convencer a fazer o que elas querem muito facilmente.

— Resumindo, é ela quem manda no pedaço?

Eli confirma, balançando a cabeça.

— Prometi uma música para ela. Uma. E depois de onze músicas e cinquenta minutos, eu estava no carro. Se isso não mostra para você o que um simples "eu te amo" vindo dela é capaz de fazer, não sei o que mais pode mostrar. Resumindo, se ela quer, ela consegue. E ainda me fez brincar com as bonecas. — Ele ergue os ombros.

Não consigo imaginá-lo brincando com uma menininha, mas uma parte de mim desmaia diante da ideia. É difícil pensar nele sem resgatar a imagem de garanhão escorregadio que os tabloides construíram.

— Isso é bem fofo para dizer a verdade.

— Você me acha fofo? — pergunta, com a voz cheia de esperança.

— Eu acho isso fofo.

O meu esclarecimento passa despercebido.

— Posso concluir, então, que você gosta de mim. Eu não te culpo, sou meio charmoso mesmo.

Dou risada.

— Isso não estava na Wikipedia.

Ele passa o dedo na minha perna antes de largar a mão inteira. A pele debaixo de onde ele para fica arrepiada.

— Estou guardando as coisas boas para você.

— Que sortuda eu sou.

Ele ri.

— Bom, a maioria das mulheres acharia que sim.

— Ainda bem que eu não sou a maioria das mulheres — devolvo.

— E por quê? — Eli pergunta.

— Porque você não está tentando ser amigo delas.

A risada grave e forte dele toma conta da sala.

— *Touché*.

Terminamos o resto da pizza enquanto ele me conta mais sobre a sobrinha e o sobrinho dele. Adoro ver a afeição com que ele fala deles. É ótimo vê-lo como um cara normal. Ele não é nada especial sentado aqui na minha casa que está caindo aos pedaços. Ele é só um homem como qualquer outro. Um que come pizza e que fala sobre o quanto ele adora irritar a sua cunhada.

Falamos mais sobre o meu emprego, seu show, e sobre como ele está feliz de poder passar um tempo em Tampa.

Eu bocejo e olho para o relógio. Puta que pariu! Ele está aqui há quase três horas.

69

Uau.

Foi tudo tranquilo, divertido e cheio de sorrisos.

— Está bem tarde. — Ele levanta e veste o casaco.

— Obrigada por ter trazido a minha carteira de motorista.

Eu o acompanho até a porta e, quando chegamos lá, ele se vira para mim.

— Posso te ver de novo?

— Eli… — Eu seguro a porta, tentando encontrar as palavras certas. Isso foi bem divertido, mas é complicado. — Não sei se é uma boa ideia.

Ele chega mais perto, mantendo os olhos nos meus.

— Eu tinha esperança de que você veria que não sou um idiota que não se importa com nada. Achei que estávamos chegando em algum lugar, talvez ficando amigos até. Parece que eu estava errado.

— Não está! — digo imediatamente, agarrando o braço dele. — Estou sendo uma louca, desculpa. A verdade é que… — Dou um suspiro e decido dizer a verdade para ele. — Você me deixa assustada. Eu não sou uma mulher de sexo casual. Tem muita, sério, muita merda acontecendo na minha vida. Coisas que ocupam a minha mente sem deixar espaço para mais nada. — Respiro fundo, querendo continuar. — Mas eu me diverti muito com você essa noite. Sendo honesta, foi ótimo conversar, e sim, tem alguma coisa…

O sorriso dele é espontâneo quando apoia no batente, colocando o corpo para dentro outra vez.

— Olha, eu volto para Nova York em algumas semanas, mas até lá eu vou ficar em Tampa. Quero te ver de novo.

— Por quê? — pergunto, completamente confusa.

— Porque, apesar do esforço que você faz para me afastar, não consigo evitar a vontade que sinto de te ver. Gostei de ficar de bobeira, não consigo fazer isso com ninguém fora a minha mãe. Você não me trata como se eu fosse diferente. — Ele pisca. — Pense nisso.

Ele inclina o corpo e beija o meu rosto antes de virar e descer os degraus da entrada. Eu fico ali que nem uma estátua, sem saber se conseguiria encontrar a minha voz se eu quisesse. Fico observando Eli andar até o carro, sem esperar que ele se vire. Quando o faz, sorri de novo e diz:

— Além do mais, sei onde você mora e onde trabalha. Tenho certeza de que, de qualquer maneira, trombaremos de novo. Deveria estar na Wikipedia que sou incansável quando vou atrás de uma coisa que eu quero.

Os meus lábios se afastam, mas ele está no carro antes que eu consiga falar.

Droga. Não era para ser assim.

# Capítulo 9

## HEATHER

— Você está zoando comigo! — Nicole grita, quase derrubando a taça de vinho. — Eu vou me esfregar no seu sofá inteiro.

— Não duvido.

Estamos no apartamento chique dela no centro de Tampa, empenhadas em acabar com a nossa segunda garrafa de vinho. Passei o dia inteiro no hospital com a Stephanie e não queria de jeito nenhum ir para casa. Então, em vez de responder as vinte mensagens dela, eu vim para cá.

— Qual é o problema com você? — Nicole deve ter feito essa pergunta umas dez vezes desde que eu cheguei.

— Não tem problema nenhum comigo! Estou sendo realista. Se o Matt, que era um policial local que eu conhecia desde sempre, foi embora por causa da Steph, o que é que você acha que um superstar internacional vai fazer? Hein? Você pensou nisso?

— Você é uma tonta.

— Você me diz isso há muito tempo. — Respiro fundo e dou outro gole no vinho. Sei que ela acha que eu sou uma boba, mas não posso me expor assim outra vez. Estaria pedindo para ter o meu coração destruído de novo. Prefiro que não. — Eli nunca ficaria preso em Tampa, e eu nunca me mudaria para longe da Steph.

Nicole pega a taça da minha mão e coloca na mesa. O olhar dela é doce, mas já sei o que está por vir. Ela vai cair matando em cima de mim.

— Eu vi você cometer outros erros e não disse porra nenhuma. Mas dessa vez não. Vou te dizer exatamente agora que se você não fizer isso, vai se arrepender para o resto da sua vida. Não tem como negar que sente alguma coisa por ele.

— Não sei o que estou sentindo.

— Sim, você sabe. Teve uma noite muito louca com esse homem e isso te pegou de surpresa. Eu consigo entender. Você sempre foi a certinha de nós quatro. Não sai fazendo loucuras, assumindo qualquer risco. A vida vem te machucando há muito tempo. Sei disso. Todas nós sabemos, mas, porra, Heather, você tem que viver! Não faz sentido nenhum se privar da vida que foi dada a você.

Os meus olhos se enchem de lágrimas e o meu coração fica apertado. Sei que ela me ama e que o que está dizendo é verdade, mas, droga, eu a odeio por isso. Eu faço o melhor que posso. Não sei quantas vezes mais posso suportar ter o meu coração partido.

Quando a minha irmã morrer, ficarei destruída. Não terei mais família nenhuma. Não posso desperdiçar o pouco tempo que tenho para ficar com ela com outra pessoa. Essa é a verdade que não consigo colocar para fora.

Com toda certeza, não vou comprar a ideia de um homem que pode simplesmente arruinar a minha vida. Seria burrice e não vou cometer esse tipo de erro. Especialmente agora que a minha irmã precisa de mim. Eli é sempre fotografado viajando, participando de festas e comendo em todos esses restaurantes caros onde eu não poderia pagar nem por uma salada.

— Jesus, você e Steph andaram trocando figurinha?

— Não, mas se ela falou algo parecido com o que estou te dizendo, então ela está totalmente certa.

— Você sabe porque sou assim. — Enxugo a lágrima que escorre no meu rosto.

— Eu sei. — Nicole pega a minha mão. — Não estou tentando te machucar, mas não posso mais ficar te vendo assim. A sua irmã não quer que você leve a vida desse jeito, e nem os seus pais iriam querer. Não tem nada de errado em se arriscar e em se machucar. Não tem nada de errado em acumular arrependimentos e triunfos, mas tem sim algo de errado em simplesmente… existir.

— E se ele for como o Matt?

Ela sorri.

— Daí você dá um pé na bunda besta dele e eu te arrumo sorvete e vinho.

Eu resmungo e jogo a cabeça no encosto do sofá.

— Odeio quando você tem razão.

Nicole dá risada.

— Juro. Isso não acontece com muita frequência, então não precisa se preocupar.

— Sinto falta da época em que a nossa única preocupação era se iríamos ao baile de formatura com os nossos namorados.

— Eu sempre soube que não iria. Os meninos são uns imbecis. Eu era muito mais feliz dando rolê com você, Kristin e Danni.

Droga. Nós teremos que contar isso para elas. Não tenho atendido as ligações das duas porque eu sou péssima em mentir. Qualquer história que eu invente, elas vão sacar logo de cara.

— Preciso contar a elas, né?

— Nah, eu vou dizer que nós não conseguimos encontrá-lo. — Deixo a minha cabeça cair para o lado para conseguir olhar para ela, e então eu a puxo contra mim para um abraço. — Guarde isso com você por um tempo. Você precisa tomar a sua decisão sem a influência de ninguém.

— Então, o que está me dizendo é que eu deveria dar ouvidos só a você?

— Exatamente.

Dou risada em silêncio e deixo para lá. Minha mente fica perdida revivendo a noite passada. Não consigo evitar pensar em como Eli parecia normal. Ele não foi pretencioso, comeu pizza direto da caixa enquanto ficamos largados em meu sofá velho e esfarrapado. Não teve nenhum tipo de exigência. Éramos só eu e ele, e mesmo assim foi agradável.

Exatamente como na primeira vez em que estivemos juntos.

Talvez eu esteja agindo que nem uma louca e pensando nisso mais do que deveria. Tem alguma coisa nele que não consigo parar de pensar. Seu sorriso me dá frio na barriga. A risada dele é que nem música para o meu coração. E, apesar de ter passado o dia inteiro tentando me convencer de que ele é a última coisa em que quero pensar, acabei passando o dia inteiro falando justamente dele.

Estou ferrada.

— E se ele nunca mais voltar? — pergunto para Nicole.

— Então ele é um perfeito idiota. Você é alguém que vale a pena ir atrás.

As pessoas podem dizer o que quiserem da Nicole, mas ela é a melhor pessoa que eu conheço. Claro, ela me deixa louca, mas eu a amo. Cada passo que dou, ela está ao meu lado e não consigo imaginar a minha vida sem ela.

Passo pelo portão de metal do único lugar em que me sinto próxima dos meus pais. Assim que estaciono, pego o buquê de flores e vou até os túmulos. Faz tempo que não venho aqui, mas não tive um motivo real para conversar com eles até então.

Para ser honesta, andei brava por muito tempo.

Achar o caminho não é difícil, e em pouco tempo eu me agacho na frente dos lugares de descanso final dos meus pais.

— Oi, mãe e pai. — Começo a arrancar o mato que cresceu em volta e a tirar um pouco da sujeira. Os meus dedos percorrem a pedra fria e fecho os olhos, deixando a tristeza e o cheiro da grama recém-cortada preencherem o meu corpo. — Sei que fiquei um tempo sem vir aqui, desculpem-me. — Prendo o cabelo atrás da orelha. — Às vezes é difícil vir, principalmente nos últimos tempos.

Depois de desmaiar no sofá da Nicole, acordei essa manhã e dirigi até aqui. Tem muita coisa que preciso dizer, e às vezes uma mulher simplesmente precisa da mãe.

Esse é um desses momentos.

— Aconteceu muita coisa desde a minha última visita. Eu me separei do Matt, mas isso já é notícia velha. Deixa eu ver… Brody ainda é o meu parceiro, ele me enche o saco o tempo todo, mas não consigo me imaginar trabalhando com outra pessoa. Stephanie está morando definitivamente no *Breezy Beaches*. Não é fácil não tê-la comigo, mas chegou em um ponto que estava demais para mim. Está tudo bagunçado, mãe. Fiz uma burrice e agora não sei o que fazer.

Coloco as flores no chão e começo a arrumá-las.

— Eu conheci esse cara, você provavelmente se lembra da minha obsessão pela *Four Blocks Down*. Pelo Eli, mais especificamente. Então, nos conhecemos no show dele outra noite, e eu… — Sinto-me estranha contando para minha mãe sobre a nossa transa sem compromisso. Não que ela possa responder e me falar sobre a decepção que está sentindo, mas mesmo assim… — Bom, ele apareceu lá em casa ontem à noite, conversamos por horas. Eu gosto dele, mas é muito complicado. Não sou especial nem nada. Tenho medo de que ele machuque o pouco que sobrou do meu coração.

Por mais que eu queira falar com ela sobre isso, tem alguma coisa a mais que me forçou a finalmente dirigir até aqui. O conflito que estou vivendo não tem a ver apenas com o Eli, tem a ver com a minha vida inteira. Tem um turbilhão de coisas que não consigo controlar e estou cansada disso.

Passo os dedos sobre o nome dela na lápide fria, o que me faz lembrar que tudo aqui está morto.

— Espero que você entenda o motivo pelo qual fiquei longe. Ver os nomes de vocês desse jeito às vezes machuca muito. Droga, todas as vezes, na verdade. E em pouco tempo a Steph vai estar aqui com vocês. —Afasto a mão e luto contra as lágrimas que ameaçam cair. — Não sei como vou fazer para levar a vida adiante depois que isso acontecer. Tentei tanto aceitar isso, mas não consigo. Tenho feito tudo que posso por ela, mas ela está ficando cada vez mais doente, e isso está me matando. Eu a amo tanto. — Fica impossível segurar as lágrimas. Elas escorrem sem parar, e sei que preciso disso. Preciso que a minha mãe me ouça. — Sei que ela não é minha filha, mas fui eu quem a criou, e ela vai morrer. Assim como você e o papai. Assim como todo mundo que amo. Todos vocês estão sendo tirados de mim.

A minha mão encontra o caminho de volta até o topo da lápide, e é nela que descanso a fronte no instante em que desmorono. Todos os medos que tentei ignorar por anos borbulham na superfície. Perder a minha irmã vai ser o fim para mim. Vou ter perdido cada membro da minha família sem ter tido a chance de fazer nada.

— Eu salvo pessoas todos os dias, mas não tenho como fazer isso por ela, mamãe. Não tenho como ajudá-la. Não tenho como dar a vida que ela merece. Me desculpa. Sei que você confiou em mim e acreditou que eu ia mantê-la em segurança. — Todas as emoções que eu vinha segurando transbordam de mim. O choro é alto e doloroso, mas necessário. Tenho sido forte há muito tempo, não tenho mais essa força comigo. — Como você pode deixar que Deus também a tire de mim? Vou ficar sozinha e ter decepcionado todos vocês. Me perdoa, por favor... — As minhas palavras são bloqueadas. Encolho-me, soluçando e tentando puxar desesperadamente algum ar para os meus pulmões apertados.

Por fim, quando os meus olhos já estão vermelhos e inchados e as minhas emoções esgotadas, levanto e toco os lábios com as mãos antes de deixar um beijo na lápide.

— Amo vocês dois. Sinto falta de vocês mais do que podem imaginar, e espero que leve um tempo antes de eu voltar aqui outra vez. Porque, na próxima, vai ser o funeral da Stephanie.

Volto para o carro, respiro lentamente para me acalmar e abaixo o retrovisor. Estou um caos. Tiro, então, a maquiagem arruinada pelas lágrimas.

Existe uma razão para eu não vir aqui com frequência: é realmente difícil demais para mim. O meu celular avisa que chega mensagem.

> Você vem aqui hoje?

> Claro.

> Te vejo logo mais?

> Estou indo para aí agora. Estou saindo do cemitério.

> Fala para a mãe e para o pai que sinto falta deles.

Fecho os olhos e tento não pensar no fato de que, de tão abalada que estou com a morte iminente dela, acabei deixando isso passar.

> Eu falei. Eles te amam e sentem a sua falta.

> Fico feliz que tenham dito isso para você... KAKAKAKKA!

Surge um sorriso em meu rosto e uma risada escapa sem querer. Consigo imaginá-la revirando os olhos para mim.

O percurso até o hospital leva cerca de dez minutos, e preciso de cada um deles para me recompor e para colocar a máscara de volta ao lugar com firmeza. Se ela perceber que estive chorando, vai querer ficar me falando sobre como aceita o destino dela. Não é isso que eu preciso ouvir... nunca é.

Às vezes, fico pensando se ela não ia preferir que acontecesse logo para que pudesse parar de sofrer. Sou egoísta demais para isso. Quero cada minuto que posso ter com ela. Eu enfrentaria cem dias ruins desde que pudesse tocá-la, conversar com ela e mantê-la por perto.

Entro no quarto e paro imediatamente. Stephanie está de graça com um enfermeiro. Ele está sentado na cama dela, e ela está olhando para baixo enquanto sorri. Fico observando enquanto ela joga charme e prende o cabelo castanho atrás da orelha, do mesmo jeito que eu faço quando estou nervosa.

Então ela ergue o olhar e me vê.

— Heather! — Ela leva um susto e o cara levanta da cama em um pulo. — Ei! Eu não te vi aí.

Abro um sorriso.

— Deu para perceber.

— Esse é o Anthony — diz, com um suspiro. — Ele é meu amigo e o enfermeiro do período diurno.

Ai, ai. Eu já vi esse olhar antes. Deve ser por isso que ela não está mais brigando para o médico dela ser demitido.

— Oi, Anthony — eu digo, enquanto me aproximo. — É um prazer te conhecer.

— Acabei agora o meu turno e estava checando se ela está bem. — explica, como se eu ainda não tivesse sacado qual é a dele.

— É muito gentil da sua parte. — Olho para Steph, ainda sorrindo.

Ela me olha de um jeito, pedindo claramente para que eu pare. Não a vejo olhar para um homem desde que recebeu o diagnóstico da doença de Huntington.

— Ela é uma grande fã de histórias em quadrinhos, e eu prometi mostrar para ela a edição de colecionador mais recente do *Superman* que eu comprei ontem.

— Sim — Steph confirma, animada, e coloca a mão no braço dele. — Ele conseguiu a que eu estava procurando na internet.

— Sério? — Escondo o meu ceticismo. Stephanie nunca pegou uma HQ na mão.

— Sim, *Heather*. — Ela fica com os olhos entreabertos e aperta os lábios. — Anthony vai me deixar ver amanhã. — Ah, entendi.

— Eu vou deixar você com a sua irmã, Stephy, te vejo amanhã. — Anthony se despede dela com um aperto de mão e vem até mim. — Foi um grande prazer te conhecer. Ela fala muito de você.

— O prazer foi meu — respondo, enquanto ele sai.

Assim que ele se vai, corro paro lado dela, e nós duas damos risada.

— HQ? Stephy? Você odeia isso! Deve estar muito na dele para agir assim que nem uma palerma.

— Cale a boca! — Ela dá um tapa no meu braço. — Não estou agindo que nem uma palerma. Estou fazendo o que mulheres normais fazem quando gostam de um cara. Ele é bonitinho. E ficava vindo aqui direto para checar os meus sinais vitais, muito mais do que o necessário, e eu não sei... Eu queria alguém para conversar.

— Eu acho isso ótimo — digo para tranquilizá-la. — E eu sou super normal.

— Sim, você é normal pra caralho — Steph retruca.

Ela está certa, eu definitivamente não sou normal.

— De qualquer maneira, fico feliz que esteja se arriscando um pouco.

Fico extremamente feliz em ver que ela está interagindo com outros seres humanos além do Brody e de mim. Nicole vem dar uma olhada nela vez ou outra, mas normalmente são só as pessoas da casa e eu. Ela não tem mais amigos que ficam por perto, o que é triste, mas natural. A maioria das pessoas acaba se afastando quando algo sério assim acontece. Não porque são cruéis ou não se importam. Elas simplesmente não sabem o que dizer ou como agir. Eu entendo até certo ponto, mas odeio isso.

Infelizmente, isso acabou acontecendo, e a minha irmã tem que conviver com uma solidão muito grande. Consigo aceitar a raiva dela, porque sei que não é ela de verdade, é a doença. O que não consigo digerir é a ideia de que ela se sente sozinha. Isso acaba comigo de um jeito que eu venderia a minha alma para evitar.

— Sei que não tem futuro. — A expressão dela fica pesada e o tom de voz emburrado.

— Para. — Chacoalho a mão dela. — Você tem o direito de ter amigos, e se vocês dois gostam de HQ, então deixa acontecer.

77

Ela ri.

— Você pode comprar uma para mim para que eu saiba como elas são? Caio na gargalhada.

— Com toda certeza.

Ela fica com olhar distante quando o entusiasmo acaba.

— Não quero me apegar.

— Meu amor, ele é enfermeiro, sabe no que está se metendo.

De todas as pessoas que ela poderia ter encontrado, fico feliz que seja ele. Ele provavelmente entende melhor que qualquer um qual é o futuro dela.

— Você. — Quando ela vai falar, é impedida por uma tosse forte e carregada que me faz entrar em pânico.

Esfrego suas costas quando ela consegue se recuperar.

— Vou chamar o médico — digo, mas ela agarra o meu braço.

— Não, está tudo bem. É só por causa do ar-condicionado. Eu consegui fazer com que consertassem.

— Tem certeza? — pergunto.

— Sim, está tudo bem. Está vendo? Eu estou bem.

Ela cruza os braços na frente do peito e fica esperando eu relaxar. Odeio isso em mim de ficar fazendo alvoroço o tempo todo em relação a ela, mas não consigo evitar. Sinto como se a minha vigilância fosse a única coisa que a está mantendo viva. Não vou desistir agora.

— Está bem, mas se você tossir desse jeito de novo… — Ela não precisa ouvir o resto para saber o que quero dizer.

— Você não é nem um pouco normal. — Ela vira os olhos enquanto balança a cabeça. — Então, você foi ao cemitério?

— Fui. — Eu paro, pensando sobre o que me fez ir até lá. — Tive uma noite interessante e precisava da mãe.

— Como assim interessante? — As palavras dela estão impregnadas de curiosidade.

Suspiro, recosto-me na cama com ela e conto sobre a minha noite com o Eli Walsh.

# Capítulo 10

## ELI

— É desnecessário brigar por causa disso, Eli. Essa é uma oferta generosa — diz Paula.

Se fosse tão generosa, eu não ia precisar pegar um voo até aqui para garantir que a minha empresária não deixe o estúdio me foder. Eu poderia estar em Tampa, arrumando um jeito de fazer a Heather parar de lutar contra mim.

Não sei que droga acontece com ela. Tem sido frustrante pra caralho, mas eu gosto do desafio.

Não sou mais um músico jovem. Estou mais velho, mais experiente, e sei que tenho uma coisa com a Heather da qual não devo desistir. Quero conhecê-la. Sinto que preciso ver e tocar nela, o que só pode significar alguma coisa.

— Não vou assinar isso, e você sabe por quê.

Não é uma questão de ego. É uma questão de valor. Se eles não pagarem o que o meu trabalho vale, não terão razão para lutar pelo programa. Eu não sou burro. Se conseguirem me pagar menos com esse novo contrato, não terão estímulo para continuar impulsionando a série.

Não me meto em beco sem saída. Esse é o meu único lema nessa indústria. Depois que consegui o emprego no *A Thin Blue Line*, eu fiz alguns filmes. Eram papeis pequenos, mas eu me apaixonei por eles. Mesmo adorando o meu personagem e o enredo, não vou trabalhar por menos do que me pagaram nos últimos cinco anos.

— O programa é lucrativo, mas eles querem sangue novo. — Paula tenta explicar. Estou vendo como ela está frustrada, mas isso não é problema meu. — Eles precisam disponibilizar dinheiro de algum jeito, e você é de longe o ator mais bem pago no programa.

— Não dou a mínima. — Recosto na cadeira e coço a nuca. — Isso não é problema meu.

Paula cruza os braços e fica em silêncio. É disso que eu gosto nela. Ela é um tubarão. Sente cheiro de sangue na água e fica rodeando até chegar o momento certo de atacar. Eu consigo ver o olhar predatório dela enquanto fica me analisando. Ela está no meu time, mas eu também sou o único jeito que ela tem de ganhar dinheiro.

Os empresários são ótimos quando você dá dinheiro para eles. Quando não dá... você é a presa. Não serei seu lanche da tarde.

— Você sabe que eu ouvi dizer que eles querem uma nova paixão para o seu personagem. Ouvi dizer que a Penelope Ashcroft está de volta na cidade e procurando trabalho. Ela não é amiga sua?

Não existe nenhum tipo de amizade entre nós. Paula está definitivamente jogando a isca.

Mas eu não caio na dela. A última pessoa em que eu quero pensar é nela. Foram anos sem que alguém mencionasse seu nome, e agora duas vezes em uma única semana?

— Também não dou a mínima. — O que não é verdade, mas se eu deixar Paula perceber que cutucou uma ferida, ela não vai pensar duas vezes.

— Ela está fazendo uns testes para uns programas. — Fica brincando com as unhas, deixando o silêncio se estender. Eu conheço esse jogo, então fico quieto junto. — Eu não dei bola para isso até o Michael mencionar que o diretor de elenco tem a ficha dela.

— O Michael? Você está falando do meu diretor Michael? — Aí já é demais.

Ela ergue os ombros.

— Ele falou por alto.

Nada que diz respeito a essa mulher é "por alto". Não tenho dúvidas de que Michael, se ele de fato mencionou isso, fez para me pressionar. Ele sabia que eu ia ficar relutante em assinar. Tive sorte vinte anos atrás, porque tive um mentor. Ele me disse que as nossas carreiras começam a morrer no dia em que assinamos os nossos contratos, e que se quisermos ter sucesso nesse mundo, precisamos fazer o máximo de dinheiro que pudermos o mais rápido possível. Não vou fechar um pagamento de merda com eles só porque lançaram no ar o nome dessa vaca.

Eu me levanto, coloco as mãos na mesa e olho nos olhos dela.

— Eu não vou assinar esse contrato enquanto você não conseguir para mim o dinheiro que eu quero. O que eu vejo é que eles, e você, precisam de mim. O meu papel no programa não é pequeno, e se você não conseguir mais tinta nesse papel, não vai receber um cheque meu. Então aperte o pessoal um pouco mais. E se eles cogitarem o nome da Penelope para o programa, estou fora.

— O que aquela mulher fez para você? — Paula pergunta, como se eu estivesse falando só da personagem dela.

— Ela é uma vadia mentirosa e interesseira. Quando eu mais precisei, partiu a porra do meu coração. Não vou deixar aquela vaca ficar perto de mim, deu para entender?

Existem coisas inegociáveis na vida. Essa é uma.

Paula levanta e eu arrumo a postura.

— Vou fazer o que puder, Eli. Mas espero que esteja pronto para deixar o programa que tanto ama. Não sei se vou conseguir fazer com que eles avancem muito mais do que isso.

— E a Penelope?

Ela ri.

— Não se preocupe com isso. Eu dou um jeito. Ela não é um problema.

— Ótimo, e eu nunca mais quero ouvir falar nela.

— Você tem colhão, cara. — Noah ri antes de devolver a cerveja. — Acabei de assinar a droga do contrato.

Estou aqui há três dias trabalhando com Paula nas renegociações, e essa é a primeira vez que me permiti relaxar. Normalmente, Nova York é onde me sinto em casa. Sei que não sou daqui, mas amo esse lugar. As luzes, as pessoas, os cheiros e a comida me fazem querer ficar para sempre. Acho que é também por conta da habilidade que os nova-iorquinos têm de não enxergar as pessoas famosas. Estou em um bar sem me preocupar nem um pouco se alguma fã sem graça vai aparecer para incomodar Noah e a mim. No entanto, nessa noite eu preferia sem dúvida estar na praia ou sentado na sala de uma mulher bonita comendo pizza.

— Não tem a ver com colhão, isso é negociação.

— Como andam as coisas em Tampa?

Os meus pensamentos voltam para Heather. É engraçado como, depois de alguns dias, é ela que eu associo com a minha terra natal. Não é a minha mãe, nem Randy, nem as centenas de coisas que eu adoro na Flórida. Não, é a loira bonita que firmou residência na droga da minha cabeça.

— Definitivamente mais interessantes.

Noah pode fazer o papel de meu irmão na série, mas ainda assim eu não quero contar sobre ela para ele. Se as pessoas souberem de Heather, ela vai ser engolida pela mídia, o que arruinaria a chance que eu tenho com ela. O meu mundo vem com toda uma nova lista de regras. Nesse momento, prefiro ficar no dela.

81

Fico pensando na noite que passamos junto. Demos risada, conversamos, passamos um tempo de papo para o ar. Não consigo lembrar qual foi a última vez que eu fiz isso com uma mulher. Normalmente, rola algum restaurante caro, alguma balada e a conversa sobre como nos divertiríamos se a mulher, qualquer que fosse, aceitasse uma dose.

Com Heather é totalmente diferente.

Nem tenho certeza se ela gosta de mim.

— Ah é? — pergunta, com um sorriso de quem já sacou. — Qual é o nome dela?

Eu levanto a mão, chamando a *bartender*. Tenho que mudar de assunto para não precisar mentir para o meu melhor amigo.

Está claro que ela sabe quem somos, mas é melhor fingir que não. Outro ponto para os nova-iorquinos.

— O que vão querer, rapazes? — A *bartender* lança um olhar sedutor. Fico um segundo olhando para ela. Ela é gostosa, mas tudo que consigo pensar é que os olhos dela não são castanhos e que o sorriso dela está errado. Quando a Heather sorri, o meu coração para.

— Duas cervejas, por favor.

— Sem problema. — Seus olhos azuis encontram a minha boca antes de voltarem para os meus olhos. Eu conheço esse olhar. É o "venha me comer" dela. Já vi muito desse olhar, mas, de novo, a minha cabeça não está ali, então eu me viro.

Noah dá risada, e eu olho para ele.

— Ela tem charme.

— Eu vim para cá a negócios. Estou sem tempo para a mulherada. — Tento explicar.

Parece plausível. Estou aqui para comer o rabo da minha empresária e do pessoal da TV. Não vim para trepar com uma *bartender*. Tenho um objetivo, uma missão que não inclui desvios.

Essa merda vai ser a minha linha de argumentação.

Noah balança a cabeça sem acreditar.

— Porque você não é de misturar prazer com negócios, certo?

Eu não sou esse *playboy* que todo mundo faz parecer que sou. Claro que as pessoas não me veem como um cara de relacionamentos longos, o que é culpa daquela vadia, mas a imagem que o público tem de mim não condiz com o cara que é amigo do Noah, do Randy, do Shaun e do Adam. Sou diferente no palco ou atrás das câmeras. Fico pensando no personagem que criaram — um *bad boy* com mulheres em toda e qualquer cidade… Poderia até ser verdade, mas não é. Estou sempre interpretando algum papel, mas na última noite com ela eu me senti… normal.

— Exato. Desde que a… — Eu quase disse o nome desprezível dela.

— Desde que ela passou pela minha vida. Aprendi a lição, agora sei qual é a importância de manter a mente lúcida.

Ele vira a cabeça de repente.

— Quem? A Penelope?

Foi por causa da Penelope que eu comecei a trabalhar como ator. Ela me pressionava para que eu conseguisse alguma coisa que me mantivesse mais tempo por perto, além disso, a banda estava ficando velha e tinha perdido muito da sua popularidade. Eu amava aquela mulher e queria fazê-la feliz. O meu coração era dela, e eu achava que ela também me amava, mas no fim descobri que ela não amava nada nem ninguém além de si mesma.

— Sim.

Noah me olha com cuidado e vira a garrafa. Aí ele começa a cutucar o rótulo enquanto ficamos sentados ali em silêncio.

— Faz muito tempo que eu te conheço, e gosto da ideia de que somos amigos.

— E somos.

— Sei que você tem segredos, não fico pressionando porque também tenho os meus. Mas seja lá o que tenha acontecido entre você e Penelope Ashcroft, isso foi anos atrás. Ela está casada agora. Seguiu em frente, e você ainda está revivendo a merda que ela fez.

Essas devem ter sido as palavras mais profundas que já trocamos. Sou um homem reservado, nesse mundo que estou você tem que ser, mas Noah é observador. Penelope se casou com outro ator — um que teve mais sucesso que eu — e vive a vida perfeita dela com as merdas perfeitas dela. Eu me recuso a me aproximar de qualquer pessoa porque não posso me dar esse luxo.

— Estou trabalhando nisso — digo para ele.

— Ah é?

Preciso de uma mulher que esteja ao meu lado quando eu precisar.

Para me ajudar a segurar a onda nos momentos difíceis, porque a vida é cheia deles.

As atrizes são tão falsas quanto os personagens que interpretam, quero uma mulher de verdade.

Sorrio, porque sei exatamente que mulher eu quero. A loira que invadiu os meus pensamentos. A mulher que não tem problema nenhum em bater a porta na minha cara, me mandando ir embora, me rejeitando e me fazendo querer ficar.

Bebo o resto da cerveja e dou um tapinha nas costas do Noah.

— Eu tenho alguém em mente.

Ele balança a cabeça.

— Ela deve ser especial para te fazer dar uma pausa.

83

Ela é mais que especial. Heather é totalmente o oposto de todas as mulheres que conheci. Ela é forte, sexy, determinada; e não me importo se ela tem uma ideia preconcebida sobre onde isso vai dar. É uma pena que a ideia dela seja completamente diferente da minha.

Mas ela está prestes a ver como a persistência sempre acaba vencendo.

# Capítulo 11

## HEATHER

Passou uma semana e eu finalmente parei de olhar para trás esperando que o Eli aparecesse como em um passe de mágica na frente da minha casa. É nítido que qualquer paixão que ele achou que sentia por mim passou. Não estou surpresa. Ele não parece ser do tipo paciente. Amigos o caralho.

Está tudo bem. Não preciso de amigos. Eu me virei bem sozinha durante todo esse tempo sem aquilo que se intitula Ellington Walsh.

Depois de ter contado para Stephanie como eu me sentia em relação ao estado de deterioração da casa, ela me pressionou a dar início a alguns projetos. Tem muita coisa, mas decidi focar na área de convívio. Estou cobrindo buracos de pregos, pintando os gabinetes da cozinha e a sala de estar, renovando os lustres. Nicole disse que tem uns móveis de *home staging*[10] que ela estava a fim de se livrar e ia ficar feliz em doar. Felizmente, as minhas melhores amigas concordaram em vir ajudar, trazendo com elas os maridos imbecis.

Posso odiar Scott e Peter, mas eles são bons com ferramentas, então vou dar uma de boazinha essa tarde.

Ouço a campainha e corro para atender, animada para ver as meninas.

— Ei! — Sorrio e damos um grande abraço coletivo.

— Bom dia, Heather — Peter diz, antes de me dar o beijo costumeiro no rosto.

— Obrigada por isso — eu digo para todos eles. — Fico realmente agradecida.

Scott resmunga e dá uma acelerada.

— Vamos começar isso logo, tenho um jogo para assistir.

É por isso que o odeio. Peter é legal conosco pelo menos na superfície, mas o marido da Kristin é um idiota o tempo todo.

---

10 Home staging é uma técnica de *design* de interiores em que se decora um ambiente com objetos neutros para potencializar a venda.

— Não ligue para ele, ele está de mau humor porque os Gators perderam — Kristin explica, apontando para o lugar onde o marido dela estava antes de sair com a cara emburrada.

Coloco a mão no braço dela e balanço a cabeça.

— Está tudo bem. Fico feliz com qualquer ajuda extra e sou boa de ignorar.

Nicole vem até nós de braços dados com dois caras.

— Eu trouxe ajuda extra! — Espero que eles sejam *freelas* que estão trabalhando com ela, mas em se tratando da Nicole, nunca sabemos. — Esses são Jake e Declan, eles trabalharam comigo no meu último *redesign*, e gentilmente se ofereceram para doar o tempo deles.

Duvido que eles tenham se oferecido de livre e espontânea vontade; foram incentivados, tenho certeza. Mas cavalo dado não se olha os dentes. O número de coisas que eu gostaria de fazer nessa casa não tem fim, o que tem fim é a minha renda.

— Ótimo! — Eu sorrio.

— Temos alguns dos móveis que te falei no caminhão. Acho que as mesas novas vão ajudar, e encontrei um tapete.

— Você é a melhor — eu digo, antes de dar um beijo na bochecha dela. — Obrigada.

— Nada. Você devia ter me falado antes, eu teria te dado qualquer coisa que quisesse. — Ela entra na sala e empurra os caras para o lado. — Esperem, por favor. Preciso de um minuto para absorver a aura de um deus — Nicole fala, enquanto se joga no sofá e começa a se contorcer.

— Nicole! — grito, e agarro o braço dela.

— Está bem! Mas eu disse que isso ia acontecer — fala, parecendo uma louca.

— O que tem de errado com você? Por que é que está se esfregando no sofá da Heather? — Danielle pergunta.

Nicole vira os olhos e dá risada.

— Hmm, a bunda do Eli Walsh esteva aqui, e agora eu posso dizer que encostei nela.

Danielle e Kristin viram os rostos na minha direção com os olhos arregalados.

— O quê? — Danni praticamente grita.

Porra. Eu ainda não tinha contado nada para elas. Vou matar a Nicole. As minhas amigas são ótimas, mas eu queria deixar isso quieto o máximo de tempo possível. Agora não tem como tentar explicar o fato de ele ter vindo na droga da minha casa. Não sem ter que inventar alguma merda maluca em que elas não acreditariam de qualquer jeito, porque sou péssima para mentir.

— É uma longa história — começo a explicar e olho para Nicole. — Uma história que eu prometo que vou contar para vocês, mas não agora.

Kristin chega perto e fala em voz baixa:

— Está tudo bem com você? Por que ele viria na sua casa? O que está acontecendo de errado? O que foi que aconteceu? Você dormiu com ele? — Ela faz uma pergunta atrás da outra de um modo que eu não ia conseguir responder nem se eu quisesse.

— Estou ótima. Juro. Foi uma noite maluca depois do show e então Eli veio me trazer uma coisa que eu esqueci.

Acho que no final das contas não foi uma história tão longa assim.

— Tem alguma coisa que você não está nos contando — Danni fala, inclinando a cabeça. — Como ele ia saber onde você mora?

Os meus olhos pedem socorro para Nicole. Ela me deve essa.

— Então, e quanto ao trabalho que trouxe todo mundo aqui? — Nicole fala, erguendo a voz. — Tenho dois homens que me prometeram uma noite muito divertida como forma de pagamento pelo trabalho que eu vou fazer. Vamos começar logo com isso. Estou super a fim de ver esse triângulo amoroso acontecer.

*Esse é um jeito de mudar de assunto.*

Danielle faz cara de nojo e tem um arrepio.

— Eca.

— Você só fala isso porque está com inveja.

— Danielle! — Peter chama lá da cozinha. — Preciso da sua ajuda.

Graças a Deus ele interrompeu, porque eu não sei se ia conseguir manter essa conversa sem ter que contar tudo para elas.

Passamos as próximas horas trabalhando em vários projetos. Os gabinetes estão pintados graças à Danielle e à Kristin. Ao que parece, tinha alguma infiltração em uma das paredes, então os dois ajudantes da Nicole arrancaram-na e substituíram com gesso acartonado novo, além de terem ajudado a pintar a sala. É incrível o que cada um de nós conseguiu fazer, e a casa está totalmente diferente.

Eu não tinha nenhuma motivação para gastar tempo consertando qualquer coisa que fosse, até que vi Eli sentado no meu sofá.

Todo mundo vai embora prometendo ligar, e os olhares que recebi de Danni e Kristin dizem que faremos muito mais do que falar sobre o clima.

Saio para a varanda com o meu chá gelado e sento no balanço que o meu pai pendurou uma semana antes de ser assassinado. Sempre me acalmo quando fico aqui, como se o vento fosse o espírito dele aqui comigo. O meu pai era um homem quieto, mas uma pessoa muito sábia. Amava a minha mãe mais do que qualquer coisa nesse mundo. Por mais difícil que seja admitir, se ela estivesse sozinha naquele carro, ele teria arrumado um jeito de acompanhá-la na morte. Nunca conseguiria sobreviver em um mundo sem ela.

É esse tipo de amor que eu quero na minha vida.

É o tipo que achei que tinha encontrado com Matt. Como eu estava errada!

Inclino a cabeça para trás e fecho os olhos, querendo encontrar de novo aquela paz.

Ao invés disso, ouço alguém limpar a garganta.

Os meus olhos se abrem, e eu me vejo cara a cara com o homem que eu não achei que veria de novo.

— Eli — falo, quase derrubando o copo.

— Ei — responde, enquanto sobe os degraus. — Que bom que está em casa.

— O que você está fazendo aqui?

— Eu disse que você me veria de novo — explica, como se fizesse todo sentido.

Isso é loucura. Achei que isso já tinha acabado. Ele tinha sumido e eu não tinha como entrar em contato. Não que eu teria ligado de qualquer maneira. Já coloquei na cabeça que isso nunca vai acontecer, então não sei por que o meu coração está acelerado diante da sua presença.

Não faz sentido o jeans apertado e a camiseta cinza colada nos músculos dele me deixarem com água na boca.

Não estou nem um pouco afetada com ele de um modo geral. Isso mesmo. Nem um pouco. É porque eu estou simplesmente cansada de ter reações.

Afasto os pensamentos de quanto mais dele eu gostaria de ver e dou um gole.

— Você disse, mas isso foi… — Finjo precisar pensar.

— Tipo dez dias atrás? — Foram oito, mas não vou mostrar para ele que estou contando.

Ele abre um sorriso e senta perto de mim.

— Mais ou menos. — Ergo um pouco o meu corpo, esperando que um mínimo de distância entre nós possa ajudar o meu pulso acelerado. — Esteve andando por aí e do nada decidiu dar uma passada?

Eu não disse isso, disse? Ai, meu Deus, eu disse.

— Não. — Ele dá risada. — Acabei de voltar de Nova York. A minha empresária precisava de mim para finalizar uns lances para nossa próxima temporada.

— Ah. — Dou outro gole enquanto ele se aproxima um pouco mais. O meu coração acelera quando a lateral do corpo dele se encosta na do meu. — Nunca estive em Nova York — confesso. Não viajo para lugar nenhum desde que os meus pais morreram.

Eli começa a me balançar.

— Qualquer dia você vai comigo.

— Vou com você? — pergunto, com uma voz aguda.

— Sim. — Ele ri.

— Isso é um tanto presunçoso.

— Por quê? Podemos sair juntos, se você quiser.

— O que faz você achar que eu faria uma viagem com você? Mal nos conhecemos. Nem amigo nós somos.

— Achei que da última vez tínhamos estabelecido que somos definitivamente amigos.

Isso traz de volta o meu *status* de *groupie* vadia. Não existe uma amizade verdadeira, tivemos uma noite de sexo casual e comemos pizza. Não tem como classificar como coisa alguma. Além do mais, não preciso de outros amigos. Eu tenho as meninas, Brody e Stephanie. E pronto.

— Olha, você não me conhece e eu definitivamente não o conheço.

Eli abraça o encosto do balanço e os dedos dele acham o meu pescoço.

— Acho que eu te conheço muito bem.

— Mesmo? — eu o desafio.

— Sei que você é bonita, sei que gosta de pizza, sei que carrega o mundo nas costas e que se esforça muito para não gostar de mim, o que não está dando certo.

Dou risada e brinco com o anel do meu polegar.

— Eu não penso em você.

Sou uma mentirosa descarada. Eu penso nele o tempo todo, e na noite passada ele conseguiu um papel nos meus sonhos de novo. Por mais que eu diga para mim mesma que fico feliz que ele tenha parado de dar as caras, eu estava triste. Rola uma coisa quando ele está por perto que me faz querer mais, o que é a coisa mais estúpida que eu poderia me permitir querer.

O polegar de Eli pega o meu queixo e ele me força a olhar para ele.

— Estou falando sério. Desde o instante em que coloquei os olhos em você, penso em você o tempo todo.

— Eli — digo, esperando que ele pare. Não quero pensar nisso.

— Por que você acha que eu te chamei no palco? Por que acha que eu queria que você fosse no *meet and greet*?

— Porque você queria que eu dormisse com você! — respondo, e tento fugir dele.

Ele segura o meu rosto nas mãos e prende o meu olhar.

— Não, porque, pela primeira vez em todos esses anos que faço isso, finalmente encontrei alguém que conseguiu mexer comigo. Eu não entendi isso até estar em Nova York. O tempo todo eu queria olhar para você. E aí parecia que eu não chegaria aqui nunca, depois que resolvi o lance da série.

Isso nunca aconteceu.

Quero acreditar nele, mas para mim é difícil até imaginar.

— Não venha com essa história para cima de mim, por favor.

— Não estou mentindo. Tem alguma coisa em você. Eu não consigo explicar, mas só penso em você. É o jeito que esconde o rosto de mim quando está insegura. É como o seu sorriso faz o meu coração parar, e como, até mesmo agora, com manchas de tinta na cara, você me deixa sem fôlego. Não consegue ver isso? Tentei ficar longe, mas, quando eu vejo, estou aqui.

O meu coração fica apertado enquanto penso em que universo alternativo estou vivendo. Como um dos homens mais sexys da atualidade acha que eu sou de alguma maneira especial? Sou mediana em um dia bom. Ele é extraordinário em um dia ruim. Isso é loucura.

— Isso não pode ser verdade.

— Estou sendo sincero em cada palavra que estou dizendo. Nunca fui atrás de uma mulher desse jeito. Nunca apareci na casa de nenhuma delas, mais de uma vez menos ainda. Tem muito tempo que não me sinto assim.

Nunca ninguém me disse esse tipo de coisa e, de repente, todas as razões para mandá-lo embora desaparecem. Não consigo pensar em nada para dizer em protesto. Além disso, sempre achei que ações falavam mais alto do que palavras, e ele está aqui. Apesar de eu não ter feito nada para estimular suas investidas, ele continua a voltar.

Viro-me um pouco, tentando interromper o contato físico, porque eu estaria mentindo se dissesse que não sinto nada. Quando ele se encosta em mim, tenho uma tendência a não pensar direito. Eli me faz esquecer como estou destruída por dentro. Não preciso me esquecer.

— Agora — ele me provoca, abaixando a mão. — O que você quer saber sobre mim? Não quero que você use essa desculpa outra vez.

— Ok — eu digo, apreensiva. — Quando voltou?

— Desembarquei uma hora atrás e precisava ver você.

— Você desembarcou e veio direto para cá? — Balanço a cabeça, totalmente descrente. — Não existe a menor possibilidade de que você sinta de fato essas coisas por mim. Você não faz ideia da bagunça que a minha vida está, e eu não tenho tempo para joguinhos.

Ele tira o braço que estava atrás de mim e aperta a parte de trás do pescoço.

— Não estou fazendo jogo. Não somos crianças, Heather. Nós dois estamos velhos demais para isso. Se você não me quer por aqui, eu vou embora. — Ele começa a levantar e entro em pânico.

— Não! — grito, e tampo a minha boca com a mão. Por que eu disse isso? Argh. Estou atirando sinais contraditórios para todo lado.

Eli senta de novo ao meu lado e o verde dos olhos dele fica mais escuro.

— Não?

— Não sei por que eu disse isso. Sei que estou sendo complicada e estúpida, mas você tem que entender o meu medo.

Um calafrio sobe pela minha espinha e eu suspiro. Ele levanta e fica de frente para mim.

— Acho que você está assustada porque sabe que o que estou dizendo é verdade e porque sente a mesma coisa.

— Não sinto. — Coloco o máximo de firmeza que posso na voz, mas ele está certo.

Quando ele disse que ia embora, eu soube que ele ia mesmo e quero que ele fique. Eli é o primeiro homem que me faz sentir alguma coisa desde Matt. Ele olha para mim sem nenhuma pena ou tristeza. Ele não sabe do sofrimento com que tenho que lidar, e, para ele, não sou alguém aos pedaços. Ele me vê do jeito que eu costumava ver a mim mesma e não consigo evitar querer isso.

— Então fale que nunca pensa em mim — ele impõe. — Fale que, na semana em que eu estive fora, você não quis que eu viesse aqui. Me faça acreditar que sou o único que está sentindo isso, Heather. Fale, que aí eu vou embora agora mesmo. Você nunca mais vai me ver.

As mãos de Eli seguram o meu rosto e eu me perco em seu olhar. O desejo em mim está prestes a transbordar, fazendo-me esquecer todos os motivos pelos quais eu deveria afastá-lo de mim.

— Não posso. — A verdade nos meus lábios me deixa espantada. — Não posso dizer isso porque seria mentira.

Os lábios dele se aproximam dos meus, e o meu coração bate sem a menor regularidade atrás das minhas costelas. Ele vai me beijar. Quero que ele me beije. Essa noite o álcool não serve de desculpa. Não vou poder dizer depois que esse foi um erro que cometi porque estava bêbada. Estou sóbria e quero que ele me faça sentir todas aquelas coisas de novo.

— Achei mesmo que não — ele diz, antes de pressionar os lábios contra os meus.

Lá se foram as preocupações com a minha vida, tudo que existe somos nós. A boca de Eli se move encostada na minha e as mãos dele seguram o meu rosto. Ele me mantém firme enquanto nossos lábios se fundem. É tudo exatamente como lembro e melhor. Os meus dedos agarram sua camisa, segurando-o do mesmo jeito que ele está fazendo comigo. É imprudente estar com um homem que nunca vai ficar, mas não tenho forças para me importar.

Neste exato momento, ele está aqui.

Neste exato momento, ele é real.

91

Neste exato momento, ele está me beijando.

E, neste exato momento, já é o bastante.

Ele desliza a língua dele na minha, abrindo caminho para dentro da minha boca. Nunca fui beijada desse jeito. Nunca mais conseguirei beijar outro homem sem comparar com isso aqui. Eli me beija como se estivesse faminto por isso, o que é completamente absurdo, mas é isso que ele me faz sentir.

Mais cedo do que imagino, ele se afasta e olha para mim, os olhos dele brilham fumegantes enquanto dançam percorrendo os meus traços, e os lábios dele estão vermelhos de me beijar.

Será que se eu me beliscar acordarei desse sonho?

— Amanhã — diz, com a voz cansada. — Estarei aqui amanhã de manhã para te pegar.

— Não — nego, balançando a cabeça de imediato.

Tem tanta coisa que não posso fazer com ele. Não posso me meter em um escândalo de tabloide. Não posso virar a minha vida de ponta-cabeça por sua causa. Não posso namorar uma celebridade que só vai partir o meu coração. Mais do que qualquer coisa, parece que não consigo afastá-lo de mim.

— Você vai ter que trabalhar? — pergunta.

— Não, o que quero dizer é que não posso namorar você. Não posso nem pensar nisso aqui, seja lá o que for. Não posso deixar que me machuquem de novo, Eli. Eu não estava brincando quando disse que sou uma confusão só.

A decepção é nítida em seu rosto antes de ele mascarar o que está sentindo com um sorriso.

— Quem falou em namorar? Prometo que ninguém vai nos ver juntos. Falaremos sobre a bagunça que você está vivendo e descobriremos como você vai lidar comigo na sua vida.

— Eu não vou transar com você de novo.

Ele ri e me dá um beijo.

— Você que manda. Coloque tênis e biquíni.

Antes que eu possa responder, Eli já passou pela metade dos degraus.

— Por que você insiste tanto em me ver? Estou nitidamente tentando te afastar de mim. O que é que fica te fazendo voltar? — pergunto.

Ele para, sobe correndo os degraus outra vez e me puxa para perto.

— Porque você é diferente de todas as outras. Foi a primeira pessoa que conheci depois de todos esses anos que não parece estar querendo alguma coisa de mim. — As mãos dele afastam o cabelo do meu rosto. — Você olha para mim como se eu fosse só um homem e não uma fonte de renda. Você é linda, teimosa e tem alguma coisa a mais que não sei explicar.

Não estou dizendo que vai dar certo, mas estou a fim de arriscar e ver qual é, você não está?

Cada palavra que ele disse estava certa. Não estou querendo nada dele. Talvez isso não dê certo, mas não sei se sou forte o bastante para dizer não.

— Sem amarras? — pergunto.

— Sem amarras. Só uma chance.

Eu não sou do tipo de mulher que segue os instintos, eu faço planos. Gosto que a minha vida tenha ordem, porque existe caos demais em todo o resto. Não consigo colocar a doença da minha irmã em uma caixa, mas posso ter uma agenda sólida. Esse é o único jeito que tenho de conseguir controlar a minha vida quando todo o resto está solto em um redemoinho. Eu, com os meus vinte e um anos de idade, não pude planejar quando os meus pais morreriam, mas posso garantir que toda quinta-feira eu esteja no centro de jovens para ensinar defesa pessoal. Com o Eli é diferente. Ele não vai caber em uma caixa, então não deixarei que se instale na minha vida.

Não tenho a menor dúvida, ele vai ser a carta extra que vai fazer a minha casa desmoronar.

# Capítulo 12

## HEATHER

O relógio diz que são quatro da manhã e eu resmungo. Nunca vou conseguir voltar a dormir se a minha mente não parar de ficar imaginando todas as possibilidades do que Eli planejou. Eu nem pensei em perguntar que horas ele vem me pegar hoje. Levando em conta o que eu sei, não vai ser cedo, o que vai me deixar ansiosa a manhã inteira.

Decido ficar pronta para qualquer coisa que venha a acontecer. Não vou ser pega de surpresa outra vez e parecer toda desajeitada. Não, hoje eu estarei o mais gostosa possível. Então, arrasto-me para fora da cama e começo a preparar um café.

Duas horas depois, estou de banho tomado e vestida com o meu biquíni roxo escuro, um top branco tomara que caia e um *short* preto de renda. Não queria que parecesse que fiquei uma hora tentando escolher o que vestir. Fiz cachos soltos no meu cabelo loiro e me maquiei. Nicole ficaria orgulhosa.

Pego o telefone e ligo para ela. Ainda são seis horas, mas não estou nem aí. Foi ela que me convenceu de que eu precisava relaxar, então ela pode lidar com a minha neurose.

— Alô? — A voz dela está rouca e sonolenta.

— Acorda! — eu grito.

— Qual é o problema? — pergunta, parecendo mais alerta. — Você está bem?

— Vou sair com o Eli! É esse o problema!

Ela resmunga e ouço um sussurro no fundo.

— Você está falando sério? Você me liga na porra da madrugada por causa disso?

— Bom... — Eu respiro. — Foi por causa da sua ideia genial que dormi com ele, e agora ele fica aparecendo o tempo todo, me beijando e me forçando a aceitar programas aleatórios.

Posso ouvir Nicole bufando do outro lado.

— Sim, forçando você. Posso imaginar como deve ser difícil ter que dizer sim para um dos Homens Vivos Mais Sexys da People. Uma verdadeira tortura.

Talvez "forçar" não seja a palavra certa, mas esse passeio não foi ideia minha. Não sei nada sobre o que faremos, só sei que eu preciso de um biquíni, o que provavelmente significa que o meu delineador foi uma ideia estúpida. Eu definitivamente não estou preparada para isso. Sou muito melhor quando estou no controle.

Como no trabalho.

— Não é essa a questão. E isso foi três anos atrás. Olha, você precisa vir até aqui para me acalmar. Vou acabar no chão por causa de um ataque de pânico.

— Achei que você não gostava dele — ela retruca.

— E não gosto! — É claro que gosto.

Gosto de tudo nele até agora. Toda a minha neurose é por causa dessa coisa de ele ser famoso e rico. Ele mora no *Harbour Island*, e eu não tenho dinheiro suficiente nem para sonhar em colocar o pé ali. Porra, a única vez que eu estive lá foi por causa de um chamado.

O pânico começa a tomar conta de mim, e a minha respiração fica ofegante.

— Heather?

— Eu... — Respiro com dificuldade. — Não consigo.

— Ok. — A voz da Nicole fica suave e controlada. — Respira. É só relaxar. Lembra que é ele quem está indo atrás de você. Você é linda, engraçada e tem uma arma. Você pode dar um tiro no pau dele se ele te magoar.

Aos poucos eu vou recuperando o controle enquanto rio da última parte.

— Onde é que estou com a cabeça?

— Você está pensando em si mesma, meu amor. Isso é uma coisa boa. Você merece ser feliz e se divertir um pouco, caralho. Por que é que está pensando tanto nisso?

A minha maior preocupação é ser levada por essa vida de ilusão e depois, quando a realidade chegar me atropelando, ficar destruída.

A vida não é um mar de rosas. É um mar em dia de tempestade, com direito a tornado levando embora tudo que amo.

— O que vai acontecer quando ele descobrir sobre a minha vida insana e for embora?

— E se ele ficar ao seu lado?

É a minha vez de rir.

— Sim, que homem não adora uma mulher sem tempo para ele?

— Então arrume tempo! Você se preocupa com um monte de merda que provavelmente nem vai ser problema. Se ele não entender a sua vida,

95

então ele não vai ser a pessoa certa para ela.

— Você tem razão.

Nicole suspira.

— Sei que tenho. Olha, você é a minha melhor amiga e eu te amo quando não me liga antes da porra do sol nascer.

— Desculpa. — Deito de volta no sofá, odiando a minha fraqueza. Falta de autoconfiança é uma droga.

— Não se desculpe, seja a Heather. Seja a mulher que não tem medo de nada, cheia de confiança, e que sabe a mulher incrível que ela é. Porque é isso que você é. Você não é essa pessoa que o Matt te transformou.

Outro motivo para odiá-lo. Quando ele me deixou, comecei a questionar se eu valia alguma coisa. Em alguma parte do meu cérebro racional, sei que é ele o idiota, mas não conseguia evitar duvidar de mim mesma. Entreguei o meu coração para o Matt, que o jogou fora como se não significasse nada.

Tudo porque a minha irmã precisava de mim mais do que ele.

Passei muito tempo tentando me convencer de que ele tinha me deixado por causa dos próprios problemas, mas a verdade é que fico me perguntando o que há de errado comigo.

— Eu gostaria de saber onde foi parar aquela mulher — admito.

— Você vai acabar encontrando-a. Que horas ele chega aí?

— Não faço ideia. Esqueci de perguntar.

Nicole cai na risada.

— Bom, esse vai ser um dia divertido.

Depois de um pouco mais de injeção na autoestima, recupero o controle das minhas emoções, mas elas são atiradas de volta para o caos assim que Eli bate na porta.

Respiro fundo várias vezes antes de abrir.

Eli está lá em pé com os óculos aviador espelhados dele, uma camiseta branca e uma bermuda azul marinho. O cabelo escuro está penteado de lado, e se eu achava que ele era gostoso antes, hoje ele está de parar o trânsito. Tenho na minha frente um homem que deixaria qualquer mulher babando. Ele transborda sensualidade.

E, hoje, vai sair comigo.

— Bom dia. — Deixo a voz rouca dele tomar conta de mim e tento não permitir que os meus nervos fritem.

— Bom dia.

— Que bom que está acordada.

Eu sorrio.

— Você não deu nenhum horário, mas eu levanto cedo mesmo quando do estou de folga.

O que não chega a ser mentira, mas eu jamais acordaria às quatro da manhã.

Eli abaixa os óculos e abre um sorriso.

— Está pronta?

Essa é uma pergunta complexa. Estou pronta no sentido de estar vestida, mas pronta para sair com ele? Não, nem um pouco. Não estou pronta para nada disso aqui. Estou apavorada imaginando onde o dia de hoje vai dar.

Mas o que me dá mais medo é sair daqui e depois me arrepender.

Ao invés de dizer essas coisas para ele, eu aceno.

— Estou.

— Ótimo.

— Você pode me contar para onde estamos indo? — Essa é a única parte disso tudo que me deixa instigada.

— Não — responde, com um olhar travesso.

— Okaaay — prolongo o final da palavra. — O que eu preciso levar?

— Nada.

Isso é tão fora de como eu funciono, mas decidi sair com ele hoje, então preciso relaxar. Pego a bolsa, deixando a minha arma em um lugar seguro, e tento não me perder no sorriso dele.

Ele estende a mão e entrego a minha, sabendo que me deixarei ser conduzida.

O Bentley preto não está em nenhum lugar que eu consiga ver. Dessa vez, ele me leva até um Audi Q5 cinza estacionado na frente de casa. Ele abre a porta e eu entro. Quando senta ao meu lado, não consigo evitar olhar para ele outra vez.

Sua barba está começando a crescer, fazendo-o parecer mais moreno do que da primeira vez em que nos vimos. Gosto muito mais assim.

Ele vira o rosto e eu desvio o olhar imediatamente. Quando olho de novo, é nítido que ele me pegou olhando.

— Então, quantos carros você tem? — pergunto, quando o silêncio entre nós fica quase constrangedor.

— Alguns.

— "Alguns" tipo três ou "alguns" tipo trinta?

Ele ri, focado na estrada.

— Alguma coisa entre um e outro.

Eu não deveria ficar surpresa, o patrimônio líquido dele está na Wikipedia, mas mesmo assim. É difícil entender que ele faz em uma semana o que eu recebo no ano inteiro.

Precisando mudar de assunto outra vez, parto para uma pergunta menos perigosa:

— O que rolou em Nova York?

— Eu tinha que assinar um novo contrato. *A Thin Blue Line* foi renovada por mais uma temporada.

— Ah, que ótimo! — Ouvi rumores na mídia que a série corria risco de ser deixada de lado. — Eu realmente espero que você possa finalmente conseguir uma nova parceira. Não sei por que eles insistem naquele enredo. A Tina não é um bom par para o Jimmy. Brody e eu fazemos o patrulhamento juntos há quase sete anos, e eu daria um murro em minha cara antes de beijá-lo. A história tem que dar para o Jimmy uma mulher que ele salvou ou coisa do tipo. Essa seria uma trama interessante. Outra, o seu irmão na história precisa parar de dormir com aquela modelo. O Twitter foi à loucura quando ele voltou com ela. Ela é uma vaca.

Eli olha para mim e dá risada.

— Eu achava que você não assistia.

Merda. Eu disse que não assistia. Mordo o polegar e ergo os ombros.

— Acho que eu vi algumas temporadas — termino a frase em voz baixa, esperando que ele não ouça.

— Algumas temporadas? — Não tive sorte.

— Ah, é só para ver como vocês não entendem nada do meu trabalho.

Eli balança a cabeça e pega a minha mão. Os dedos dele se entrelaçam com os meus e ele aperta com gentileza.

— A impressão que dá é que você está um pouco mais envolvida do que isso.

— Tá bom, vai — admito. — Eu assisto a sua série religiosamente.

Ele leva a minha mão até os lábios e beija os meus dedos.

— Sabia que você gostava de mim.

Dou risada e bato no peito dele com as nossas mãos entrelaçadas.

— Você é louco. Eu gosto do programa, mas é sério, fale para os roteiristas que eles precisam dar um jeito nessas questões.

— Então, você e o seu parceiro nunca…

— Eca! — Eu me reviro no banco. — Jamais. Primeiro que ele é casado e eu era casada com o nosso tenente, então isso nunca aconteceria sob o olhar do Matt, mas…

— Você era casada com o seu chefe? — ele pergunta.

Acho que não tenho sido muito generosa com as informações. Não que tenhamos tido todo o tempo do mundo para falar de muita coisa. Mencionei o meu ex-marido, mas não entrei em grandes detalhes.

— Sim, eu era, mas já tem quase cinco anos que nos separamos. Foi amigável até certo ponto, eu acho. Não sei se tem algum casamento que acaba numa boa, mas vejo o Matt todo dia, então acabamos sendo civilizados.

— Você continua vendo-o todo dia?

— Ele ainda é o meu chefe. Infelizmente, isso significa que tenho o prazer de lidar com ele quase que diariamente. Eu tinha esperança de que eles transferissem a mim ou a ele, mas o Matt tem muita influência no departamento.

Eli fica tenso, mas faz um bom trabalho escondendo qualquer reação. Ele tem que saber que eu venho com um passado, assim como ele. E tem que saber dessas coisas abertamente.

Além do mais, eu preferia saber que tipo de homem ele é antes de nos envolvermos num relacionamento, ou seja lá o que for isso. Matt não conseguia aceitar a minha relação com Stephanie, e ela não é uma questão negociável. Se Eli conseguir lidar com essa história do Matt, então eu vou me arriscar a contar para ele da minha irmã.

— Não consigo imaginar como seria se eu tivesse que ficar perto da minha ex. Principalmente tendo acesso a uma arma letal.

Eu dou risada.

— No começo era tentador, mas o Matt é só um idiota egoísta. Não ia valer o tempo na prisão.

O polegar dele desliza para frente e para trás, deixando a minha pele arrepiada. Não há dúvidas, chegamos ao portão *Harbour Island*. Aqui está o contraste da vida dele com a minha. Eli passa o cartão que nos dá acesso.

A minha ansiedade vai aumentando conforme as razões pelas quais eu deveria ter dito não começam a mergulhar na minha mente outra vez. Estou no segundo de sei lá quantos veículos que ele tem, passando pelos portões que dão acesso a casas que eu não teria condições de pagar nem pelo aluguel do banheiro, e estou completamente fora do meu habitat natural.

Eu estava delirando quando achei que podíamos tentar alguma coisa. Não me encaixo nesse mundo.

Conforme vamos descendo outra rua, as casas vão ficando cada vez mais grandiosas, e o meu desespero aumenta ainda mais.

O carro para e ele olha para mim.

— Você está bem?

— Sim. Não. Não tenho tanta certeza — finalmente me abro.

Ele solta a minha mão e vira o corpo de frente para mim.

— Consegue explicar o que tem de errado? — A voz é suave, mas a preocupação é clara nos olhos dele.

O meu coração fica cambaleando quando vejo a casa na frente de onde paramos. Aponto para a mansão incrivelmente grande na frente de nós dois.

— Isso. Eu moro em uma casa em ruínas que caberia na passagem de entrada dessa aqui. Essa é apenas uma das razões pelas quais eu tentei te mandar embora. Nós somos de mundos diferentes, e isso me deixa cagando de medo.

Eli suspira, sai do carro e vai caminhando até o meu lado.

ESTA *Noite* É NOSSA

Bom, isso não é o que eu estava esperando. Ele vai falar para eu sair desse carro? Será que eu vou ter que chamar um taxi? Será que ele vai me deixar aqui?

A porta do meu lado abre, e ele pega a minha mão para me ajudar a sair. Depois de respirar fundo, ele fala:

— Eu não te trouxe aqui porque queria te mostrar que somos de mundos diferentes. A verdade é que eu morava na periferia de Tampa, acho que você já sabia disso. O dinheiro não define quem somos, o que importa é o que está dentro de nós.

— Eu não estava falando nesse sentido. — Não sei se poderia me odiar mais do que me odeio nesse momento. Eli fez tudo certo, e as minhas inseguranças estão roubando o melhor de mim.

— Eu quero que passemos o dia juntos, quero conversar, e aqui é um lugar reservado. Eu sou só um cara, Heather. No final do dia, não importa o que você pensa de mim, eu sou um ser humano.

— Mil perdões — digo, imediatamente. — Eu não queria entrar em pânico. — Os nossos corpos estão próximos, quase encostados, e eu tiro do Eli uma das minhas mãos para envolver o queixo dele. — Você é mais do que só um homem para mim. É alguém que me faz lembrar de que sou uma mulher. Você olha para mim como se eu fosse especial, e isso é difícil de aceitar. Mais do que isso, você é o homem com quem eu sonhei a minha vida inteira, mas agora você é real.

O braço do Eli envolve as minhas costas.

— Quero ser o Ellington hoje. Não o Eli Walsh, o ator ou o integrante da FBD. Será que nós conseguimos fazer isso? Podemos ser apenas... nós mesmos?

Essa é uma grande ideia. Deixar de lado toda a merda ao nosso redor e sermos apenas duas pessoas que estão se conhecendo. Não quero mais nada além de ver quem ele realmente é.

— Vamos ser só nós dois? — pergunto.

— Mais ninguém estará aqui hoje — Eli responde, antes de encostar os lábios nos meus.

— Então, é um prazer te conhecer, Ellington. — O nome dele sai da minha boca e eu suspiro.

— O prazer é meu, Heather.

Eu me inclino para frente, dando um beijo carinhoso em sua boca. Seu sorriso é doce pressionado contra os meus lábios antes de relaxar. Ele pega a minha mão enquanto caminhamos até a casa.

Ele abre a porta e fico de queixo caído. Não tenho palavras para descrever. Quando entramos, olho ao redor tentando absorver tudo aquilo. O saguão tem duas escadarias enormes que levam para extremidades opostas de uma sacada. Há dois cômodos para cada lado na parte inferior, um dos quais é uma biblioteca. Não estou falando de alguns livros em uma prateleira. A parede toda parece coberta. Avançamos e o outro cômodo parece ser uma sala de estar mais formal.

— Uau — expresso meu espanto.

— Comprei essa casa alguns anos atrás. Gosto de visitar a minha mãe aqui em Tampa, e o meu irmão mora no *Sanibel Island*, então aqui, eu fico no meio do caminho entre os dois.

— Nada aqui é mediano, Eli. Isso aqui é gigantesco. — A minha voz racha um pouco e ele continua a me levar pelo hall.

Tento parar de contar os cômodos porque isso está muito além do que eu imaginei que era do lado de fora. É pelo menos três vezes maior do que eu esperava. A casa parece crescer cada vez mais e, quando chegamos na área dos fundos, existem janelas enormes que dão vista para a água.

— Precisa de alguma coisa antes de irmos? — pergunta.

— Irmos?

— Sim. — Ele ri e aponta para fora. — Esse é o meu barco. Passaremos o dia na água.

Viro os olhos para ele e esboço um sorriso no rosto. Eu amo água. Uma das lembranças que mais gosto do meu pai é de quando ele me levava para passear de barco quando era criança. Mas o barco dele não tinha nada a ver com esse enorme que está ancorado no píer.

Eli se aproxima e coloca o meu cabelo para trás.

— Tudo bem?

Eu aceno.

— Tudo perfeito.

Ele me mostra onde fica o banheiro. Lá eu passo um pouco mais de protetor solar, retoco a maquiagem e faço algumas orações em silêncio para que eu não fique enjoada. Já faz muito tempo que não vou para o mar aberto, isso seria uma grande sorte.

Entramos no barco, que é equipado com dois quartos, uma área para cozinha, banheiro e uma sala de estar, ou seja, é uma casa com casco. Ele me mostra tudo e em seguida solta a embarcação na água.

Fico olhando-o conduzir o barco e reajo com um suspiro. Tudo que ele faz é sexy. O jeito que os músculos dele flexionam quando vira o leme. O jeito que a testa franze quando está se concentrando na direção. Não quero fazer mais nada além de ficar olhando para ele, então é isso que eu faço. O meu foco é tão exclusivo, que nem noto que já saímos do canal.

— Quer pilotar? — Eli oferece, tirando-me do transe.

— Nunca pilotei um barco.

— Eu te ajudo. — Ele sorri de um modo encorajador e dá um passo para trás, dando-me espaço para que eu fique na frente dele.

**ESTA** *Noite* **É NOSSA**      101

Empolgada demais para dizer não, vou em sua direção e coloco-me no espaço oferecido. As minhas mãos agarram o leme e olho para ele por cima do ombro.

— Ótimo, segure firme e mova o leme só um pouco se quiser ir em uma direção diferente. — Eli fica com o peito encostado nas minhas costas, e eu me apoio nele. — Você está indo muito bem — fala no meu ouvido.

— Na verdade, não sei o que é que estou fazendo — admito.

— Vamos para a direita. Tem um lugar muito bonito para pesca naquela direção.

A mão de Eli se apoia na minha. Ele não está virando, só segurando. Eu poderia fechar os olhos e me perder nesse exato momento. Os nossos corpos estão muito próximos e os braços fortes dele fazem com que eu me sinta segura.

Ficamos assim por um tempo, sem conduzir de fato, mas flutuando juntos. Eli reduz a velocidade do barco e me puxa para o colo dele enquanto continua a segurar o leme.

— É como se estivéssemos completamente sozinhos aqui — comento, enquanto fico olhando para o oceano. Ele beija o meu ombro.

— E estamos.

Olho de volta para ele com um sorriso.

— Deixe-me ver se entendi direito: você é marinheiro, cantor, ator e pescador?

— Sou um homem de muitos talentos.

A minha risada é descontraída e despudorada.

— Até que é. Bom, vamos ver se você consegue pegar o nosso almoço.

Eli e eu seguimos para a proa, onde ele tem duas varas de pesca esperando por nós. Depois de preparar as linhas e colocar as iscas nos anzóis, arremessamos na água e penduramos as varas nos suportes para esperar. Sento-me em um dos bancos e fico olhando para a água. Tons escuros de azul e verde refletem a luz do sol emitindo pequenas explosões de luz para todo lado. O céu está com poucas nuvens hoje, mas elas são grandes e fofas. Eu me viro para apontar uma que parece um dinossauro, mas não consigo falar. Eli está ali em pé sem camisa e acabo ficando com água na boca.

Santo. Deus.

O corpo dele é exatamente como eu guardei na memória depois da noite que passamos juntos. A única diferença é que agora não estou no escuro. O sol brilha na pele perfeita, dando-me a maior nitidez possível daquela visão de tirar o fôlego. Fico vendo-o se mover pelo barco, verificando algumas coisas no convés enquanto admiro seu peitoral. As tatuagens dos braços, do ombro e do quadril o deixam ainda mais gostoso. Juro que tatuagem nunca foi uma coisa tão sexy quanto agora. As minhas mãos ficam coçando querendo acompanhar os traços de tinta naquela pele, querendo sentir a firmeza daqueles músculos e o calor daquele corpo, querendo me perder no toque dele.

— Venha sentar comigo. — Eli estende a mão e eu me forço a tirar os olhos do corpo dele e estender a minha. Ele me leva até um sofá debaixo de um toldo retangular e senta no canto, puxando-me para o lado dele. Fico à vontade para descansar a cabeça no peito dele, deixando o ar salgado e a brisa pura preencherem o meu nariz.

— Fico feliz que tenha vindo. — A voz grave dele parece vibrar dentro de mim.

— Eu também.

— Me conte alguma coisa — pede.

— O que você quer saber?

— Alguma coisa verdadeira. Não costumo ouvir muitas verdades das pessoas.

As palavras dele jogam uma onda de tristeza em mim. Não consigo imaginar como é ser ele. Como é lutar o tempo todo contra a sensação de que as pessoas estão tentando arrancar um pedaço seu de alguma maneira. Ele provavelmente não tem muita gente que é honesta com ele ou que quer simplesmente conhecê-lo. Isso é terrível. Deve ser solitário.

Sento direito para poder olhar nos olhos dele.

— Não vou mentir para você. Você pode me perguntar o que quiser.

Ele sorri e vem para mais perto de mim.

— Por que você vive dizendo que a sua vida é uma bagunça?

Eu suspiro e desvio o olhar.

— Tem muita coisa acontecendo na minha vida.

— O seu ex?

Dou risada sem achar graça.

— Gostaria que fosse só isso.

— Heather — Eli diz o meu nome com suavidade. — Eu quero te conhecer. Quero te conhecer de verdade. Tenho certeza de que você sabe o que os tabloides falam de mim, mas não sou aquilo.

— Então quem é você? — Prefiro ouvir mais sobre ele do que expor toda a minha vida.

— Eu sou um irmão, um tio e um filho. O meu pai morreu alguns anos depois de deixar a minha mãe. A gente era pobre pra caralho, e eu tenho feito tudo que posso para garantir que nunca mais tenha que viver daquele jeito. A maior parte do tempo eu adoro muito mais interpretar do que cantar, mas não imagino a minha vida sem a *Four Blocks Down*. Estou velho demais, cansado de ficar bravo com as coisas que eu não consigo controlar, e essa é a primeira vez que tenho que correr atrás de uma mulher desse jeito.

Principalmente depois de ter mostrado para ela o que eu tenho de bom.

Eu rio com suavidade e dou um tapinha na perna dele.

— Eu não estava brincando quando disse que não faço aquele tipo de coisa. Não saio com ninguém. Não tenho tempo para homens. Eu meio que desisti da ideia de ficar com alguém depois que o meu ex foi embora.

— Eu também — ele fala, com seriedade. — Todo mundo tem os seus problemas, Heather.

Lembro que teve um rumor uns anos atrás de que o Eli ia casar, mas não dá para acreditar em nada que se lê. A minha curiosidade começa a aumentar, e tenho que chutar para longe a minha policial interior que quer interrogá-lo a respeito disso.

— Você tinha alguém, não tinha?

Eli muda de posição, buscando a minha atenção de volta para ele.

— Não converso muito disso. Mas ela gostava de ficar fazendo joguinhos. Penelope era muito boa nisso. Peguei-a na cama com o meu antigo empresário quando voltei de uma viagem para casa antes do previsto para fazer uma surpresa. Estávamos lidando com umas questões pessoais e, em vez de vir até mim, ela foi atrás de outro cara. Ela me fodeu direitinho.

— Sinto muito. Isso é terrível. — Aperto sua mão em solidariedade.

Ele expira fundo pelo nariz.

— Não vou mentir. Eu não tinha a intenção de me envolver de novo com uma mulher, provavelmente foi daí que surgiram os rumores de que sou mulherengo. Não fico transando por aí e fazendo joguinho, mas não sou alguém conhecido por ter relacionamentos estáveis. Tem sido mais fácil me manter distante, e sempre fui honesto com quem me envolvi.

Já ouvi falar sobre isso tudo, o que me leva a questionar o que estamos fazendo aqui. Não que eu precise da promessa de alguma coisa mágica, mas também não preciso de um homem que tem uma mulher em outra cidade.

O meu coração acelera quando me preparo para fazer a próxima pergunta.

— Então, o que você quer comigo?

Os olhos dele se abrem, permitindo-me ver todas as emoções dele.

— Mais. Eu quero mais.

— E se eu não valer a pena?

Ele balança a cabeça.

— E se você valer a pena?

— Você passou algumas horas comigo, Eli. Não tem como…

— Estou entregando a minha verdade para você — ele exclama, com suavidade. — Tudo que estou pedindo é um pouco da sua.

O medo de me apaixonar por ele é real. A minha mãe e o meu pai me deixaram, o meu marido me deixou, a minha irmã vai me deixar, e a última coisa que quero é amar outra pessoa que vai fazer a mesma coisa. Eli não sabe nada sobre mim nesse ponto. Nada além das coisas superficiais. Se eu entregar a minha verdade para ele, estarei entregando uma parte de mim.

Caralho. Não posso mandá-lo embora estando no meio do oceano. Além do mais, se eu decidir fazer isso, se ele quer tentar, precisa saber.

— A minha irmã está morrendo. Ela tem vinte e seis anos de idade e tem a doença de Huntington, que é rara e degenerativa.

Ele arregala os olhos e puxa o ar de repente.

— Nem sei o que dizer. Tem alguma coisa que pode ser feita?

Balanço a cabeça.

— Não, é terminal. A doença da Stephanie acabou tomando conta da minha vida. Ela é a minha vida.

Eli pega a minha mão.

— Sinto muito. Nem consigo imaginar como isso deve ser difícil para você.

— Ha! — Eu rio de um jeito irônico. — É uma tortura. Ela teve o diagnóstico quando tinha dezenove anos e, desde então, é como se estivéssemos em queda livre. O meu marido me deixou porque a Stephanie precisava de cuidados em tempo integral. Acho que não fui esposa suficiente para ele porque eu estava muito ocupada cuidando da minha irmã que está morrendo.

— Foi por isso que ele foi embora? — questiona, com palavras carregadas de repugnância.

Encaro aqueles olhos verdes-esmeralda e suspiro.

— Ele não conseguia lidar com aquilo.

— O que parece é que ele é um idiota do caralho. — Essa é uma bela descrição.

— Estou te contando isso agora porque o que estamos fazendo aqui, seja lá o que for, não pode interferir no que eu tenho que fazer pela minha irmã.

Eli aperta minha mão e afasta o rosto.

— Interferir?

— Sim, não vou poder ir com você para Nova York, não posso me dar ao luxo de passar o tempo que for longe dela. Não posso me envolver nessa… coisa com você e deixar de passar o pouco tempo que ainda tenho para ficar com a Stephanie. É isso que me dá medo. Bom, isso e o fato de que você é… você, e eu não sou do seu universo. Não posso me permitir ter arrependimentos quando se trata da minha irmã.

— Eu nunca ia querer que isso acontecesse. Não estou pedindo para você abandonar nada. E quanto ao seu ex, ele é um grande merda por te fazer achar que tem que escolher entre a sua irmã e um homem. Isso é ridículo. Tenho um irmão e, se fosse com ele, eu ficaria ao seu lado.

Parte do meu coração ferido se sente um pouco curado. Olho no fundo dos seus olhos e espero por algum tipo de mudança no seu jeito de pensar. Qualquer coisa que me diga que ele está mentido, mas não vejo nada.

— Você não pode ser perfeito desse jeito, Eli.

Ele ri.

— Eu estou longe de ser perfeito, baby.

— Você é gentil, engraçado e incrivelmente gostoso.

— Não se esqueça de dizer um deus na cama.

Eu balanço a cabeça.

— Muito vaidoso.

— Continue falando das minhas qualidades excepcionais. — Ele me cutuca.

Em vez disso, inclino-me para frente e toco os lábios dele com os meus.

— Não vá me fazer achar que você é um cara legal e depois partir o meu coração.

Os dedos dele passam por entre os fios do meu cabelo.

— Não me faça ter que continuar lutando desse jeito para te conquistar.

As minhas defesas caem por terra quando ele puxa o meu rosto para mais perto dele.

— O que é isso que você está fazendo comigo?

Ele sorri.

— Estou te fazendo sentir como eu me sinto, indefeso.

# Capítulo 13

## ELI

Beijar a Heather é diferente de qualquer coisa que já senti antes. Já beijei muitas mulheres, mas ela me faz esquecer o mundo ao nosso redor. É como se o tempo ficasse suspenso quando ela está comigo. A primeira vez que dormi com ela, achei que era a endorfina por conta da empolgação.

Acreditei que assim que aquilo acabasse eu seguiria adiante.

Agora está ainda mais difícil.

Ela está se abrindo para mim, mostrando quem é, e é tudo bonito pra porra. Tudo nela me deixa de quatro. Como alguém pode passar por ela e não parar? Fico de queixo caído. O fato de o marido cuzão dela ter ido embora é absurdo. Quem deixaria para trás uma pessoa linda que nem ela? E é mais do que só a beleza. Ela é inteligente, engraçada, forte, às vezes forte demais, e me dá uma sensação de esperança que eu não sentia há muito tempo.

— Deus, como você beija bem. — Heather respira e devolve os lábios para os meus.

Seguro os cachos loiros dela na minha mão e mergulho a língua ainda mais fundo. Sinto o gosto de menta do chiclete que ela está mascando. As mãos macias da Heather sobem deslizando pelo meu peito e seguram a minha mandíbula, e eu encosto para trás, levando-a comigo. Eu praticamente me deito para poder sentir o prazer do peso dela em cima de mim.

As nossas línguas se empurram, cedendo e pressionando em uma batalha constante em busca do controle. Eu não me rendo, luto contra ela pelo domínio. Entro em combate para que ela se deixe levar e se renda de uma vez por todas. A verdade é que quanto mais ela resiste, mais tesão eu sinto.

Pego no cabelo dela com mais força, adorando o gemido que ela faz na minha boca. Os ruídos dela me estimulam ainda mais, fazendo-me desejá-la de tal maneira que parece que o meu pau vai explodir só com esse beijo. Não seria nada embaraçoso... Posso até ver: *"Popstar goza enquanto dá uns amassos"* na página sete. Felizmente eu consigo me controlar, o único lugar em que vou gozar vai ser dentro dela. Mas é bem possível que eu morra se isso não acontecer logo.

Os meus lábios escorregam na pele do seu pescoço e descem até os ombros.

— Você é tão linda — sussurro, ainda tocando sua pele. — Cada centímetro seu é perfeito. Posso fechar os meus olhos e ver o seu corpo como se estivéssemos vivendo aquela noite outra vez.

Ela solta um gemido sutil quando a minha mão envolve seu seio perfeito. Deixo o peso dele preencher a minha mão e eu faço um movimento circular, esfregando o mamilo.

O meu lance é peito, sempre foi. Eles são presentes de Deus. Existe um motivo pelo qual os homens não têm peitos. Se tivéssemos, ficaríamos brincando com eles o dia inteiro. Eu iria ao banheiro e ficaria tocando neles. Quando eu estivesse tomando banho, não ia fazer mais nada além de ficar esfregando-os. Não estou nem aí se isso parece loucura, é verdade.

— Diga que isso é real — ela pede.

— É real — confesso, enquanto desfaço o laço do biquíni dela, mas eu não solto, porque quero que ela faça isso. Se ela quiser fazer sexo comigo e fugir outra vez, vai ter que sair nadando porque não tem nenhum lugar para onde ir.

Ela move a mão até a minha e puxa as alças para baixo, dando-me a visão que eu tanto queria.

Fico com água na boca quando olho para os peitos dela. Estou louco para sentir o gosto que ela tem outra vez. Mudo a posição dos nossos corpos para colocá-la no meu colo e empurro o pau contra sua boceta gostosa. Não tem nada nesse instante que eu queira mais do que me enterrar naquele calor. A minha boca agarra o mamilo dela, quase o engolindo enquanto ela segura a minha cabeça onde quer. Sentir suas mãos me controlando me faz chupar com mais força ainda.

A sua cabeça cai para trás, o cabelo comprido dela encosta em minhas coxas e ela acaba ainda mais comigo.

— Eu quero você — confessa.

Eu a quero mais do que quero o ar que eu respiro. Só não quero que fuja assustada. Ontem foi um momento decisivo para nós, de certa maneira. Ela não me disse para ir embora nem tentou me afastar de maneira incisiva. Foi como se tivesse finalmente concordado com isso, independente do que seja.

A última coisa que eu preciso é dar um passo para trás. Mas também não direi não para ela. Não agora que o meu pau está tão duro que podia cortar vidro se eu quisesse.

— Olhe para mim, baby.

Ela o faz e eu posso ver seus olhos ardendo de desejo. Mais que isso, eu vejo preocupação.

O jeito que ela olha para mim faz o meu coração parar, e eu me sinto um cuzão. Vou ficar puto comigo mesmo, mas não posso de jeito nenhum fazer isso com ela. Se o meu objetivo é fazer com que ela pare de tentar se livrar de mim, tenho que fazer por merecer. Ela tem que confiar em mim o suficiente para que, quando eu olhe nos olhos dela, a única coisa que eu veja seja vontade e necessidade. E não dúvidas.

As palavras soam estranhas, mas são exatamente o que eu sei que tenho que dizer. Essa não é uma cantada de merda, é a pura verdade.

— Eu quero você. Quero tanto que vai ser uma porra de um chute no meu estômago dizer isso, mas não quero só transar com você.

— O quê? — Ela arregala os olhos e cobre o peito imediatamente.

Já era. Já estou puto comigo mesmo.

— Sinto que estamos conseguindo um progresso, e eu prometi para você que não transaríamos. Eu disse que só sairíamos juntos.

Heather me olha com curiosidade, provavelmente querendo pegar a minha carteirinha de homem e jogar no mar. Droga, eu mesmo quero fazer isso, mas percebo alguma coisa a mais.

Pode ser que seja hesitação.

Pode ser que seja dúvida.

Eu também vejo algum indício de respeito.

Pela primeira vez em muito tempo, sinto a alegria que é ser respeitado.

Ela desengancha a perna, sai para o lado e senta perto de mim. Fico olhando enquanto ela amarra o biquíni outra vez, o que me dá um pouco de vontade de chorar, e fico esperando-a falar alguma coisa. Quando ela finalmente ergue o olhar, sorri.

— Obrigada.

— Ainda não me agradeça, estou seriamente arrependido. — Eu sorrio. Realmente estou, mas uso um tom de brincadeira.

Heather ri, parecendo meio nervosa. Ela muda de posição mais uma vez e senta em cima das próprias pernas.

— Acho que você não sabe o que realmente significa para mim isso que você acabou de fazer, Ellington. — Meu pau empurra a minha bermuda quando ela diz o meu nome completo com aquela voz suave. — Eu ia... — Ela olha para o horizonte antes de olhar de novo para mim. — Eu não teria parado você, e provavelmente ia ficar me odiando por ser tão fraca quando a seu respeito.

— Não tenho tanta certeza se é você que é fraca.

Está aí. É essa a verdade. Sou eu o bobo que está correndo atrás de uma mulher. Não foi a Heather que apareceu na minha casa mais de uma vez, que me forçou a sair com ela, ou que passou uma semana inteira tentando negociar um acordo para no fim aceitar menos dinheiro só porque queria voltar para Tampa. Eu posso mentir e dizer que não foi porque eu queria vê-la, mas não farei isso. Era como se tivesse um imã me puxando de volta para onde ela está. Heather pode não ver isso, mas estou nitidamente fodido.

— Fico esperando a hora que vou acordar desse sonho em que um homem como você olharia até mesmo mais de uma vez para alguém como eu. Mais que isso, quero ficar perto de você, mesmo quando eu não deveria. — Heather suspira e então levanta. — Não pense que isso de eu tentar te afastar acontece porque sou forte em relação a você.

Eu levanto e puxo-a para os meus braços.

— E eu não penso. Sei que você quer isso tanto quanto eu. Sei que, apesar de você ficar lutando contra mim, está muito mais é lutando contra si mesma. Ouvi o que você falou sobre a sua vida, mas não vou fugir.

Ela coloca a mão no meu peito e vira o rosto outra vez para olhar para mim.

— Eu espero que isso seja verdade, porque estou meio que gostando da ideia de ter você por perto.

— Ah... — Eu a abraço com força. — Sabia que te venceria pelo cansaço.

— Acho que tenho uma quedinha por atores que certa vez no passado participaram de uma *boyband* que arrasava.

— Certa vez no passado?

Ela ergue os ombros. Vou mostrar para ela o que é certa vez no passado.

— Vou te mostrar que sou multiplatina. Faço muito mais do que arrasar.

— Se é o que você está dizendo. — Dá um sorriso irônico.

Ela vai pagar por isso.

— Está certo então. — Eu me movo rapidamente, inclinando-me para prendê-la nos meus braços. Então vou com ela até a beira do barco. — Peça desculpa!

— Você não teria coragem de fazer isso! — Heather grita.

— Não teria?

Eu não teria coragem de jogá-la, mas teria de pular, fazendo-nos cair juntos na água.

— Eli!

— Fale, Heather. Fale. Eli é o melhor cantor do mundo e todos os artistas deveriam se curvar diante do talento dele.

Sei que estou exagerando um pouco, mas quero ouvir as palavras da sua boca.

— Você é louco! — Ela dá risada, e eu a coloco mais perto da beira.
— Eli! Para! Por favor!

— Isso tudo pode acabar, é só você dizer as palavras — aconselho, em tom de brincadeira.

Ela agarra a minha bermuda e grita de novo.

— Por favor, eu não sei nadar!

Eu a coloco no chão imediatamente e seguro em seus ombros dela.

— Eu não sabia. Nunca faria isso se eu soubesse.

Ela cai na gargalhada, colocando as mãos na barriga.

— Quem é o infeliz que mora na Flórida e não sabe nadar? Como você é ingênuo!

Eu me aproximo, mas ela se move rápido para o lado. Brincamos de gato e rato por mais alguns minutos antes de eu finalmente agarrá-la. Aí então, quando os lábios dela tocam os meus, eu me dou conta de que a mulher que não consigo tirar da cabeça está tomando conta do meu coração.

— Olá! — Sorrio para a mulher na recepção. — Vou visitar alguns pacientes hoje, um deles é a Stephanie Covey — digo, na esperança de que ela tenha o mesmo sobrenome da Heather.

Os olhos dela crescem e o queixo fica caído. Fico ali em pé, esperando que ela se recupere antes de soltar qualquer palavra.

— Ah. Ah, uau. Hmm, Eli, quer dizer, Sr. Walsh, claro. — A enfermeira na recepção digita alguma coisa no computador, tentando esconder o rosto vermelho com o cabelo.

— Sem pressa.

Ela olha para mim, e eu lanço o sorriso sensual que uso nos shows e nos ensaios fotográficos.

A mulher morde os lábios e deixa escapar uma risadinha nervosa.

— Stephanie Covey, sim. Ela está no quarto 334.

Ser famoso tem seus privilégios, um deles é que as pessoas tendem a se esquecer de certas coisas como a confidencialidade do paciente.

É provavelmente por isso que vou ter cuidados particulares se em algum momento eu precisar.

— Obrigado, boneca. — Coloco uma das flores do buquê da Stephanie no balcão na frente dela e pisco. Não conheço ninguém que pisca na vida real, mas, pelo que parece, se você é famoso, esse é um jeito infalível de deixar as mulheres excitadas.

A mulher agarra a flor contra o peito e fica ali com os olhos arregalados. Isso sempre funciona.

Depois que deixei Heather em casa, comecei a traçar um plano. Tenho um evento muito grande chegando, e quero fazer alguma coisa especial para ela. Ela está sempre se doando e sacrifica tudo pelas pessoas que ama.

O ex-marido dela é um imbecil do caralho, mas eu meio que fico feliz com isso, porque assim tive a chance de conhecê-la. O erro de um homem é a felicidade do outro, e a Heather é o pote de ouro no final do arco-íris.

Pego o celular e envio uma mensagem para ela.

> Pensando em mim?

> Ai, meu Deus! Você salvou o seu número com o nome Presente de Deus para as Mulheres!

Tive que colocar a porra do meu número no celular dela depois do nosso passeio de barco. Ela se recusou a fazer isso, dizendo que gostava dessa história de eu aparecer do nada.

> Bom, é o que eu sou. Mas você ainda não respondeu se estava pensando em mim.

> Não, não pensei nenhuma vez para dizer a verdade. Quem é você mesmo?

Dou risada.

> Mentirosa. E você sabe exatamente quem é, baby. A minha orelha estava coçando ou queimando… Ah! Aquilo quando alguém está pensando em você… Achei que deveria fazer alguma coisa a respeito disso.

> Você deveria procurar um otorrino para ver. Parece mais um problema de saúde.

> Você fere o meu coração.

Adoro ver que ela não tem problema nenhum em me esnobar. Tantas mulheres ficariam eufóricas… Ela não.

> Na verdade, eu pensei em você mais cedo. Recebi um chamado e a garota era louca pela Four Blocks Down. Gente boa até.

> Está vendo. Se tivesse incluído o meu número nos seus contatos e eu não precisasse te passar a perna para fazer isso, você podia ter me ligado. Eu teria feito dela uma fã muito feliz.

> Bom saber. Vou me lembrar de te ligar toda vez que alguém falar sobre o deus que você é. *revirando os olhos*

Consigo imaginá-la falando isso e quase ouço a voz dela de sarcasmo. Será que eu poderia gostar dessa mulher mais do que estou gostando nesse momento? Improvável.

> Vou te pegar na quinta às sete da manhã.

> Ah, vai?

> Vou. Tem uma coisa que eu quero te mostrar.

> Bom, acho que consigo te encaixar na minha agenda.

> Fico honrado.

> Mas é sério. Vai depender de a Stephanie ser liberada ou não... Vamos nos falando, pode ser?

Nunca me colocarei entre ela e a irmã, é justamente por isso que estou aqui. Falar é uma coisa, colocar em prática é outra. Não quero que ela duvide das coisas que eu disse, e espero conseguir provar agora que estava sendo sincero.

> Claro, vamos nos falando.

> Obrigada, Eli. Eu estava pensando em você sim. (Não vai ficar se achando.) 😉

Tenho um sorriso bobo na cara quando desencosto da parede onde estava apoiado e começo a andar. Um nervosismo que eu normalmente não sinto começa a crescer conforme me aproximo da porta de Stephanie. E se ela não souber que a irmã dela e eu estamos... seja lá o que for? Será que a Heather vai ficar puta comigo?

Ao invés de ficar pensando, eu taco o "foda-se" e faço o que vim aqui para fazer. Bato na porta e fico esperando que dê tudo certo.

— O quê? — Uma voz hostil grita da cama. — Estou dormindo.

— Desculpa — digo, antes de ela olhar para mim e dar um grito estridente.

— Puta que pariu!

— Oi, Stephanie. Posso entrar? — pergunto.

— Ai. Meu. Deus! — Uma versão morena e mais nova da Heather grita. — Você é o Eli Walsh! O homem com quem a minha irmã dormiu! — Acho que isso responde se ela sabe de mim. — Merda! — Stephanie coloca a mão na boca de um jeito muito Heather.

— Eu mesmo, a não ser que ela saia por aí dormindo com outros caras com o mesmo nome que o meu.

Ela balança a cabeça ainda com as mãos escondendo a boca.

— Eu quis vir até aqui para te conhecer, espero que não tenha problema.

É nítido que a irmã da Heather é a pessoa mais importante que ela tem na vida, e eu quero que ela saiba que entendi isso. Diferente do bosta do ex-marido dela.

Ela coloca o cabelo atrás da orelha e senta um pouco mais ereta.

— Claro! Quer dizer, sim. Não consigo acreditar que você está aqui... no meu quarto. E você sabe o meu nome.

— A sua irmã fala muito de você — explico.

— Ela precisa de uma vida.

Ignoro o comentário, porque não cabe a mim falar merda nenhuma. Sei como é fácil mergulhar e se perder em qualquer lance que esteja rolando na vida.

— Então me conta, como está se sentindo?

— Hmm. — Ela fica hesitante e aperta o rosto sutilmente. — Eu? Está sendo um dia bom. Vou para casa amanhã.

— Que bom. Heather achou que iam te liberar hoje. — Stephanie morde o lábio olhando para o lado de fora da janela.

— Eles estão me segurando mais um dia porque eu tive uma noite difícil ontem.

Merda. Talvez isso não dê certo.

— Sinto muito por isso.

— Tudo bem. A medicação estava acelerando o meu batimento cardíaco, mas as últimas doze horas foram estáveis. Por favor, não comente nada com a minha irmã. Se eu falar que tive um dia ruim, ouvirei um sermão sem fim sobre todas as razões pelas quais eu deveria ligar para ela quando esse tipo de coisa acontece. Como se a droga da minha vida não fosse uma sequência de problemas médicos, acho que ela só quer é ficar na merda do telefone o dia todo — fala tão rápido, que é quase como se a fala toda dela fosse uma sentença gigante.

Seguro a risada. Não tenho a menor dúvida de que Heather vai levar isso numa boa. Ela tem um coração grande, e a superproteção dela em relação à Stephanie é nítida. Meu irmão é igual comigo. Randy pode parecer um cuzão, mas se eu precisasse dele, sei que ficaria do meu lado.

— O seu segredo está a salvo comigo. — Vou para perto da cama dela e estendo a mão com as flores. — São para você.

— Não acredito que trouxe flores para mim. Você deve mesmo gostar da minha irmã.

— Gosto. Gosto muito dela.

Eu nunca tinha entendido a frase "quem sabe, sabe". Eu achava que era uma frase de merda que algum idiota tinha dito. Mas quanto mais velho eu fico, mais realidade eu vejo nela. Parte de mim sempre sabia que as mulheres com as quais eu estava passando o meu tempo não valiam a pena. Elas não eram do tipo que eu ia acabar apresentando para a minha mãe.

Talvez seja só porque estou velho.

Talvez seja só porque é ela.

Não importa a razão, eu simplesmente sei.

Stephanie está com um sorriso largo no rosto e posso sentir que ela está feliz.

— Ela precisa de alguém para cuidar dela. Sei que não age assim, mas precisa.

É nítido que as duas querem o melhor uma para a outra. Stephanie fica preocupada com Heather, enquanto ela está sempre tentando ajudar.

— Todo mundo precisa, né?

Ela balança a cabeça.

— Por mais que eu queira fingir que você está aqui porque sou incrível e você precisava saber mais sobre mim, conte-me o que realmente te trouxe aqui.

Eu me apoio mais perto dela e abro um sorriso. Heather não faz ideia do que vai acontecer no nosso encontro, mas espero que mostre a ela que eu tenho outro lado. Faço muita coisa que não tem nada a ver com música ou Hollywood. Quero que a irmã dela também esteja lá como surpresa.

Eu mal posso esperar para ver a cara da Heather quando a coisa rolar.

— Você consegue mentir para sua irmã por uma boa causa?

# *Capítulo 14*

## HEATHER

— COMO ASSIM não queria que eu passasse aqui? — pergunto para Stephanie, enquanto tento arrumar o quarto dela do mesmo jeito que estava uma semana atrás. Ela voltou para o *Breezy Beaches* ontem e não me deixou fazer nada de noite. Disse que precisava ficar sozinha e praticamente me colocou para fora. Hoje, eu não me importei com o que ela estava dizendo, vim de qualquer maneira, mesmo que o nível de vadia dela tenha marcado onze de dez.

Ela fica sentada na cama olhando para mim.

— Você nunca me ouve, porra! Não quero que você venha! Estou cansada, finalmente voltei para casa e só quero… — Ela para e então resmunga.

Hoje é um dia ruim. Ela está se esforçando para juntar as palavras e isso a deixa frustrada.

Fico esperando, e então as palavras vêm numa explosão.

— Vê se entende isso! Quero ficar nesse buraco do inferno sozinha.

— Estou ouvindo. Na verdade, não tenho ficado muito com você ultimamente — tento explicar. — Eu amo você, Steph.

Ela começa a tossir e afasta a minha mão.

— Você ia ao hospital todo santo dia. Só estou pedindo um d-d-dia para mim mesma! Por que isso é tão difícil para v-você? Por que você não consegue me deixar sozinha?

Sento-me no canto da cama e suspiro.

— Desculpa. Estou me esforçando. Estou fazendo o melhor que eu posso.

Fico com o coração partido quando ela está assim. Nunca sei o que vai acontecer, e brigar com ela acaba comigo, literalmente. Se não houver um amanhã, não quero que essa seja a nossa última conversa. Sempre caímos nisso, tenho que engolir a mágoa e a raiva. Escondo a dor e faço o que posso para tentar reverter a situação. Sei como é sentir arrependimento e não quero isso para nós.

Stephanie fica quieta por alguns minutos, coloca a mão no meu ombro e então respira fundo.

— Odeio essa p-p-porra dessa doença! — Os olhos dela se enchem de lágrimas e eu a puxo para os meus braços.

— Você n-não tem que ficar por perto. Estou mal-humorada!

Balançar para frente e para trás com ela nos meus braços me permite segurar as lágrimas. Não é culpa dela se ela está tendo um dia ruim. É assim que funciona. Os sintomas dela estão piorando e nós duas sabemos disso. As crises ficaram mais frequentes nos últimos meses, a fala dela está piorando e a medicação já não está ajudando muito com os tremores. Ontem, o médico me disse francamente que esse é o começo do declínio.

— Você não é mal-humorada, está fazendo o melhor que pode. — Sei que isso não é culpa dela.

— Eu não queria voltar para cá. Queria ficar no hospital mais tempo.

— Por quê? — pergunto e pego a mão dela. — Você odeia aquela droga de hospital.

— Sinto falta do Anthony. Eu gostava de vê-lo todo dia. Gostava de saber que ele ia passar no quarto e conversar comigo como se eu fosse normal e não uma coitada que está m-morrendo. Ele me via como uma garota, mulher, sei lá... a questão é que ele me via, Heather. Não os tremores, as juntas que ficam travando, os problemas com a memória.

Odeio que as pessoas a vejam assim.

— Você ligou para ele? — pergunto.

Anthony estava fazendo bem para ela. Ele ia ao seu quarto depois do turno todos os dias levando HQs e flores. O buquê de rosas de vários tons de roxo e rosa vibrantes com hortênsias misturadas que ele levou para ela era de tirar o fôlego. Eu tentava não fazer daquilo uma grande coisa, mas o fato de que o Anthony se importava tanto, fazia o meu coração inflar.

— Não, eu não vou fazê-lo ficar me vendo morrer. — Stephanie é teimosa. Ela sempre foi, e a minha preocupação é que ela o afaste sem nem se dar a chance de ser feliz. Por outro lado, nem imagino como deve ser para ela saber que está morrendo e ter as pessoas que ela ama vendo isso acontecer.

O que é que eu posso dizer? Ela tem o direito de fazer as próprias escolhas e tenho que entender isso. Mesmo achando que ela está errada.

— Acho que você deveria falar para ele como se sente. Ele te levou flores e, ao que tudo indica, se importa com você.

Entendo que Stephanie tenha uma série de problemas, muito mais do que eu poderia compreender, mas isso não significa que deve simplesmente desistir.

Ela respira fundo.

— Ok, tanto faz. Primeiro, as flores não eram dele, o que eu já disse três vezes. Contei para você que elas simplesmente apareceram no meu quarto. Segundo, é isso que você está fazendo com o Eli? Está dizendo o quanto quer passar um tempo com ele? Está demonstrando para ele o mais sutilmente que seja o quanto gosta dele de fato? Não? Achei que não. — A raiva desapareceu da voz dela, só o que eu ouço agora é provocação.

Acho que é como o ditado popular que fala de teto de vidro e do lance de atirar pedras. Mas o meu caso é diferente. Ele é complicado, rico, famoso e não mora aqui. Por que eu me deixaria envolver numa bagunça maluca como essa? Eu é que não vou.

Se eu gosto dele? Sim.

Se eu gostaria de poder dizer que isso não é verdade? Sim.

Se ele ouve alguma coisa do que eu tenho dito em relação às expectativas que ele pode ter? Absolutamente não. Ele foi aos poucos se infiltrando na minha vida e tenho plena certeza de que ele não tem intenção de ir embora.

— Não é a mesma coisa. Ele tem pontos de interrogação demais ao redor dele.

— Você tem o direito de amar outra vez. Você me ama e eu sou uma incógnita gigante.

Amar a Stephanie nunca foi uma questão de escolha, foi algo incondicional. E mesmo se eu soubesse o final da história, não teria feito nada diferente. Com Eli, eu ainda não cheguei nesse ponto. E não preciso deixar que vá assim tão longe. Amar outra pessoa é dar poder. Pode ser bonito, gratificante e tão fácil quanto respirar, mas se eu perder alguém outra vez, ficarei arrasada.

Torço o tecido da minha camisa sentindo os fios esgarçados, e noto as semelhanças com a minha própria vida. Toda vez que eu acho que estou inteira e protegida, alguma coisa começa a romper as amarras e eu me despedaço.

— Não vou aceitar me prender a ele, Steph. Gosto dele, não vou mentir, mas em breve ele vai embora. A vida dele não é em Tampa. Não vou me mudar. Não vou te deixar.

— Eu é que vou te deixar, Heather. Não sei quando e não sei como, mas nós duas sabemos que isso vai acontecer. — Uma lágrima escorre pelo rosto dela e outra segue logo atrás.

— Não fale isso — peço.

— É essa a verdade e você tem que aceitar.

Os meus olhos se enchem de lágrimas. Não quero perder a minha irmã. A ideia de viver em um mundo sem ela é inaceitável. Já perdi mais do que qualquer pessoa deveria, e a vida ainda não parece satisfeita. Stephanie é minha. Eu cuidei dela, a vi crescer, preparei seu almoço, a vesti para a formatura, e a ideia de que não vou mais tê-la na minha vida é demais para mim.

Às vezes, isso tudo é demais para mim.

— Temos tempo — digo, esperando que seja verdade.

— Estou dizendo que quando eu for, quero saber que você estará bem. Você não consegue entender isso? Por mais que você me ame, eu te amo mais. O meu coração é inteiro seu, e você não faz ideia de quanta raiva eu tenho dentro de mim por conta dessa d-d-doença. Ela tirou tudo de você, Heather. Tirou o seu dinheiro, o seu marido, a sua vida inteira! Preciso saber que você tem alguém!

— Pare! Pare agora mesmo! — grito com ela, esfregando as lágrimas do meu rosto. — Não faremos.

— Temos que fazer isso. Temos que falar sobre isso.

Eu não quero. Quero esquecer e curtir o tempo que temos. Levanto e circulo pelo quarto, tentando parar as lágrimas que insistem em cair. Viro de costas para ela e olho para o lado de fora da janela. Talvez eu seja fraca, mas é mais fácil do que olhar em seus olhos.

— Não posso te perder. — A minha voz falha com tanta dor que eu poderia me desfazer em pedaços.

— Heather, olha para mim. — Viro e encontro os olhos azuis dela brilhando com lágrimas contidas. — Você nunca vai me perder. Não perdemos a mamãe e o papai, só não conseguimos mais vê-los.

Dessa vez, são as minhas mãos que estão tremendo. Eu me aproximo e estendo o braço para tocar o rosto dela.

— Eu te amo tanto.

— Eu sei — ela murmura.

— Odeio isso.

— Eu também.

— Você me perdoa por ter gritado? Estamos bem?

Steph sorri e pega a minha mão.

— Se você quer que eu fique bem, tem que me prometer que vai parar de ficar afastando todo mundo. Tem que me dizer que vai deixar o seu coração aberto. Pode fazer isso?

Nunca menti para Stephanie. Isso é uma coisa da qual sempre me orgulhei. Digo para ela a verdade, danem-se as consequências.

As palavras têm peso e as promessas são feitas para serem mantidas.

— Prometo que vou tentar.

Stephanie arregala os olhos.

— Tentar?

— Sim, eu tentarei ficar aberta. Deixarei o Eli entrar um pouco ou, se não for ele, algum outro imbecil que só vai foder com a minha cabeça.

119

A questão é que os homens são mentirosos. Eles dizem que são uma coisa e, no fim, nunca são. Matt disse que me amava, que me honraria e cuidaria de mim, e já na primeira vez que a coisa ficou difícil, ele vazou. Cuidar o caralho.

— Juro, quanto mais velha, mais dramática. Acho que ele é diferente.

— Com base em todo o tempo que você passou com ele? — provoco. Ela nunca o viu, então não sei por qual motivo ela é tão rápida em defender o Eli. Vai ver é só porque ele é o primeiro homem a realmente tentar desde o Matt.

— Não, com base no jeito que o seu rosto se ilumina quando você fala o nome dele.

Eu não faço isso, faço? Não. Não acho que eu faço.

Ela ri e aponta para o meu rosto.

— Acontece só de você pensar nele.

— Ai, tá bom.

Vou ter que trabalhar nisso. Realmente espero que ele não note. Ele é bom em conseguir que eu faça as coisas do jeito que estamos. Se ele tiver livre acesso, estou ferrada. Vem na minha cabeça o nosso último encontro e como ele foi doce. Não são muitos os caras que deixam passar a chance de uma transa, mas ele deixou. Por um momento, eu me deixei envolver.

Foi a primeira vez em muito tempo que uma pessoa colocou as minhas necessidades acima das dela própria. Geralmente sou eu que tenho que me sacrificar e foi bom ver outra pessoa fazendo isso.

— Heather, Terra chamando! — Ela balança a mão na frente da minha cara.

— Desculpa, eu só estava pensando.

— Uhum. Você pode me ajudar? — Stephanie pergunta.

Enrosco o braço no dela, que levanta lentamente. Nesse último mês, o fisioterapeuta a tem forçado a usar os músculos o máximo possível. Ela ficou em uma cadeira de rodas por quatro meses e com muito trabalho ela voltou a andar um pouco com o andador. Mas esse progresso também parece estar sendo perdido. Ela senta ereta e estica os membros.

Fico vendo a minha irmã mais nova engolir todo o desconforto que está sentindo e levantar com pernas trêmulas. Eu imediatamente interfiro para dar apoio a ela. Os olhos dizem tudo que a voz dela não diz. A gratidão por eu estar aqui e a tristeza por precisar de mim brilham com a mesma intensidade que a lua cheia do lado de fora da janela. Damos alguns passos e agarramos o andador. Nós nos movemos sem pressa pelos salões enquanto ela me fala mais sobre o Anthony.

Depois de mais uma hora, posso ver a exaustão tomando conta da expressão dela.

— Vou para casa. Posso te ver amanhã?

Sei que vou passar o dia com Eli, mas preciso vê-la. Depois da conversa que tivemos mais cedo, acho que nós duas enfrentaremos o futuro. A minha mãe costumava dizer para nos apegarmos às coisas que podemos controlar e deixar todo o resto correr. Ela insistia que perder tempo nunca era uma coisa boa e tinha razão. Não posso controlar a doença da Steph, mas posso controlar a maneira como administro o tempo que ainda temos juntas. Vou aproveitar o máximo possível, dar valor para esse tempo que temos e torcer para sobreviver depois que ele acabar.

Steph sorri e coloca a mão no meu braço.

— Acho que dá para dar um jeito.

— Você acha que no nosso próximo encontro podemos fazer alguma coisa de tarde? — pergunto para Eli, que está em pé na minha sala enquanto eu encho outra caneca de café. A noite passada não foi fácil. Só consegui pegar no sono depois das duas e, como eu não queria ficar parecendo um lixo, levantei cedo para consertar a cara.

— Ah, teremos outro encontro? — A voz grave dele está carregada de provocação. — Achei que você não estava nem aí pra mim. Achei que tinha me jogado na *friendzone*. Sabia que você não ia conseguir resistir.

Saio da cozinha e reviro os olhos. Dane-se ele e sua arrogância.

— É você que fica inventando esses encontros e aparecendo na minha casa. Se tem alguém que "está aí" para alguém... esse alguém é você.

Pronto. Toma essa. Não estou indo atrás dele e não vou deixá-lo se esquecer disso.

Ergue os ombros e me puxa contra ele.

— Nunca escondi o fato de que "estou aí" para você.

Descanso os braços nos ombros dele e sorrio.

— Às vezes, eu ainda acho que isso é um sonho.

— Você acreditaria se eu dissesse que sinto a mesma coisa?

Eu balanço a cabeça, porque não consigo ver motivo para ele pensar assim. Eli é um sonho que virou realidade. Ele é desejo para uma estrela cadente que as mulheres passam as noites esperando que se realize. Mas ele está na minha sala e não sei dizer quantas noites sonhei com isso.

— Bom, fico procurando alguma coisa em você que eu não goste, mas mesmo as coisas que normalmente me incomodariam, tipo ficar tentando com tanto empenho me afastar, só servem para me fazer te querer ainda mais. Fico feliz que esteja começando a desistir disso.

— Quem disse que estou desistindo? — Dou uma provocada nele. Gosto da nossa brincadeira.

— Achei que o dia no barco tinha me tirado da *friendzone*.

— Posso te colocar lá de novo se quiser.

Não que isso seja sério. Foram só dois encontros e uma droga de uma noite, mas é mais do que amizade. Brody é meu amigo e com certeza não arrancamos as roupas um do outro. Já fomos pescar e, em nenhum momento, eu acabei dando uns amassos nele.

Os braços do Eli me apertam, forçando o meu corpo a ficar ainda mais perto dele.

— Acho que nunca estive lá e não acredito que amigos fazem isso aqui.

Em um instante, os lábios dele apertam os meus e o frio na minha barriga aumenta ainda mais. O perfume almiscarado de Eli me envolve e eu me esforço para guardá-lo na memória. Quero me lembrar de cada detalhe desse momento. Como é sentir os lábios dele contra os meus, o jeito que o calo no polegar dele praticamente arranha a pele do meu rosto e o sabor que ele tem. É canela e um indício de pasta de dente. Se isso não der certo, vou poder me agarrar a essa lembrança.

A língua dele pede para entrar e eu cedo sem pensar duas vezes. Eu nem finjo que estou tentando lutar contra ele. Eu quero isso. Quando ele me toca, não consigo evitar, quero tudo que ele tem para me dar. Digo a mim mesma e para todo mundo que não tem nada acontecendo aqui, mas quando ele está por perto, eu não consigo fingir. Eli sopra vida para dentro desse coração que estava vazio até então. Coração que nunca imaginou que bateria outra vez e que está de novo pulsando em um ritmo estável.

Ele me beija com vontade, forçando os meus pés a se moverem com ele. As minhas costas empurram a parede e ele se entrega em cada movimento. Estou encurralada entre o painel frio de madeira e o corpo quente de Eli.

Tudo é um contraste entre querer mais dele e querer que as coisas acabem antes que seja tarde demais.

Preciso que ele vá embora, mas quero desesperadamente que ele fique.

Digo que não tem nada entre nós, mas ainda assim só a ideia de vê-lo indo embora já é suficiente para me fazer gritar.

Derrubo a caneca no chão sem me importar se ela vai quebrar. Os meus dedos agarram o pescoço dele enquanto mantenho os nossos lábios juntos.

Eu me afogo nesse beijo.

Morro nesse beijo.

Volto à vida nesse beijo.

Eli se afasta e dá um sorriso metido.

— Os seus amigos te beijam desse jeito?

Ao invés de dizer a verdade a ele, que ninguém me beija daquela forma, eu inspiro e então suspiro.

— Sabe, eu nem tenho certeza se isso foi um beijo. Pareceu um tanto fraco.

— Fraco?

— Sim, até que foi ok, mas foi tipo meia boca.

— Sério? — Ele empurra o quadril para frente, fazendo-me sentir como está afetado com o nosso beijo. Afasto o rosto e junto todas as forças que tenho em mim para conseguir manter o meu teatro. — Você acha mesmo?

— Só estou te contando como é.

Estou brincando com fogo e pedindo para me queimar. Vejo o calor nos olhos dele e quero é dançar mais perto ainda das chamas.

Eli fica me estudando como um leão prestes a atacar a presa. Cada movimento é calculado e sei que serei uma gazela feliz. Os lábios dele pairam sobre os meus, misturando o hálito quente com o meu. Mantenho os olhos abertos, interpretando o papel que criei. O meu pulso acelera enquanto ele me encara.

A mão dele toca o meu pescoço, deslizando até o meu ombro, antes dos seus dedos percorrerem o meu braço.

— Sei que está mentindo, baby. Sei por causa do jeito como me beija. — Os lábios dele mal tocam os meus antes de ele recuar e eu me seguro para não reclamar. — Sei, porque posso sentir como você está quente. Posso ver o jeito que o seu corpo está pedindo por mim, mesmo que você não esteja. Se eu te tocasse, Heather, você gozaria? Derreteria toda se eu te tocasse?

Só com isso eu já poderia gozar.

— Talvez você devesse descobrir por si só — eu o desafio outra vez.

Eli sorri e se inclina para trás, afastando os nossos corpos. As mãos dele envolvem o meu rosto, usando a parede para mantê-lo ereto.

— Hoje eu tenho planos para nós, mas para de noite, baby... Essa noite descobriremos muita coisa.

Eu me inclino para frente, beijando-o suavemente.

— Veremos então.

# Capítulo 15

## HEATHER

— *Busch Gardens?* — resmungo. Eu adoro esse lugar, não me entenda mal, mas Eli não é só um cara. Ele é a porra do Eli Walsh. Todo mundo o conhece e eu achei que hoje seria outro dia privado ou semiprivado. De certa forma, pensei que ele não ia me levar para onde um milhão de pessoas com celulares nos veriam.

— Relaxa. — Ele pega a minha mão, entrelaçando os dedos com os meus.

— Eli, não estou pronta para isso.

Ele balança a cabeça.

— Pronta para quê?

Suspiro, porque não quero ter que desenhar para ele.

— Para o nosso lance ficar público antes mesmo de termos certeza do que está rolando.

— Eu prometo, isso não é o que você está pensando.

Olho para ele cuidadosamente, sem entender direito o que ele quer dizer.

— Esse é um parque de diversões que está sempre cheio, o que é que eu poderia ter entendido errado? Não estou pronta para ser vista pelo público. Você não imagina o que isso vai fazer comigo. Me expor para o mundo quando nem tenho certeza do que somos. Se as pessoas nos virem, elas vão saber. Não tenho a vida que você tem. Sou uma policial pobre, que mora numa casa que está caindo aos pedaços e tenho uma irmã que está morrendo. A minha vida não é *glamour*, fotos e dinheiro. Queria que você tivesse pelo menos me avisado.

O polegar dele acaricia as costas da minha mão antes de ele deixar aquilo de lado e sair do carro.

Como eu odeio quando ele faz isso. Gosto de saber o que vai acontecer e Eli gosta de me manter em suspense. Vou ter uma conversa com ele sobre isso.

Depois de alguns minutos tentando me preparar, saio do carro. Ele está apoiado no para-choque olhando na direção do portão.

— Eli?

— Sei que o meu mundo vem com um monte absurdo de merda. Entendo que a sua vida é simples e que você tem privacidade, família, amigos e um emprego que não vem com *paparazzi*. — Tem um pouco de tristeza na voz dele. — Pensei muito sobre hoje. Não foi fácil chegar a essa decisão e garanto a você que a sua privacidade não vai ser comprometida. — Quando dou outro passo para me aproximar, ele se afasta. — Têm outras coisas que me fazem quem eu sou, Heather. Coisas que eu quero que você veja e das quais quero que faça parte. Coisas que eu valorizo e que não têm nada a ver com barcos, casas e carros.

Dessa vez ele me deixa chegar perto e o sentimento de culpa se revira no meu estômago. Nunca me dei conta de que ele pode se sentir julgado por mim. Essa nunca foi a minha intenção. Não sou do tipo que julga as pessoas e o Eli nunca me fez sentir pequena ou inferior.

— Desculpa — eu digo, enquanto coloco a mão no braço dele. — Eu não deveria ter dito essas coisas. Não acho que a sua vida é só *glamour*; se foi isso que pareceu, eu realmente sinto muito.

Ele olha nos meus olhos e balança para trás, apoiado nos calcanhares.

— Quero que você me veja, Heather. Quero que veja as coisas que fazem de mim quem eu sou, e a fama não é uma delas.

— Nunca achei que é isso que você é, Eli.

Ele estende a mão e eu não hesito em fazer o mesmo. Eli está certo, isso não tem nada a ver com o que as pessoas vão pensar, tem a ver com Ellington e comigo. Tem a ver com o homem que insiste em aparecer, em me fazer sorrir e em me fazer sentir especial.

Eli beija o meu rosto e dá um suspiro.

— Vamos lá.

Pela primeira vez, desde que entramos no estacionamento, eu olho ao redor. Onde estão os carros? Conto um total de doze. Doze carros em uma quarta-feira no *Busch Gardens*? Eu sei que é um dia de semana, mas esse lugar está sempre lotado.

— Onde está todo mundo?

— Eu disse que não era o que você estava pensando.

Ele alugou a porra do parque? O meu coração acelera enquanto a minha mente vai à loucura. O que foi que ele fez?

— Eli — digo o nome dele, hesitando. — Por que não tem ninguém aqui?

Ele sorri e aperta a minha mão.

— Sei que o seu instinto de policial está te dizendo que tem alguma coisa errada, mas, pelo menos dessa vez, confie em mim e relaxe.

Instinto de policial? Hm. Agora que ele disse isso, acho que eu realmente tenho um. É natural em mim não confiar, e eu sempre quero informação. Isso é poder no meu trabalho e me permite ficar em segurança. Se não estou bem informada quando vou atender uma ocorrência, posso levar um tiro, o que é um saco.

— Eu consigo fazer isso — digo, com o máximo de convicção que consigo reunir.

Eli ri e eu ignoro. Ele não percebe que posso sim ter um instinto de policial, mas também sou extremamente competitiva. Se ele questiona a minha capacidade de fazer alguma coisa, dou um jeito de conseguir. Ele quer que eu relaxe? Que comece o jogo então, parceiro.

Vamos até o portão de entrada e eles nos deixam entrar. Abro a boca para fazer outra pergunta, mas fecho imediatamente.

Nós ficamos esperando e um homem vem na nossa direção.

— Sr. Walsh, bom dia. Eu sou o Sr. Shea, vou garantir que tudo corra tranquilamente. O seu assessor de imprensa ligou e passou os nomes, todos já foram incluídos na lista. Timothy deve chegar em no máximo dez minutos.

— Ótimo. — A voz de Eli está carregada de autoridade. — Essa é a Sra. Covey, ela estará comigo ao longo do dia, e eu quero ter certeza de que tudo que ela venha a precisar ou desejar seja providenciado.

Sr. Shea concorda.

— Certamente.

— Timothy é obviamente a minha maior preocupação. Quero que seja muito especial para ele. Conseguiram os cintos? — Eli pergunta. Eu provavelmente pareço meio louca, já que a minha atenção fica pulando de um para o outro.

— Sim, temos tudo que a equipe dele listou.

— Timothy? — pergunto, em voz alta. Ele tem um filho? Será que vou conhecer o filho dele? O pânico toma conta de mim e Eli segura firme a minha mão.

— Ele é um menino de onze anos da fundação *Make-A-Wish*. Timothy tem câncer terminal e um dos desejos dele era me conhecer e andar em uma montanha-russa. Então, eu aluguei o dia no parque para que o Timothy e eu pudéssemos andar nos brinquedos até que ele ficasse satisfeito. Nós temos um grande dia reservado para ele.

Isso não tem nada a ver com o que eu imaginava e deixa o meu coração completamente atordoado. Toda emoção possível me atinge em cheio. Sinto tristeza pelo Timothy misturada com admiração pelo Eli. Ele dedicou tempo, e só Deus sabe quanto dinheiro, para garantir que esse menino tenha um dia para guardar na memória.

Eu estava totalmente errada em relação a ele.

Ele é diferente de tudo que eu poderia ter imaginado. Ele é tudo.

Sem pensar, eu o olho nos olhos, agarro seu rosto e dou um beijo. Não é nada longo nem apaixonado, é simplesmente a expressão das minhas emoções. Precisava beijá-lo, porque palavras não conseguiriam explicar tudo que estava passando na minha cabeça.

Os olhos dele brilham com adoração e o seu sorriso quase me derruba.

— Eu disse que não era o que você estava pensando. — Ele toca o meu nariz com o indicador.

Sr. Shea mostra para nós a área por onde Timothy vai chegar. Ele não faz ideia de que Eli está aqui ou do que vai acontecer hoje. Só sabe que vem para o parque. Eli deu um jeito de também trazer para o parque a família dele e dez dos amigos do time de *baseball* em que o garoto jogava antes de ficar doente.

Ficamos em um lugar meio escondido da entrada para que ele não veja o Eli antes da hora certa.

— Obrigada por me deixar fazer parte disso — digo, em um momento em que estamos sozinhos.

— Se não gosta de montanha-russa, é melhor não me agradecer. — Ele dá risada.

— Eu não venho a um parque de diversão desde que a Stephanie era só uma garota.

— Sério?

Concordo com a cabeça.

— Ela ficou doente quando estava no primeiro ano da faculdade. É meio difícil incluir montanha-russa na agenda quando se está perdida entre consultas médicas e exames. Além disso, às vezes ela perde o controle das mãos e das pernas.

Eli olha ao longe e suspira.

— Você está bem? — pergunto.

Ele olha de volta com um sorriso triste.

— Sim, só estou pensando.

— Ele está aqui. — Sr. Shea aparece antes de eu conseguir perguntar sobre o que estava pensando. — Nós o conduziremos agora, se estiver pronto.

Eli para e olha de volta para mim. A minha empolgação dispara quando penso na felicidade que ele está prestes a dar para esse garoto.

— Vá. — Eu sorrio. — Estarei logo atrás de você.

Ele sai logo atrás do Sr. Shea e sigo os dois. Mal posso esperar para ver isso. Vi esse tipo de coisa na televisão, mas nunca pessoalmente.

A família toda de Timothy abre um sorriso enorme quando Eli aparece. Fico atrás, sem querer perder nada. Timothy está de costas para nós e Eli se aproxima em silêncio. Algumas das crianças veem o Eli e, com os olhos arregalados e os queixos caídos, apontam para ele. Timothy vira a cadeira de rodas e esconde a boca aberta com as mãos. Ele explode de alegria, surpresa e admiração.

Eli corre e agacha na frente dele. Os braços do Timothy envolvem os ombros do Eli e os seus olhos ficam cheios de lágrimas. O garoto fica balançando a cabeça enquanto olha para ele. Fico aqui em pé com lágrimas escorrendo pelo rosto. Penso na minha irmã e em como essa família se sente. Penso nesse pequeno instante de alegria que Eli trouxe para eles nessa vida repleta de sofrimento. Saber que realizou o sonho desse garotinho faz desmoronar a última muralha defensiva que eu tinha contra ele.

Eli leva o tempo que precisa para abraçar as crianças e apertar a mão de todo mundo. Os meninos ficam pulando em volta dele e tiram fotos com Timothy.

Seu olhar encontra o meu e enxugo o rosto rezando para não estar com o rímel escorrendo. Ele faz um sinal para mim e fico com um sorriso estampado na cara.

— Timothy, essa é a minha amiga Heather. Ela também adora montanha-russa.

Agacho e cumprimento-o com um aperto de mão.

— É um prazer te conhecer. Mas, preciso ser sincera, tenho um pouco de medo de altura — admito. — Você acha que vai ser muito assustador?

Ele abre um sorriso.

— Jamais, essa é a melhor parte, quando dá vontade de vomitar porque é alto demais.

— Bom saber — brinco.

Ele olha de volta para Eli como se ele fosse a coisa mais legal que já viu.

— Eli, você não tem medo, tem?

— De jeito nenhum. E acho que temos que deixar a Heather o mais apavorada possível. Talvez a gente consiga fazê-la andar na montanha-russa tantas vezes seguidas, que ela vai até passar mal — diz, em tom conspiratório.

Os olhos de Timothy ficam iluminados.

— Isso seria legal!

Ótimo. Agora não terei só Eli tentando me fazer vomitar, mas Timothy e os amigos dele também.

— Então, que tal nos divertirmos, amigão? O parque inteiro é nosso, não temos que enfrentar fila!

— Legal!

É bem legal. Se eu fosse um moleque, acharia que isso é tipo manhã de Natal. Ter um parque de diversão inteiro só para mim e para os meus amigos mais próximos ia ser a coisa mais bacana do mundo. Ele e os amigos fazem um plano de qual seria o jeito mais eficiente de ir a todos os brinquedos enquanto os adultos tentam mantê-lo no foco.

A mãe do Timothy, Cindi, aproxima-se, abraça Eli e chora ao mesmo tempo em que dá risada.

— Nem tenho como te agradecer por isso. Ele nunca ia conseguir enfrentar um dia cheio de gente no parque e você é o ídolo dele.

— Fico feliz em poder fazer isso. Ele parece ser um ótimo menino.

— Ele assiste a sua série toda semana. Sabe contar tudo que você fez para salvar o dia.

Eli ri.

— Eu costumava assistir series policiais com o meu pai quando era criança.

— Ele sempre quis ser policial. — Ela olha com tristeza para o filho. — Odeio saber que isso não vai ser possível.

Eli coloca a mão no ombro dela e aperta com gentileza.

— Se tiver alguma coisa que eu possa fazer.

Cindi balança a cabeça.

— Você não faz ideia do que isso aqui vai significar para ele. Passar um tempo com você e ter um dia em um lugar que não tem ligação com o câncer. Hoje ele pode ser só uma criança.

A identificação que eu sinto com essa mãe está em tudo. Conheço o medo, o ódio e a impotência que ela sente. Ver o filho sorrir por causa desse cara na minha frente vai ajudá-la a seguir adiante nos dias de escuridão. Ele não imagina, mas esse gesto não vai ser extremamente significativo só para o Timothy, mas também para todo mundo ao redor dele.

Ele vira para mim, pegando na minha mão.

— A minha na… — Ele aperta os lábios, interrompendo a palavra. — Heather é policial. Tenho certeza de que o Timothy vai adorar ouvir as histórias reais que ela tem para contar.

Ela sorri para mim.

— Ah, se ele souber disso, você está encrencada.

Dou risada.

— Ficarei feliz em levá-lo para dar uma volta se eu conseguir a autorização do meu chefe.

O sorriso dela é enorme e ela me abraça.

— Que Deus abençoe vocês dois.

— Mãe! — Timothy grita, interrompendo o momento de nós três. — Você tem que ver isso, mãe! Eli, você vem?

— Já estou indo, amigão. Só preciso resolver uma coisa.

Timothy acena e os amigos correm com ele na cadeira de rodas

129

gritando e rindo.

Eli vira para mim e abre um sorriso.

— Tudo bem para você esse ser o nosso encontro?

— Deus do céu, está tudo mais do que bem. Obrigada por me deixar estar aqui.

A mão dele envolve o meu rosto e eu me apoio no toque dele. Ele olha por cima do meu ombro e então volta para mim.

— Tenho outra surpresa para o dia de hoje.

— Tem?

Ele desvia o olhar e eu acompanho.

Jamais em um milhão de anos eu teria adivinhado que a surpresa era essa.

Mas não há dúvidas, é a minha irmã vindo em minha direção com um sorriso enorme. Anthony está empurrando ela na cadeira de rodas e eu respiro com dificuldade.

Stephanie abre os braços e eu corro até ela.

— Eu disse que ia te ver! — Ela ri.

Abraço-a com força, tomada por outra onda de emoção.

— Como? — Eu me afasto. — Como é que você está aqui?

Ela sorri e ergue o queixo, apontando para o Eli.

— Ele foi ao hospital e me contou de hoje.

Viro para ele com os olhos arregalados e cheios de lágrimas.

— Você foi conhecer a Stephanie?

— Depois do nosso dia no barco — admite.

— Você foi até lá e passou um tempo com a minha irmã?

— Ela é importante para você e é bem gente boa.

Corro e pulo nos braços de Eli, envolvendo o tronco dele com as pernas. Ele me segura e dá risada. Inclino-me para trás e encaixo a boca na sua. Ele nunca entenderá de verdade que isso significa mais para mim do que qualquer outra coisa que ele poderia ter feito. Não preciso de coisas caras. Preciso de alguém que se importe. Preciso de alguém em quem eu confie, coisa que não tenho desde os meus dezoito anos.

E aqui está Eli, preocupando-se comigo o suficiente para dedicar tempo para ir conhecer sozinho a Stephanie.

— Arrumem um quarto — Stephanie brinca.

Desço escorregando e dou outro beijo nele.

— Obrigada.

— De nada, querida.

Todos nós seguimos pelo parque e o Sr. Shea usa o rádio para descobrir onde Timothy está. Enquanto vamos até lá, o meu sorriso é tão grande que as minhas bochechas doem. A minha irmã está com a gente e nós temos o parque inteiro para explorar. Eli me oferece um pouco mais do coração dele e eu dou a ele um pedaço do meu.

Enquanto todos nós seguimos para o primeiro brinquedo, agarro o braço de Eli e o faço parar. Sinto que não fui clara o suficiente sobre como fico grata pelo que ele fez.

— Não acho que te agradeci o suficiente.

Ele sorri.

— Acho que ter você pulando em meus braços foi suficiente.

— Não. — Balanço a cabeça. — Acho que você não entende o que isso significa para mim. Você foi conhecer a minha irmã e a trouxe aqui para alguma coisa sem que eu dissesse nada.

Eli vira, segura o meu rosto e apoia a testa dele contra a minha. Quando se inclina para trás outra vez, seus olhos estão cheios de alguma coisa que beira o amor.

— Ela é importante para você, isso significa que se você e eu temos alguma chance no futuro, ela é importante para mim também. Eu queria conhecê-la e mostrar que o que estou fazendo não é um jogo. Não sou um homem que sai por aí fodendo as pessoas. Sou sempre honesto sobre as minhas intenções no que diz respeito a você. Quero o seu coração e a sua confiança.

— Acho que você vai conseguir os dois — a confissão sai por entre os meus lábios sem esforço.

Ele abre um sorriso.

— Certamente é esse o meu plano.

Não tenho dúvidas de que ele vai conseguir. O meu coração bate rápido enquanto olho no fundo dos seus olhos e a determinação dele me espanta. Não entendo por que esse homem lindo decidiu que quer ficar comigo. Isso me deixa confusa, mas não questiono mais.

Ele é doce, atencioso, solícito e sei que o meu coração não tem a menor chance de resistir a ele.

— Eli! Vamos lá! Temos que colocar a Heather nesse brinquedo! — Timothy grita e Eli ri, tirando a atenção de mim.

— Estamos indo — responde para o Timothy e pega a minha mão.

Seguimos na direção dele e então Eli para, agarrando a perna e massageando a panturrilha.

— Você está bem? — pergunto.

— Estou bem, só estou ficando velho.

Eu rio e dou tapinhas nas costas dele.

— Ai, ai, ai, o grandioso e sexy *rockstar* não consegue mais acompanhar?

Ele levanta e dá um sorriso malicioso.

— Vou te mostrar mais tarde.

131

Um calor toma conta de mim quando ouço as promessas dele para essa noite. Mas Timothy corta a minha resposta.

— Vamos lá! Aposto que a Heather vai chorar quando ela olhar para isso aqui!

Eli dá gargalhadas e olha para a montanha-russa na frente da gente.

— Aposto que ela vai, meu amigo. A pergunta é se a grande policial má não é na verdade uma franguinha — Eli me insulta usando as minhas próprias palavras.

Aceito o desafio.

— Aposto vinte que vocês dois vão gritar que nem duas menininhas!

— Aposta aceita.

Durante o resto do dia, enfrento mais montanhas-russas do que gostaria, a maioria para diversão do Timothy. Ele ri toda vez que a minha cara fica branca antes de uma descida e dá gargalhadas toda vez que preciso de um minuto para o meu estômago se recuperar. Mas Timothy acha que porque eu sou policial não tenho medo. Ele me encoraja e eu concordo, porque é praticamente impossível dizer não para esse garoto.

O nosso dia é perfeito. Eu troco beijos escondidos com Eli e dou risada com Stephanie depois de vê-la vomitar por causa do Scrambler[11].

Ela e Timothy fazem longas pausas juntos, falando sobre as estadias no hospital e sobre o quanto odeiam agulhas. É a primeira vez em muito tempo que consigo vê-la com os olhos de uma irmã mais velha. E, assim como qualquer boa irmã mais nova faria, ela convence Timothy a pedir para Eli cantar para o grupo.

— Por favor, Eli — Timothy choraminga. — Eu não consegui ir ao seu último show porque estava no hospital.

— Por favor — Stephanie insiste, com uma voz aguda. — Timothy quer realmente ver isso. Você não iria querer desapontá-lo, iria?

Eli deixa escapar uma risada nervosa e levanta.

— Mas estou sem o grupo e sem acompanhamento musical.

— Não importa! — diz Timothy. — Eu tenho o meu celular! — Ele pega o telefone do bolso e coloca a música que o Eli cantou para mim no show.

Sorrio quando me lembro da noite em que nos conhecemos. Parece que já faz tanto tempo, mas foram só três semanas. É uma loucura como os meus sentimentos por ele mudaram tão rápido. Dou uma risadinha contida quando ele gira e tenta dar o melhor que pode para entreter o público nesse show privado.

---

11 Um brinquedo do parque de diversões em que os participantes, sentados em carrinhos, giram no próprio eixo e em círculo no brinquedo.

Pelo que parece, Eli não está gostando muito de ser o centro das atenções e decide me matar de vergonha me puxando do meio do grupo. Mais uma vez, canta para mim. Só que dessa vez, é algo muito mais intimista e eu não estou bebendo. Ele se ajoelha na minha frente, berrando a letra, e, como de costume, eu fico roxa de vergonha. As minhas pernas estão dormentes e, cada vez que eu tento me afastar, ele me puxa para mais perto.

A música acaba, e ele se curva em agradecimento enquanto o grupo aplaude, eufórico. As palmas do Timothy são as mais altas e eu enterro a cabeça no peito dele, protegendo-me de ter que olhar para a cara de qualquer um.

Com o fim do show, voltamos para curtir um pouco mais os brinquedos. O sol começa a se pôr e eu gostaria de poder congelar o tempo. Se o dia de hoje pudesse durar para sempre, eu seria feliz. Esse está sendo um dia de celebração. O foco não está no que as pessoas que estão sofrendo não podem fazer, mas no fato de que elas ainda estão vivas.

Stephanie vai com a sua cadeira de rodas até Timothy, que parece tão cansado que acho que pode cair no sono aqui mesmo.

— E então, você se divertiu? — pergunta para ele.

Ele abre os olhos com um sorriso.

— Foi incrível.

— Também achei.

— O câncer me deixa muito cansado, estou sentindo nos ossos agora. — Ele esfrega o braço e estremece.

Stephanie estende a mão e apoia na dele.

— Eu entendo. Vou precisar dormir bastante amanhã.

— Valeu a pena. — Ele boceja. — Foi o melhor dia da minha vida.

Stephanie sorri para mim e para Eli.

— Anthony e eu precisamos ir. Estou exausta e preciso descansar. A minha cabeça está doendo e os meus músculos estão rígidos.

— Quer que eu vá com você? — pergunto.

— Não! — praticamente grita, antes de dar uma risadinha contida. — Não, eu vou ficar bem, Heather. Fique com o Eli e apareça para me ver amanhã ou depois, ok?

Eli dá um beijo no rosto dela, que cobre a bochecha com a mão.

— Obrigada. Realmente espero que vocês fiquem juntos.

Ele sorri.

— O meu plano é esse.

— Eu te amo — ela diz para mim.

Dou um beijo na testa dela e sorrio.

— Eu te amo mais.

Fico olhando Anthony todo eufórico conversando com ela enquanto eles saem e então vamos até Timothy de mãos dadas.

— Fico feliz por ter tido a chance de passar esse dia com você — digo para ele.

— Eu também — responde, antes de olhar para Eli. — Eu me diverti muito.

Eli puxa o corpo pequeno de Timothy e dá um abraço forte nele.

— Obrigado por me dar o dia de hoje, Timothy. Eu nunca me esquecerei desse dia que passamos juntos.

O garoto olha para cima com lágrimas nos olhos.

— Quando eu for para o céu, vou contar para Deus sobre o dia de hoje. Vou contar para ele que o dia em que te conheci foi o melhor dia da minha vida.

Jogo a mão na minha garganta e esforço-me muito para me controlar. Eli faz o mesmo. Ele puxa Timothy contra o peito outra vez e balança a cabeça.

— Espero que esse dia demore para chegar.

Cindi, que estava observando tudo, agora está chorando abraçada pela família. Todos nós sabemos que a verdade é que esse dia vai chegar mais rápido do que deveria.

Eli o coloca de volta com carinho na cadeira de rodas antes de sussurrar alguma coisa e dar um beijo na cabeça dele. Então ele vai até Cindi e faz o melhor que pode para consolá-la. Ela agradece a ele inúmeras vezes, que volta para o meu lado.

Ficamos assistindo enquanto vão embora, nenhum de nós se move enquanto ele segura a minha mão.

Depois de alguns minutos, eu me viro para ele. Seu braço está apoiado nos meus ombros e o meu na cintura dele.

— Hoje foi… — Não sei exatamente como me expressar, mas quero tentar. — Foi tudo. Não porque você fez uma coisa extraordinária para mim, mas por causa do dia inteiro. Ver você com Timothy e a família dele… não tenho como explicar o quanto eu valorizo isso.

O olhar de Eli se vira para mim e quase me assusto com o que vejo. Existe uma transparência que é mais que um presente. Ele está me dando acesso à alma dele e ela é a coisa mais bonita que eu já vi nesse mundo.

— Estou sendo sincero com você, quero que me conheça. Quero passar todos os dias que forem possíveis junto com você em Tampa. Quero conquistar o seu coração, Heather. — Ele me abraça pela cintura. — Tenho quarenta e dois anos e essa é a primeira vez na minha vida que quero dividir quem sou. Randy dizia que eu estava perdendo tempo de não estar num relacionamento estável, mas acho que estava esperando alguém que valesse a pena.

Toco o rosto dele, esperando que suma como se fosse uma aparição. Caras como ele não existem, né?

— E você acha que estava esperando por mim? — pergunto.

— Acho que você me faz sentir de um jeito que ninguém nunca fez. Sei que quero te dar coisas que nunca dei a ninguém e que quero te fazer ter orgulho de me conhecer. Esse é um sentimento estranho para mim.

— Você não é o único que está sentindo coisas estranhas — explico.

— Prometi a mim mesma depois do meu ex que não deixaria nenhum outro homem entrar em meu coração. Perco todo mundo com quem me importo. Até te conhecer, eu estava conseguindo manter a minha promessa sem dificuldade. O meu coração estava fechado para qualquer um, mas com você eu não consigo.

Eli tem uma coisa que me faz esquecer que eu não deveria gostar dele. Ele vai embora. Ele é famoso. É um homem que parte corações, mas, ainda assim, estou aqui, querendo ficar com ele de qualquer jeito. O fato de que ele é uma complicação muito maior do que eu jamais poderia querer é assustador, mas talvez eu precise do medo. Talvez o medo seja o meu jeito de saber que ele merece uma chance.

Seu polegar acaricia os meus lábios.

— Que bom que não consegue.

— Sinto que a mesma coisa está acontecendo comigo.

# Capítulo 16

## HEATHER

Eli está de pé nos degraus da entrada da minha casa e não há a menor sombra de dúvidas do que eu quero. Eu quero ficar com ele. Quero ficar com ele em todos os sentidos.

— Vou ver o meu irmão na semana que vem. Adoraria se você fosse comigo para conhecê-lo — diz, enquanto tento encontrar a fechadura no escuro.

O caminho de volta para casa foi silencioso, mas confortável. Fiquei pensando nas coisas que aconteceram hoje. Em como ele orquestrou tudo e teve a preocupação de que fosse especial para mim. Isso é uma coisa que eu ainda não consigo entender.

— Eu gostaria. E já que tenho a intenção de conhecer o seu irmão, você tem que conhecer as minhas amigas.

— Tenho? — Ele vira a cabeça para o lado.

— É justo.

— Está certo, então. Eu não ia querer que a balança pesasse para o meu lado.

Ele é demais.

— Uma das minhas melhores amigas, a Danielle, vai fazer o grande churrasco anual dela nessa semana. Eu amaria se você fosse comigo.

Não tenho uma família grande para ele conhecer, mas as meninas têm a mesma importância para mim. Somos um tipo de pacote fechado e quero que ele as conheça. E está na hora de elas saberem do relacionamento que está rolando entre nós.

— Você está me fazendo um convite?

— Parece que sim.

— Para um evento daqui a alguns dias?

É incrível como ele parece se divertir quando está tirando uma onda comigo.

— Sim, Eli, um evento, com as minhas amigas, em três dias.

— Eu sabia que você gostava de mim.

Sorrio e balanço a cabeça.

— Acho que você é um bom partido.

Suas mãos sobem pelas minhas costas e envolvem os meus ombros. As minhas mãos tremem, e eu finalmente consigo abrir a porta.

— Heather... — a voz de Eli é grave e carrega indícios de desejo. — Por que você está tão nervosa?

Os meus olhos encontram os dele.

— Porque eu quero que você passe a noite aqui — desabafo, antes que eu perca a coragem. — Quero que você fique.

— Tem certeza?

— Sim.

E eu tenho. Nunca tive tanta certeza de alguma coisa. Não são só as emoções de hoje, é ele. É tudo em torno desse homem que me deixa tão abalada. Eli queria que eu visse quem ele é; eu vi e agora quero tudo dele.

Ele me ergue imediatamente, carregando-me pela entrada. Aperto os lábios contra os dele enquanto ele chuta a porta fechada. As minhas mãos estão enterradas no cabelo castanho grosso enquanto continuo o beijo.

— Quarto? — Eli sussurra e atropela a mesa.

Dou risada e aponto. Os nossos sorrisos estão radiantes enquanto ele me carrega. A sua boca encontra a minha outra vez e ele bate na parede.

— Ai. — Dou risada.

— Desculpa. Prometo que vou te compensar por isso assim que encontramos a droga da sua cama.

— Promessas, promessas... — provoco.

— Você sabe que no fim eu cumpro direitinho.

Ah, sim, eu sei.

Chegamos no meu quarto sem grandes danos e ele me coloca de frente para ele. A luz da lua está entrando pelas janelas, iluminando a superfície do seu rosto. Os meus dedos se erguem, acariciando a barba que está crescendo. Lentamente a minha mão vai seguindo para o lado, memorizando cada traço. A ponta do meu dedo toca uma pequena marca de nascença embaixo do olho esquerdo dele e depois segue até a covinha sutil do lado direito antes de descer para os lábios.

Olho nos olhos dele e é como se trocássemos mais mil palavras. São tantas perguntas, promessas e preocupações, mas coloco os meus braços em volta dele. Fico na esperança de que, enquanto estamos um nos braços do outro, acabemos por encontrar as respostas.

— Sei que te machucaram, mas não vou fazer isso com você, Heather. Quero ser o homem com quem você pode contar. Não sei exatamente como fazer isso dar certo, mas não vou te deixar ir embora. Não sem uma puta de uma briga antes.

— Fico preocupada com o futuro — confesso.

Eli tira o cabelo do meu rosto e beija a minha boca.

— Nunca saberemos do futuro, pode ser que tenhamos apenas essa noite. Mas essa noite eu vou garantir que você nunca se esqueça de como somos bons juntos. Enquanto você quer fugir, eu quero que isso seja o que vai ficar na sua memória.

Não tenho dúvidas de que nunca vou me esquecer dessas palavras. Existem alguns momentos na minha vida que guardo com carinho e esse vai ser um deles. O jeito que ele olha para mim acaba com todas as incertezas que eu tinha. O carinho no toque dele coloca um fim nos medos a respeito do nosso futuro juntos. Mesmo que essa seja a nossa última noite, nunca me arrependerei dela.

— Eu não quero mais fugir. — As minhas palavras estão carregadas de honestidade.

— Não vou deixar que você fuja.

Seguro o rosto dele com as duas mãos, junto os nossos lábios e dou um beijo nele. Eli assume o controle, acariciando a minha língua com a dele. A nossa respiração é pesada enquanto absorvemos um ao outro. Esse homem beija como ninguém.

Eli me empurra deitada na cama e o meu coração dispara. Fico observando as mãos dele subirem do meu quadril até o meu peito e então ele tira a minha camisa.

— Você é a coisa mais linda desse mundo — comenta, enquanto olha para mim.

Os meus nervos estão borbulhando, mas o olhar dele me acalma. A paixão ali é inquestionável, mas por debaixo dessa primeira camada existe tanta honestidade que fico sem ar.

— O jeito que você me olha — sussurro.

— É o jeito que você me faz sentir — Eli completa a minha frase.

Todos os meus pensamentos desaparecem. Não consigo me concentrar em nada por tempo suficiente para que faça algum sentido. A única coisa que sei é que eu preciso dele. Preciso tocar nele e fazer com que sinta tudo que eu estou sentindo.

— Me beija — peço.

Ele não me faz esperar. Em um instante sua boca está na minha. A mão envolve o meu rosto, providenciando o carinho para compensar a força do beijo. Tento tirar a camisa dele, precisando do contato pele com pele, mas não consigo.

Eli faz aquela coisa típica dos homens para alcançar atrás das costas e puxar a camisa em um só movimento. Deus, como ele é sexy. Adoro ficar assistindo as contrações dos músculos enquanto exploro cada um com o meu dedo.

Fico olhando as tatuagens que passei a gostar tanto. As flechas na parte interna do bíceps, as palavras no quadril e no braço, a cruz no ombro... E fico querendo ver os pássaros nas costas. Minhas mãos deslizam por uma que começa na parte lateral inferior do corpo dele e segue para cima do quadril.

— Fale sobre essa aqui. — A minha voz é suave.

— É para me lembrar de que não tenho o direito de julgar ninguém. Todo mundo tem as suas falhas.

— E os pássaros?

Eli afasta o cabelo da minha testa e hesita.

— Para me lembrar que, mesmo que me sinta preso, eu sou livre.

Parte do meu coração fica partido diante do tom melancólico da voz dele.

— Você se sente preso?

— Não quando estou com você.

— Que bom. — Movo os dedos mais para cima, adorando ver que me deixa tocar no corpo dele livremente. — E essa aqui? — Acaricio os ombros, acompanhando o formato da cruz.

— Perspectiva.

Olho para ele sem entender. Eu realmente não esperava essa resposta e acho que não entendi o que ele quis dizer.

Eli parece perceber a minha confusão e esfrega gentilmente o nariz no meu.

— Quando as coisas na vida ficam difíceis de lidar, é fácil ficar bravo, culpar os outros e esquecer todas as coisas boas. Sempre que eu olho para essa tatuagem, ela me dá força, humildade e determinação para viver do jeito que eu quero.

— Por que é que você tem que ser perfeito? — pergunto.

Os dedos dele deslizam pelo meu pescoço e os lábios dele acariciam os meus.

— É só porque você foi feita para mim. Eu não sou perfeito, baby. Nós somos perfeitos juntos.

Sua boca pressiona a minha com tanta paixão que posso sentir até nos dedos dos meus pés. A força do toque dele mexe até com o meu último fio de cabelo. A nossa conexão está muito mais forte do que estava na noite do show. A noite de hoje não se trata de uma transa com Eli Walsh. Trata-se de Ellington, o homem que está roubando o meu coração com tanta facilidade. Aquele por quem muito possivelmente eu estou me apaixonando.

Ele puxa as alças do meu sutiã lentamente, dando beijos suaves no meu pescoço antes de removê-lo completamente. As nossas bocas se encontram novamente enquanto a mão dele desliza até o meu seio. Ele puxa o mamilo entre os dedos, faz movimentos circulares, fazendo-me gemer.

— Adoro os sons que você faz — declara, enquanto sua boca começa a descer.

— Você faz com que eu me sinta muito bem.

Ele geme, espiando-me, enquanto a língua dele desliza pela minha pele.

— Também adoro o seu gosto. Vou te saborear a noite inteira. — Lá se foi a doçura dos olhos dele, que agora ardem de desejo.

— Eli — eu suspiro seu nome, enquanto ele lambe ao redor do meu mamilo e o pega com a boca. A minha mão está agarrada no cabelo dele, mantendo-o ali, enquanto sua outra mão vai até o meu *short*. Sem muito esforço, ele me tem completamente nua embaixo do seu corpo.

Ele volta para a minha boca, beijando-me com força e levando-me à loucura com as mãos. Eu respiro com dificuldade quando o dedo dele encontra o meu clitóris e começa a se mover em círculos. O meu corpo responde, fazendo o calor fluir pelas minhas veias. Tudo que ele faz é uma delícia. Embora eu esteja erguendo o meu corpo pedindo mais, eu quero ir mais devagar.

— Você é sexy para caralho quando está assim — sussurra no meu ouvido. — Quando as minhas mãos estão no seu corpo, fazendo você se sentir bem, é tão gostoso, baby.

Eli aumenta a pressão e então coloca um dedo lá dentro. A minha cabeça vira para o lado enquanto ele continua a me levar à loucura.

— Por favor — imploro.

— Por favor o quê? — ele pergunta, enquanto seus dentes mordem a minha orelha.

Não respondo, porque realmente não sei o que estou pedindo. Só preciso dele. Só preciso de mais Eli. Os meus dedos se enroscam no seu cabelo, enquanto ele continua com o dedo em mim, esfregando o meu clitóris.

A minha boca escancara no auge do meu orgasmo, então eu despenco do precipício. Ele geme no meu pescoço enquanto grito seu nome.

Eli olha para mim com um sorriso de satisfação.

A necessidade de fazer com que ele se sinta tão bem quanto me faz sentir toma conta de mim. Quero deixá-lo louco. A minha mão desliza até o peito dele e eu arranco o *short*, deixando seu pau livre. Ele me deixa deitar o corpo dele na cama sem nenhuma resistência.

— Porra — ele geme, enquanto pego nele.

— Agora eu quero ouvir você fazer barulho, gato.

Puxo o meu cabelo loiro para o lado e desço, beijando até o abdômen. A minha língua vai indicando para onde eu tenho intenção de ir.

Ele ergue o corpo apoiado nos cotovelos e mantém os olhos em mim enquanto vou descendo.

— Quero te ver chupar o meu pau. — A voz dele está carregada de desejo.

— Bom. — Desço beijando todo o tanquinho dele. — Parece que você vai ter o que deseja.

Eli faz exatamente o que ele queria: fica assistindo os meus lábios beijarem a ponta do seu pau. Quero que ele fique sem ar por minha causa. Também quero que se lembre dessa noite. O nosso relacionamento está cheio de obstáculos que ou superamos ou tropeçamos. Tenho plena consciência de que não existem garantias, mas eu posso dar isso a ele. Posso dar isso a mim.

Eu envolvo seu pau com os meus lábios e o empurro para dentro da minha boca, balançando para cima e para baixo e dando atenção para parte inferior com a minha língua. Os sons que saem da sua boca são exatamente o que quero ouvir. Ele murmura e geme enquanto eu empurro ainda mais fundo.

Forçando ainda mais, eu o levo até o fundo da garganta. Os dedos de Eli se agarram no meu cabelo, puxando apenas o suficiente para me estimular. Adoro ver que ele está perdendo o controle. Sinto prazer em ver que é o meu corpo, a minha boca e a nossa conexão que está roubando o controle dele.

— Heather! Porra. Baby! Porra! Você tem que parar. — Ele geme. — Eu quero estar dentro de você.

Não existe argumentação aqui.

Ele me puxa e me vira tão rápido, que eu nem entendo direito como aconteceu. Mas ele joga as minhas pernas para cima dos ombros dele, e agora é a minha vez de assistir.

— Primeiro eu quero sentir o seu gosto. Eu vou te fazer gritar o meu nome enquanto me enterro na sua boceta.

Deus do céu.

Eli faz exatamente o que prometeu. A língua dele treme no meu clitóris enquanto eu agarro o lençol. Ele varia entre movimentos rápidos e lentos, fazendo outro orgasmo se aproximar.

— Ai, meu Deus. — Suspiro e ele continua.

Eu não quero que isso acabe nunca. Tento resistir porque quero que essa noite dure o máximo possível. Se pudéssemos ficar fazendo amor a noite inteira, eu ficaria feliz, mas Eli não tem a menor intenção de adiar o meu orgasmo. Ele lambe e chupa o feixe de nervos até me deixar ofegante de um modo incoerente. O dedo dele então entra em mim, girando lá dentro e me fazendo perder o chão.

— Eli!

Um brilho de suor cobre a minha pele e eu luto para recuperar o fôlego. As réplicas do meu segundo orgasmo parecem não ter fim. Eu o ouço abrir uma camisinha e, quando abro os olhos, ele está apoiado em cima de mim.

Toco o rosto dele, e ele beija o meu nariz.

Eli se posiciona, pronto para entrar em mim.

— Preciso entrar em você. Não consigo esperar mais nenhum segundo, me fale que quer isso.

É mais do que querer, está além disso. Sei que quando nos conectarmos dessa vez será diferente. Sou eu dando para ele muito mais do que apenas uma noite. Isso é especial, significativo e parte da minha alma vai ser para sempre dele. Não vou conseguir me livrar disso, e nem quero. Não importa o que o futuro vai trazer, eu sei que essa noite ele tem o meu coração.

— Eu quero você. Eu quero isso. Quero a gente.

Eli me preenche por completo. O meu corpo, o meu coração e a minha mente são consumidos por ele. A conexão intangível que surgiu entre nós, desde o primeiro momento, fica mais forte e mais irradiante com cada golpe.

Os nossos olhos ficam presos no do outro enquanto fazemos amor. Essa é a abertura máxima que já consegui. Não existem muralhas ao nosso redor nesse instante enquanto nos entregamos um para o outro. Toda a minha emoção é entregue a ele e ele me dá o mesmo presente.

Eu empurro o meu quadril, levando-o para dentro de mim de um jeito que não parece possível. A mandíbula de Eli trava enquanto ele acompanha o meu ritmo.

— Baby. — Ele geme. — Porra. Eu não consigo segurar.

Não é possível que isso esteja realmente acontecendo, mas está, e eu estou prestes a ter outro orgasmo.

— Não pare — eu peço, enquanto o meu corpo pulsa de tanto prazer.

O quadril de Eli bate contra o meu e ele entra em mim com mais força ainda. O suor pinga do rosto dele e o seu dedo encontra o meu clitóris. Fecho os olhos e estilhaço-me em pedaços, gritando o nome dele no mesmo momento em que ele ejacula.

— Heather! — Eli grita e cai em cima de mim.

Alguns instantes se passam e eu mal consigo abrir os olhos quando sinto que está se arrastando para fora da cama. Ele não demora muito tempo e, quando volta, me envolve em seus braços. As nossas pernas estão entrelaçadas, a minha cabeça descansa no peito dele, enquanto seus dedos desenham nas minhas costas. Nenhum de nós fala nada, só ficamos deitados, perdidos com tudo que acabou de acontecer.

Em todos os meus trinta e oito anos, nunca experimentei um sexo como esse. Foram duas pessoas se transformando em uma. O nosso batimento cardíaco era um, a nossa respiração era uma. Vivemos um instante no tempo em que não existia mais nada além de nós.

— Você está bem? — Eli pergunta.

— Estou mais que bem. E você?

Eli emite um ruído de satisfação. Viro a cabeça para olhar para o rosto dele.

— Bem daquele jeito, né?

Os olhos dele se abrem e ele pisca.

— Tenho toda a certeza de que você acabou comigo.

Dou risada.

— E você acabou comigo em resposta.

Essa é a mais pura verdade. Nunca vou me recuperar dessa noite.

— Está com fome? — Ouço o estômago dele roncar.

— Nesse instante, não quero sair daqui — informa.

Para mim está ótimo.

Eu acaricio o ombro dele e suspiro.

— Eu gosto disso.

— De ficar assim juntinho?

— De ficar assim juntinho com você.

Ele dá risada.

— Poderíamos feito isso já na primeira noite, mas você fugiu.

Sinto que o meu rosto queima enquanto me lembro do jeito desesperado com o qual enfiei as roupas em mim e corri para fora do ônibus.

— Porque eu tinha transado com você!

— Nós acabamos de transar — ele lembra, como se posse possível esquecer.

— Mas é bem diferente.

— Não podemos voltar atrás dessa vez.

Eu acaricio o lábio inferior dele com o polegar.

— Por favor, não vá fazer com que eu me importe com você se for para acabar me deixando.

Essa é a frase que resume todas as minhas inseguranças. Quando me importo com alguém, esse alguém vai embora. Se eu me apaixonar e acabar perdendo-o, não sei se vou aguentar.

— Não vou a lugar nenhum.

— Ótimo.

— E então, hoje foi melhor que a primeira noite? Ou eu preciso fazer tudo de novo para ter certeza? — Ele ergue as sobrancelhas e eu beijo o peito dele.

— Sim, Eli, a sua performance foi excepcional.

— Digna de medalha?

Ergo o corpo, apoiando-me no cotovelo, mas ele me puxa de volta.

— Você é um homem e tanto.

— Eu tenho que ser. Mas estou bem confiante de que acabei de provar isso. Foram quantos orgasmos? Dois?

Três, mas não vou dizer isso para ele. O ego dele já está inflado demais.

— Você devia saber, já que era exatamente a sua intenção ficar distribuindo esse tipo de presente.

— Sou tipo um Papai Noel fodão. Trago presentes toda noite que eu apareço.

Eu caio na risada e rolo para fora do peito dele. Ele vira para cima de mim e me dá um sorrio irradiante.

— Você tem muita sorte de ser gostoso desse jeito. Se continuar falando esse tipo de merda, mulher nenhuma vai querer ficar perto de você.

Os olhos cor de esmeralda de Eli parecem penetrar nos meus.

— Só tem uma mulher que me preocupa nesse momento.

Eu sorrio, coloco os braços em volta do pescoço dele e roubo mais um beijo.

— Boa resposta.

O estômago dele ronca ainda mais alto do que da primeira vez. Ele se afasta com uma necessidade diferente nos olhos.

— Pensando bem… que tipo de comida você come?

— O que você acha de alguma coisa nem um pouco saudável? — pergunto.

Coloco a camiseta do Eli e pulo para fora da cama. Sou louca por *junk food*. Tem alguma coisa em biscoito recheado que eu não consigo parar de comer, não importa quantas horas vou ter que passar na academia para queimar todas aquelas calorias depois. Vamos até a cozinha, pegamos umas coisas e nos jogamos no sofá.

— Nada de me julgar. — Eu aponto para ele. — Eu gosto de comida.

Ele ergue as mãos.

— Eu não disse nada.

Pego o primeiro Oreo de recheio duplo e separo as duas partes. O óbvio seria raspar o recheio com os dentes antes de comer as duas partes da bolacha, mas não é esse o meu lance. Ao invés disso, pego um dos biscoitos Chips Ahoy e coloco no meio, fazendo um sanduíche de Oreo e Chips Ahoy. Gosto de biscoitos com gotas de chocolate e adoro o recheio de Oreo, então esse é o meu biscoito de chocolate perfeito.

Eli fica olhando enquanto eu dou uma mordida e solto um gemido, quebrando o silêncio. É o paraíso na minha boca.

— Você acabou de ter um orgasmo? — ele pergunta, com uma gargalhada.

— Está curioso, né?

Mando para dentro mais dois biscoitos do mesmo jeito, sem me sentir nem um pouco insegura. Eli não me faz sentir culpada ou como se eu não devesse comer esse tipo de coisa. Matt sempre me lembrava de que eu não estava mais na faculdade e que a minha aparência não ia ficar daquele jeito para sempre. Só mais uma diferença gritante entre eles.

— A sua irmã parecia bem — Eli comenta, antes de colocar um Chips Ahoy na boca.

Eu aceno.

— Hoje foi um dos dias bons dela, ontem não foi.

— Ela tem mais dias bons do que ruins?

Eu suspiro e largo o Oreo Frankenstein que estou montando. Queria poder dizer para ele que sim, mas os últimos meses pesaram mais para o lado ruim.

— A doença de Huntington não costuma melhorar. Ela vai ficando progressivamente pior. Como a Steph era muito nova quando começou a apresentar os sintomas, disseram para nós que a piora seria muito provavelmente como a queda de um precipício.

Eli pega a minha mão, percebendo a tristeza na minha voz.

— O que isso significa?

— Que assim que ela entrar em declínio, vai ser bem difícil e muito rápido. Mas, por outro lado, não vão ser semanas e meses de sofrimento. Ela diz que esse é o lado bom da doença. Não sei se é melhor ou pior assim. Por alguns anos, os sintomas dela se mantiveram bem suaves, mas não posso negar que ficar assistindo sua luta é a pior parte. Não sei como eu sobrevivi até agora. Os meus pais morreram de repente. Não tive nem tempo para me preocupar. Com a Stephanie está sendo o oposto, eu estou literalmente assistindo a vida dela se acabar. E tenho feito isso sem ninguém para me ajudar a mantê-la entre nós por mais tempo.

Os dedos dele parecem inquietos e ele joga então uma das mãos para cima antes de esfregar na outra.

— Eu queria poder encontrar palavras que deixassem as coisas mais fáceis para você.

Ergo os ombros, mesmo não havendo nada na nossa conversa que pareça casual.

— Diz que não vai me deixar, Eli. Não posso continuar me envolvendo tanto se você vai acabar indo embora.

— Venha aqui — ele diz, enquanto abre os braços. Sem hesitar, vou até os braços dele, deixando que me abrace firme. — Não vou te deixar.

Estar vulnerável é algo assustador. É difícil dar para alguém, tirando Eli, acesso livre ao meu maior medo. Eu fiquei sozinha por muito tempo e aprendi a lidar com a solidão. Mas isso aqui? Não faço ideia de como lidar com isso. Foi só eu experimentar um pouco da afeição dele e já fiquei viciada. Quanto mais tempo passamos juntos, mais eu quero ficar com ele.

— Logo mais você vai ter que ir embora.

É exatamente esse o elefante na minha sala de estar. Podemos fingir o quanto quisermos que Eli não é quem ele é, mas existe uma realidade que temos que enfrentar. Ele tem que voltar para Nova York em menos de duas semanas. O nosso tempo está desaparecendo diante dos meus olhos.

**ESTA** *Noite* **É NOSSA**

145

Sei que é o trabalho dele, eu nunca pediria para ele ficar, mas ficarei sem ele. Três semanas atrás, eu poderia ter dito tchau e seguido em frente, mas quando o meu coração se enroscou com o dele, as coisas se complicaram. Eu não podia ter me apaixonado por um homem normal? Por que fui escolher justamente aquele que traz à tona cada uma das minhas inseguranças? Porque eu sou burra, só por isso.

Eli me abraça ainda mais forte.

— Essa parte é um saco, mas não vai ser por tanto tempo assim. Sempre damos pausas durante as filmagens, eu posso vir para cá ou você pode passar um tempo lá em Nova York. Eu fui sincero, Heather, quando disse que daremos um jeito.

— Eu também tenho o meu trabalho. E tenho a Steph.

— Eu sei, não estou te pedindo para desistir de nada, só abrir um espaço para mim.

Do jeito que ele fala, parece fácil.

# Capítulo 17

## ELI

— Nicole, Kristin e Denise? — pergunto, tentando guardar os nomes certos. As melhores amigas da Heather são a sua família, e eu não quero parecer um tonto total na frente delas.

— Danielle, ou Danni simplesmente. É ela a dona da casa — ela me corrige, enquanto estaciona na frente de uma casa no West Chase. É uma residência modesta de dois andares em uma rua sem saída. Uma daquelas com cerca de estacas e tudo mais.

Eu me adapto fácil, mas a minha vida nunca foi normal. Não sei onde eu estava com a cabeça quando concordei com isso.

Heather fica me olhando e lembro por que aceitei o convite. Por causa dela. Ela queria que eu viesse para conhecer suas amigas e é exatamente isso o que vou fazer.

— Você está bem? — pergunta.

— Vai ser ótimo, baby. Elas sabem que eu venho?

Eu deveria ter perguntado isso antes.

— Hmm, bom, eu meio que não disse nada.

Não sei se ela achou que não duraríamos até o final de semana ou se ela não queria que as amigas entrassem em pânico. Bom, não faço ideia.

Pego sua mão pequena e sorrio.

— Então vamos lá fazer uma surpresa para elas.

De uma das amigas eu me lembro. Não guardei nada muito específico, mas era ela que estava no *backstage* falando para Heather ir comigo. Preciso me lembrar de agradecer.

Tem uns caras na parte da frente do quintal apontando para alguma coisa no chão e eu posso sentir o cheiro da comida na grelha. Estou no subúrbio e completamente fora do meu habitat natural.

Saímos do carro e os dois caras que estavam jogando conversa fora param e olham.

— Heather. — O cara número um fala o nome dela.

— Oi, Peter. — Ela sorri e acena.

Os dois se aproximam e Peter estende a mão.

— Oi, eu sou Peter Bergen.

— Eli Walsh — eu digo, apertando a mão dele.

Consigo notar o instante em que ele me reconhece.

— Claro. — Ele olha para o outro cara. — Esse é o Scott McGee.

Nós nos cumprimentamos e Scott fica me olhando de cima. Qual é o problema dele, caralho?

— É um prazer conhecer vocês. — Tento guardar comigo o meu desprazer instantâneo.

Abraço a Heather, puxando-a para o meu lado. Eu não gosto desses caras; bom, pelo menos de um deles.

— Para nós também. As mulheres estão lá no fundo — Peter fala para ela.

— Obrigada. — Ela dá um sorriso, mas esse não é verdadeiro. Parece que não sou o único que não liga para esses dois otários.

— Qual é o problema deles? — pergunto, assim que tenho certeza de que não vão me ouvir.

Ela ri.

— Nicole e eu odiamos esses caras. Scott é o pior, mas a Kristin sempre tem alguma desculpa. Peter não é tão ruim assim, ele só é um cordeirinho que fica seguindo o que o primeiro idiota fala.

Vamos até os fundos e fico observando tudo. Têm crianças correndo para todo lado, atirando umas nas outras com arminhas de água. Todas as mulheres estão de costas para nós, rindo e montando a mesa com as comidas. É exatamente como as festas que a minha mãe costumava dar quando Randy e eu éramos crianças.

— Heather! — uma das amigas grita e derruba a bacia que estava segurando. — Puta que pariu!

Heather segue adiante e me puxa com ela.

— Danni, esse é o Eli. Espero que não tenha nenhum problema eu ter trazido um acompanhante.

Lanço um dos meus sorrisos de um milhão de dólares e vou até ela. Ela não tira os olhos da minha cara e não há dúvidas de que está tremendo.

— Obrigado por me receber. Heather disse que a sua festa é a melhor do verão.

— E-E-Eu — gagueja. — Você está na minha casa, Eli.

Heather ri e empurra Danielle.

— Eu queria que vocês o conhecessem oficialmente.

A mulher de quem eu me lembro vem direto na minha direção.

— Sou a Nicole, nós nos vimos muito rapidamente, talvez você nem lembre porque estava meio que ocupado tentando entrar nas calças da minha melhor amiga, o que acabou fazendo de fato. Parabéns por isso.

— Obrigado — agradeço. — Eu me lembro de você subindo o portão.

Ela olha feio para Heather.

— Pois é, ela foi uma babaca fazendo aquilo, mas pelo jeito você já a perdoou por isso. Não estrague tudo, assim não terei que arrancar as suas bolas.

— Nicole! — Heather grita e vira para mim. — Desculpa. Eu devia ter te alertado sobre ela. Achamos que ela tem algum distúrbio mental que afeta sua habilidade de pensar antes de falar.

Eu caio na gargalhada.

— Gosto dela.

— Ai, meu Deus. — Heather esconde o rosto. — Não alimente os animais, Eli, eles mordem.

Eu digo oi para a outra amiga, que eu suponho ser a Kristin, já que ela está ali em pé que nem uma estátua sem dizer uma única palavra. O olhar dela vai de Heather até mim, e então volta. Nunca entendi o fascínio em torno das pessoas famosas. Somos normais e temos os mesmos problemas que todo mundo. A única diferença é que eu viajo, não tenho amigos e tenho que lidar com outros cuzões famosos. Não é como as pessoas imaginam.

Heather e duas das mulheres entram para pegar alguma comida e provavelmente falar de mim. Nicole riu quando perguntaram se ela queria ajudar e, em vez de ir com elas, sentou ao meu lado com uma cerveja em cada mão.

— Você vai precisar disso. — Ela me entrega uma das garrafas.

— Valeu.

— Quero que você saiba que a Heather é especial.

Acho que como não tem nem pai nem irmão para exercer o papel, vou ter que ouvir o sermão da melhor amiga dela.

— Concordo.

Ela vira a garrafa e balança a cabeça.

— Acho que você faz bem para ela. Conheço a Heather a minha vida inteira e tem alguma coisa diferente nela desde que você apareceu.

— Você não está quebrando nenhum tipo de código feminino? — eu pergunto.

Não sei como essas coisas funcionam com as mulheres, mas se eu tiro como base a minha experiência com a Savannah, é tudo muito maluco. Ela e suas amigas falam um tipo de língua alternativa que Randy e eu tentamos decodificar uma vez. No final, desistimos e chegamos à conclusão de que estar do lado de dentro não vale a pena. Mas, mesmo sem saber que porra é essa, sei que ela falou sobre nunca quebrar o tal código.

— Ela me conhece bem demais. Eu não tenho um código.

— Bom saber. — Dou risada enquanto tomo um gole da minha cerveja.

— Ouvi sobre o que você fez para irmã dela.

**ESTA** *Noite* **É NOSSA**

149

Sei que esse é um teste. O que eu disser agora vai determinar se Nicole vai me ajudar ou me atacar. Até agora, acho que ela está sendo pró-Eli, mas isso pode mudar. Eu não sou besta.

— O que é importante para Heather deveria ser importante para quem está envolvido com ela, você não acha?

Ela sorri e então se contém.

— Nem todos os homens pensam assim. Alguns acham que eles deveriam ser a coisa mais importante. Tenho certeza de que no seu mundo é bem por aí. Estou errada?

Há momentos em que eu gostaria que as pessoas pudessem ver o monte de merda que eu tenho que enfrentar. Do lado de fora pode parecer tudo perfeito, mas quando você vive a fama, a coisa é bem diferente. Sou perseguido pela imprensa, atormentado pelos *paparazzi* e, não posso nem pensar em querer algum tipo de privacidade. A única razão pela qual eu tenho o mínimo de privacidade com a Heather é porque estou aqui. Tampa é o lugar onde posso ficar mais na minha. Mas se a Heather e eu sairmos para jantar em público, você pode apostar que vão tirar fotos, o que vai trazer manchetes, perguntas, suposições e tudo mais. Mas não acho que a questão dela é essa. Tenho a sensação de que está se referindo ao trouxa com quem a Heather foi casada.

Peso bem as minhas palavras.

— É bem possível que a sua conclusão esteja certa, mas não no que diz respeito às pessoas com as quais eu me importo. Claro, as pessoas que querem alguma coisa de mim acabam me tratando diferente, mas se você conhecesse o meu irmão ou a esposa dele, saberia que não é esse o caso. Sei da situação da Heather e só um bosta egoísta a colocaria numa posição de escolha.

Nicole olha para as crianças que estão correndo ao redor e então olha de volta para mim.

— Sinto que tenho que protegê-la.

— Fico feliz.

— Não vou deixar que a machuque — avisa.

— Não quero nunca machucá-la.

Muito pelo contrário, na verdade. Quero ser o protetor dela, uma fonte de conforto e consolo e a pessoa em quem ela pode confiar. O meu maior desejo é tomar conta dela. Só não sei se ela vai me deixar fazer isso.

— Querer e fazer são duas coisas bem diferentes. As pessoas tendem a proteger a si mesmas e não a pessoa ao lado.

As palavras dela atingem o meu coração em cheio. Será que é isso que eu estou fazendo?

Escondendo coisas dela conscientemente para me proteger? Para poder ter alguma coisa com ela mesmo que ela esteja em risco? Eu me odeio nesse instante.

# Capítulo 18

## HEATHER

— Aí está você! — Eu sorrio quando encontro Eli ainda sentado no quintal com Nicole. Os olhos dele estão cheios de tristeza quando encontram os meus. — Eli?

Com uma piscada, a tristeza se foi.

— Ei.

— Qual o problema? — pergunto imediatamente e olho para Nicole. Vou matá-la se tiver dito alguma coisa estúpida.

— Não olhe para mim. — Ela balança a cabeça. — Eu só estava alertando Eli a respeito de todas as maneiras que vou deixar a vida dele miserável se ele te magoar.

Sério, eu me pergunto se não vão levá-la numa camisa de força qualquer hora dessas. Sei que ela está sendo uma amiga, mas, Jesus, ela é um pé no saco.

— Será que dá para você não o fazer sair correndo de medo logo de cara? — pergunto.

Eli me puxa para o lado dele.

— Eu estou bem. Precisa de muito para me fazer sair correndo de medo. Além do mais, tenho certeza de que Nicole gostaria de conhecer certo integrante da banda, estou errado? — Ele beija o meu ombro e dou risada.

Em uma das nossas últimas conversas, contei para ele a história dos ingressos da Kristin, da Danielle lambendo o pôster e da obsessão da Nicole pelo irmão dele. Ele ligou imediatamente para a assessora de imprensa dele e conseguiu uma coisa especial para cada uma das minhas amigas. Quase morri de rir quando ele me contou que eles tiraram uma foto do Shaun lambendo o pôster dele mesmo para Danielle. Tenho certeza de que o babaca do marido dela vai ficar muito feliz.

— Puta merda! — Nicole berra. — Eu não acredito que você contou para ele!

Ergo os ombros.

Ela olha para Eli e fala:

— Sei que ele está casado, mas o seu irmão sempre foi o meu favorito.

Eli e Nicole estão acomodados na mesa de piquenique e ele me puxa, colocando-me sentada entre as suas pernas. Eu descanso a mão na coxa dele enquanto falam sobre como a cunhada do Eli daria risada até mijar nas calças se ouvisse as pessoas falando do irmão daquele jeito. Ele tentou dizer para Nicole que ele não é assim tão especial, mas quando pega um osso, ela não larga. Nada a faz mudar de opinião.

Nicole entra para pegar outra bebida, e então os caras se aproximam, puxando conversa com Eli. Fico sentada morrendo de tédio e o encorajo a ir ver sobre o que eles estão falando. Os três saem andando e não consigo disfarçar o sorriso no rosto. Ele parece tão caseiro nesse instante e isso é adorável.

— Olha só o que eu tenho aqui — Nicole me chama, segurando a sangria que a deixou tão famosa.

— Você é a melhor.

Pego o copo e nos sentamos longe de todo mundo.

— Acho que ele realmente gosta de você — diz Nicole, depois de me ver olhando para Eli.

— Ah, é?

Ela sorri.

— Ele é um cara legal. Mantenha o coração aberto para ele. Sei que os dois têm um mundo de obstáculos, mas ele passou no teste da melhor amiga.

Acho que Nicole esquece que já temos quase quarenta anos e eu não preciso da aprovação dela. Mas, ainda assim, fico feliz com isso. Ela geralmente percebe o lado merda das pessoas melhor do que ninguém. E ela nunca diria isso se não fosse verdade.

— Te amo. — Puxo-a para perto de mim.

— Também te amo, apesar de estar morrendo de inveja de saber que você está dormindo com um deus.

— E o *ménage à trois*?

Ela tira uma onda:

— Estou de boa com relação àqueles dois. Acho que eles queriam transar um com o outro mais do que comigo, e se eu levo dois caras para a cama, tenho que ser o centro do mundo. Estou de olho em outra pessoa.

Fico de queixo caído, sem entender muito bem por quê. Essa é a Nicole. Ela sempre foi assim e eu ficaria preocupada se ela tivesse agindo de outra maneira.

— Dá até para imaginar que porra você está planejando agora.

Danielle se aproxima e coloca a mão no meu ombro.

— Não acredito que você escondeu isso da gente.

Queria guardar o Eli só para mim o máximo que desse. Além disso, não converso com elas tanto quanto com a Nicole. Os casamentos das duas estão por um fio e os conselhos que elas dão são sempre equivocados.

— Ah, por favor — Nic fala, com uma voz estridente. — Você não ia querer manter isso em segredo? Olha para ele, é o Eli Walsh. Se eu tivesse esse homem na minha cama, ele nunca mais sairia. Talvez rolassem alguns intervalos para o banheiro, mas imediatamente depois teríamos que voltar ao que interessa. — Ela pisca e sorri para mim.

— Bom, agora que já não é mais segredo, conte cada detalhe glorioso — Kristin fala, dando risadinhas contidas.

Sentamos juntas como se fôssemos adolescentes outra vez, fofocando sobre o nosso primeiro beijo, e eu conto como foram as últimas semanas com Eli.

— E se formos para minha casa hoje? — Eli sugere.

Até agora, ele estava ficando todas as noites na minha casa. Não sei se ele estava tentando se encaixar no meu mundo ou mostrar que é normal, mas eu gostei. Essa noite, porém, quero fazer a mesma coisa por ele. Seu mundo e o meu precisarão se misturar, e isso não vai acontecer se eu simplesmente forçá-lo a se acostumar com a minha casa.

— É uma boa ideia.

Eli pega a minha mão e dá um beijo.

— Vou gostar de te ver na minha casa.

Gosto de saber que ele me quer por lá. Também quero fazê-lo feliz. Hoje foi incrível. Sei que ele estava desconfortável no começo, mas foi brincalhão com as minhas amigas, fez o possível para tolerar os maridos, e fez tudo direitinho. Em vários momentos, eu o vi me olhando, sorrindo, ou tentando arrumar um jeitinho de encostar em mim. Ele estava cuidando de mim mesmo sem eu perceber.

— Obrigada por hoje.

— Eu me diverti, suas amigas são ótimas.

— Até que são.

Eli dá risada.

— Nicole realmente te ama.

— Tenho sorte de tê-la. — Mesmo me deixando louca, eu jamais poderia imaginar a minha vida sem ela. — Todas elas, na verdade, mas Nicole e eu sempre fomos mais próximas.

Conto para Eli um pouco da nossa infância e ele dá muita risada. Nós não éramos tão boazinhas naquela época. Não sei como não acabamos na cadeia. Minha mãe teria me dado umas boas palmadas se soubesse de metade das coisas idiotas que tentamos fazer. Kristin sempre foi a comportada do nosso grupo e os nossos pais nos deixavam fazer qualquer coisa se ela estivesse junto. Acho que eles tinham a esperança de que de alguma maneira ela nos convenceria a não fazer as coisas erradas, o problema era que o contrário sempre acabava acontecendo.

— Espera aí, você tentou mesmo pular o portão para entrar no *Busch Gardens*?

— Era um desafio. — Se você dissesse para Nicole e para mim que não conseguiríamos fazer alguma coisa, dávamos um jeito. — O namorado da Nicole trabalhava lá e disse que era impossível.

— Deu certo?

Entramos na propriedade de Eli, ele estaciona o carro e olha para mim, esperando por uma resposta.

— Você viu com os seus próprios olhos como somos boas em pular portões. E, na época, éramos muito melhor.

Com um tapa no volante, Eli dá uma risada alta que preenche o carro.

— Aquela foi a melhor coisa que eu já vi.

Viro os olhos e cruzo os braços.

— Aquilo foi autopreservação. — Foi uma idiotice, eu sei, e nem consigo imaginar como parecemos ridículas para quem estava vendo. Pelo menos eu estava de calça naquele dia, senão eu morreria de vergonha.

— Você queria se preservar do quê?

— Do fato de que eu tinha acabado de transar com você.

Eli balança a cabeça diante do meu raciocínio.

— Não sei se eu deveria me sentir ofendido. Mas foi sem dúvida a primeira vez que aconteceu comigo, isso de alguém fugir de mim depois de conseguir orgasmos múltiplos.

Eu queria poder voltar no tempo para mudar muita coisa, mas não isso. Claro, eu poderia ter feito as coisas de um jeito diferente, mas os meus últimos meses teriam sido diferentes.

— Deixe-me te perguntar uma coisa. Se eu não tivesse fugido naquela noite, estaríamos sentados aqui agora?

Ele fica em silêncio e passa a mão no meu cabelo.

— Eu queria poder dizer que sim, mas te ver saindo fora daquele jeito foi o que me fez querer tanto te conhecer. Aquilo nunca tinha acontecido comigo.

— Ninguém sonharia em correr do Homem Vivo Mais Sexy.

Ele dá risada.

— Você correu.

Eu me apoio no painel e nos coloco cara a cara.

— Eu faria tudo de novo do mesmo jeito.

— Ah, é?

— Faria, porque estou aqui com você agora e sei que se eu tivesse ficado naquela cama, você não teria ido atrás de mim.

Os olhos de Eli se suavizam e ele dá o sorriso metido dele.

— Acho que isso é uma coisa que nunca saberemos. — Ele chega perto até as nossas respirações virarem uma, já que nós dois inspiramos no mesmo instante.

Levanto a mão, enroscando os dedos nos cachos castanhos dele sem tirar, em nenhum momento, os meus olhos dos dele. Vejo a satisfação se transformar em medo e então em adoração. Ele está com medo do nosso relacionamento? É a segunda vez hoje que vejo alguma coisa incomodando-o. Uma parte de mim quer perguntar, mas finjo não ter percebido.

A minha intuição me enche de pavor, porque sei que essa não é a escolha certa. Já senti isso outras vezes e tomava uma atitude. Eu costumava implorar para Matt conversar comigo e dizer o que estava sentindo. Toda vez que eu tentava, ele me afastava ainda mais. Fazer a mesma coisa e esperar um resultado diferente seria burrice. Até onde eu sei, não é nada, mas em algum lugar dentro de mim não acredito que seja esse o caso.

Eli inclina para frente acariciando os meus lábios com os dele. Esforço-me para deixar o que quer que eu tenha visto desaparecer e foco no aqui e agora. Os nossos futuros são indefinidos e se eu nos colocar no caminho errado será o nosso fim. Tenho que caminhar ao lado dele e esperar que consigamos sobreviver aos buracos e desvios.

Ele apoia a testa na minha.

— Vamos entrar. Quero você nos meus braços.

— Parece bom para mim.

Saímos do carro e ele parece ter voltado ao normal. O sol já se pôs e luzes colocadas de maneira estratégica iluminam a casa. Parece um palácio de cair o queixo. Toda a grandiosidade desse lugar provoca em mim o mesmo impacto que provocou na primeira vez. Acho que isso nunca vai deixar de acontecer. De mãos dadas, passeamos pela casa de novo, só que dessa vez ele me mostra todos os cômodos.

No segundo andar, ele me mostra os seis quartos de hóspedes, todos com o dobro do tamanho do quarto principal da minha casa, com banheiro, decorados nos mínimos detalhes. De jeito nenhum foi ele que escolheu essas coisas. Fico imaginando como Nicole se divertiria aqui.

Quando entramos no quarto dele, quase desmaio. Não é um quarto, é uma pequena casa. Tem uma sala de visitas na extremidade mais distante com uma sala de estar completa, do lado esquerdo tem uma lareira, e dá

ESTA *Noite* É NOSSA

155

para ver através dela nos dois lados. Eli encosta na parede e fica me olhando enquanto eu ando pelo quarto, tentando absorver aquilo tudo.

— Isso é incrível — digo, admirada.

Continuo vendo tudo do outro lado da lareira. Tem um banheiro principal, se é que eu posso chamar isso de banheiro, que me deixa sem palavras. A jacuzzi fica do lado direito, e tem um chuveiro que toma toda a parede do fundo. Juro que pelo menos dez pessoas caberiam ali.

Eli limpa a garganta, fazendo-me virar imediatamente.

— Você fica bem aqui.

Nego com a cabeça, sem acreditar.

— Duvido.

Ele se aproxima.

— Um dia você vai conseguir ver como é bonita.

— Um dia você vai perceber que precisa de óculos — tento brincar, mas não funciona. Nunca achei que fosse feia, mas não tenho nada de especial.

Ainda parece loucura ver que Eli pensa diferente.

Ele me envolve com seus braços fortes e eu me afundo em seu abraço. Só com isso Eli já consegue fazer com que me sinta completa. Quando estou com ele, o meu mundo não parece tão deprimente. Claro, os problemas ainda estão lá, mas, com ele, ignorar essas questões não é difícil.

— Vamos para cama — Eli fala, com duplo sentido.

Sorrio para ele.

— Eu adoraria.

Entramos em seu banheiro gigantesco para se arrumar para a cama. Fico rindo por dentro ao ver como isso é insanamente diferente da minha casa. Tenho uma pia no meu banheiro e o gabinete duplo ocupa três quartos de uma parede.

Logo, então, nos ajeitamos na cama *king size*. Por mais que eu adore esse espaço, meio que gosto de saber que conseguimos nos aconchegar na minha cama tão menor. Eli abre os braços e eu me aninho neles.

— Gosto quando ficamos juntinhos assim.

Ele emite um som grave vindo do peito quando eu coloco meu braço sobre ele.

— Não tinha percebido o quanto eu gosto disso até estar a quilômetros de distância de você.

— Ah, você gosta de ficar perto de mim — brinco, em tom provocativo.

— Eu gosto de ficar muito perto de você.

Abro um sorriso e beijo o torso dele.

— Que bom que gosta disso.

— Você está tentando me seduzir, policial?

Pisco para ele.

— Eu?

Ele se contorce, puxando-me para cima, até me deixar na mesma altura que ele.

— Não vou achar ruim se estiver.

— Você está seduzível nesse instante, Sr. Walsh?

A boca de Eli vai até a minha orelha e ele acompanha o contorno dela com a língua antes de morder.

— Talvez você devesse tentar descobrir.

Movo a minha mão por debaixo das cobertas, fazendo uma busca pelo corpo forte que ele tem, até encontrar o seu pau duro. Adoro ver que ele está sempre pronto, e nunca tenho que ficar me perguntando se está a fim. Há muitas vantagens em dormir sem roupa, e essa é uma delas.

Eli geme quando os meus dedos o envolvem e nos beijamos. Ele agarra com força o meu quadril, afundando os dedos na minha carne, quando começo a masturbá-lo.

O meu celular toca na minha bolsa do outro lado do quarto, mas estou envolvida demais com a pegada dele para me importar.

O gemido de Eli é grave e eu o engulo com um beijo. Sinto suas mãos nos meus seios, apertando e puxando o meu mamilo. Essa química sexual que temos é diferente de qualquer coisa que já vivi antes. Não sou a amante mais experiente do mundo, mas Eli me impulsiona. Quero dar prazer a ele. Adoro saber que é o meu corpo que está buscando, querendo e idolatrando.

— Você me deixa louco — Eli admite, antes de retomar o beijo. As mãos dele exploram o meu corpo até seus dedos começarem a acariciar meu clitóris.

O celular toca outra vez.

— Talvez seja melhor atender — ele praticamente rosna nos meus lábios e eu gemo.

Jogo a cabeça no travesseiro e amaldiçoo o celular.

— Não vá a lugar nenhum — eu aviso e pulo da cama. Dou uma olhada para trás e ele está com a cabeça apoiada na mão me observando correr até o outro lado do quarto.

Tenho seis ligações perdidas de um número que não conheço. Não me dei conta de que tinha tocado tanto assim. Tem alguma coisa errada, eu posso sentir. Ninguém me liga tanto desse jeito, a não ser que seja uma emergência e a idiota aqui ignorou as ligações.

— Alô? — pergunto, com a voz trêmula.

— Heather, é o Anthony.

— Anthony. — Olho imediatamente para Eli e ele já está arrancando as cobertas de cima. — Qual o problema?

Ele faz uma pausa e o pavor toma conta do meu corpo.

— Você precisa vir para o Hospital Geral de Tampa. Por favor, não demore.

— Ela… — digo, com dificuldade, enquanto Eli aperta os meus ombros. Não consigo terminar a frase. Não consigo perguntar se ela se foi, porque se ele disser que sim, eu não vou aguentar.

— Venha para cá.

O celular cai no chão e Eli me abraça. Tudo que achei que sabia sobre como eu lidaria com esse momento estava errado. Sinto o meu corpo começar a se proteger. Minha mente vai para um lugar onde não consigo nem sentir, nem fazer nada. Não sei como fui até a cama. Não sei como a minha camisa está no meu corpo. Nada é real nesse instante. É como se o tempo tivesse deixado de existir para mim.

Eu me sinto vazia e sem vida.

Eli me pega nos braços e desce as escadas me carregando como uma criança. Ele dá ordens firmes para alguém enquanto vamos para o carro. Ele deve estar no celular, mas eu realmente não consigo processar nada do que está acontecendo ao meu redor.

O carro está se movendo, mas não consigo ver nada por estarmos passando. Anthony não precisou dizer que ela morreu sem eu estar lá com ela. Eu posso sentir.

O meu mundo está sem a minha irmã.

Eu estou sozinha.

# Capítulo 19

## HEATHER

— Fizemos todo o possível, Srta. Covey. Sinto muito por sua perda — explica o médico, enquanto fico em pé com um fluxo constante de lágrimas escorrendo pelas bochechas e pingando na ponta do queixo.

Minha irmã deu o seu último suspiro.

Três dias atrás estávamos em um parque de diversões. Estávamos rindo, curtindo nosso tempo juntas, e agora ela está morta. Sem aviso, sem tempo para dizer adeus, nada além de agonia.

Agora eu estou em pé em uma sala fria e cruel, enquanto eles tentam me dar algum tipo de resposta.

— Como isso aconteceu tão rápido? — pergunto. — Achei que haveria um aviso, algo que me dissesse que estava para acontecer.

Anthony se aproxima.

— Ela nos pediu para não te contar.

— Contar o quê?

Dr. Pruitt coloca a mão no meu braço.

— Stephanie precisou dar início a um tratamento por conta de uma pneumonia depois da última convulsão que teve. Foi por isso que nós a mantivemos conosco por mais algumas noites. Os antibióticos não estavam funcionando e ela exigiu que interrompêssemos todo o tratamento e a liberássemos. Nós fizemos tudo que estava ao nosso alcance com os parâmetros que ela estabeleceu.

A raiva toma conta das minhas veias, queimando a dor dos meus membros. Ela escolheu isso? Ela sabia? Eles estavam mentindo para mim? Eles não sabem o que isso significa para mim? O meu peito fica agitado enquanto me esforço para entender como isso pôde acontecer.

Olho para Eli, olho de volta para o médico, e aí então explodo.

— Eu não entendo! Como ninguém me contou? Por que é que acharam que eu não deveria saber? — grito com eles. — Era eu quem cuidava dela! Ela não estava pensando direito! Eu sou irmã dela! Eu deveria saber.

Eli me puxa para os seus braços e choro, desconsolada. Bato no braço dele e então no peito, furiosa com todo mundo. Furiosa com ele, porque estávamos juntos quando isso aconteceu. Furiosa com Stephanie, porque ela não me contou. Eu poderia ter tido outros três dias com ela. Se tivessem me mantido informada, eu nunca teria deixado que ela fosse para uma porra de um parque de diversão. Eu a teria feito aceitar um tratamento, não a deixaria morrer. Tem tanta coisa que eu poderia ter feito, e agora é tarde demais.

A minha raiva se vira para Anthony.

—Você sabia! — ergo a voz contra ele. — Você sabia que ela estava doente e a levou para fora!

Ele abaixa a cabeça e, quando olha de novo para mim, seus olhos estão cheios de lágrimas.

— Sei que você não acredita nisso, mas eu me importava com ela. Ela me perguntou se eu a ajudaria a ficar estável para que ela pudesse ter aquele dia com você. Ela queria um dia normal ao seu lado. A sua irmã sabia que estava morrendo e não queria que aquilo se arrastasse. Eu estava lá com ela, segurando a mão dela e dando o que ela havia pedido.

— Você a conhecia há quanto tempo, uma semana? Eu estive com ela cada santo dia durante os últimos sete anos! Era eu quem tinha que estar ao lado dela. Você tirou isso de mim.

Uma lágrima solitária escorre pelo rosto dele, mas não tem espaço no meu coração partido para sentir qualquer coisa além de ódio por ele.

— Acredite em mim, a sua irmã te amava tanto que preferiu te poupar. Tudo que ela fez foi por amor.

Eu me odeio. Eu o odeio. Odeio todo mundo e não consigo respirar. Esforço-me para conseguir ar enquanto Eli esfrega as minhas costas.

— Relaxa, baby.

Olho para ele e a imagem está borrada.

— Ela se foi e eu não me despedi. Eu não estava lá, Eli. Não estava com ela.

— Eu sei.

O médico limpa a garganta.

— Recebemos instruções específicas de Stephanie na sua diretiva antecipada de vontade. Elas foram seguidas à risca. Realmente sinto muito por sua perda, Srta. Covey. Leve o tempo que precisar.

Ele e Anthony saíram para que eu pudesse fazer a última coisa que eu queria na vida… dizer adeus para a minha irmãzinha.

Eli e eu descemos o salão com o braço dele envolvendo meus ombros. Quero afastá-lo, quero ficar sozinha e remoer a minha terrível tristeza, mas parece que não consigo. Ele é a única pessoa aqui que não passou sabe-se lá quanto tempo mentindo para mim. Eu me seguro nele enquanto avançamos, seguindo a linha no chão. Não falamos porque não temos nada para dizer. Não posso voltar no tempo. Não posso mudar a maneira com a qual todos lidaram com isso. Mais uma vez, eu tive a escolha arrancada de mim.

A porta é aberta e eu olho para o corpo dela sem vida deitado ali. Não sou forte o bastante para isso. Eu estava me enganando esse tempo todo em que achei que estava preparada. Não tem como estarmos preparados para o luto. Em vez disso, estou pensando em como não estava com ela no fim de tudo. Não, eu estava deitada na cama de Eli querendo que o meu celular não estivesse tocando. Eu tinha que ter segurado sua mão dizendo o quanto ela era amada. A minha irmãzinha linda se foi e odeio o fato de que ela não ouviu minha voz dizendo para ela todas as coisas que ela tinha que saber.

A mão de Eli está nas minhas costas, eu me viro, empurro o peito dele e torço o tecido da camisa que ele está vestindo.

— Não, não, não, não! — Eu achei que podia ser mentira. Em algum lugar dentro de mim, tinha esperanças de que ela estaria viva, mas ela não está. — Não estou pronta para isso! — Eu choro. — Ela não pode ter me deixado. Por favor, Deus, devolva-a para mim.

Ele sussurra palavras de conforto e apoio, mas elas não fazem diferença nenhuma. Não tem como aliviar a tortura que estou sentindo. Tristeza, culpa, raiva e desespero me consomem.

— Você quer entrar? Não precisa se não quiser.

Sei que preciso. Mesmo que ela não esteja realmente ali, é tudo que resta dela.

— Sim, eu quero — respondo para ele e endireito os ombros, encontrando um pouco de força na mão quente que ele coloca sobre a minha lombar.

— Eu estarei bem aqui.

Os meus pés se arrastam para frente e eu puxo a cadeira para o lado da cama dela, enquanto o meu coração é estraçalhado. Eli fica para trás, dando-me privacidade. Ergo a mão, afastando os fios castanho-escuros do seu rosto. Ela adorava quando eu fazia isso. No começo da doença, era a única coisa que a acalmava. Passei inúmeras noites passando os dedos em seu cabelo.

Fecho os olhos, porque não quero ver o rosto dela, e repito o movimento.

— Desculpa, Stephy. Eu não estava aqui e nunca vou me perdoar por isso. Sou sua irmã e era para eu estar ao seu lado. Não sei se você estava com medo ou se sentiu dor. Não sei se ficou me procurando. — Um soluço abafado escapa.

Eli se mexe e eu logo levanto a mão sinalizando para que continue onde está. Preciso fazer isso sozinha. Mesmo não estando viva, rezo para que ela possa me ouvir.

— Eu teria ficado aqui, irmãzinha. Eu tinha que ter ficado ao seu lado. Você era o meu mundo, Stephanie Covey. Não sei como seguir adiante. Amo você mais do que a minha própria vida. Você era a melhor irmã do mundo. Cada dia que tive você foi um presente e queria que não acabasse nunca. Queria conseguir fazer alguma piada agora. — As lágrimas são tão intensas que não consigo enxergar. — Queria poder te abraçar e dizer como você era especial. Porque você era tudo que tinha de bom nesse mundo. — Enxugo o meu rosto e puxo o ar. — O mundo era um lugar melhor com você nele. Eu era uma pessoa melhor por sua causa.

A minha cabeça cai na lateral da cama, e eu pego a mão dela sem vida. Choro descontroladamente. É feio, repleto de dor e não tenho condições de me importar.

— Eu que deveria ter ficado doente! Você não merecia isso.

Não faço ideia de quanto tempo fico debruçada sobre a cama, segurando sua mão. Nunca tinha entendido o que é perder alguém até esse momento. Eu achava que nunca sentiria uma tristeza maior do que a que senti quando os meus pais morreram, mas aquilo foi como cair numa poça d'água se comparado com agora. Sinto como se estivesse me afogando no oceano e a corrente estivesse me puxando para mais longe, para dentro das águas turvas.

Eu preciso de ar.

Não consigo respirar.

Os meus pulmões se esforçam para funcionar. Respiro com dificuldade, tentando encontrar algum oxigênio no quarto, mas não existe nenhum.

— Calma, baby. Calma. Olhe para mim, Heather. — Eli está ajoelhado do meu lado, segurando o meu rosto enquanto enxuga as minhas lágrimas com o dedão. O meu olhar encontra o dele, que não tira os olhos de mim até que eu me acalme. — Isso. Respira. Só respira. Eu estou aqui.

— Ela se foi.

— Eu sei, baby.

— Ela não vai voltar.

Os olhos dele estão cheios de tristeza.

— Sinto muito.

O som que escapa da minha garganta está repleto de desespero.

— Leve-me para casa, Eli. Por favor. Não posso vê-la desse jeito. Eu não pude salvá-la e agora ela se foi!

Os braços dele me seguram enquanto me desfaço. Quero o torpor de volta. Não doía desse jeito quando eu não sentia nada. Saber que amanhã não vou poder ligar para ela, nem mandar uma mensagem, nem tocar nela, me deixa tão desolada que nem sei ao certo se existe uma maneira de viver depois desse momento.

Eli me aperta contra seu peito, abraçando-me enquanto caminhamos. Eu o ouço falar com alguém, mas encontrei meu caminho de volta para escuridão. É aqui que eu quero ficar.

Não foco em coisa alguma.

A única coisa que é registrada é que os braços de Eli me envolvem enquanto eu fecho os olhos e flutuo para onde nem mesmo a morte pode me tocar.

— Heather — uma voz suave chama por mim. — Acorde, querida.

Stephanie? Ela está aqui? Os meus olhos se abrem de repente, esperando ver a minha irmã, mas não é ela. Ao invés dela, vejo Nicole inclinada sobre mim. Desorientada, olho ao redor e percebo que não estou em casa. Há uma cama enorme em um quarto gigante. Estou na casa de Eli. Quando foi que voltamos para cá?

— Ei. — Ela olha para mim com os olhos vermelhos.

Ela sabe sobre Stephanie.

Ele deve ter ligado para ela.

— Nic... — digo o nome dela com dificuldade e ela se aproxima de mim. No instante em que me toca, eu desabo. As lágrimas que chorei até então parecem pequenas em comparação a isso.

A dor volta com força total. Nicole me balança para frente e para trás e agarro-me a ela.

— Oh, querida. Está tudo bem, coloque para fora — ela me encoraja. — Coloca tudo para fora.

Existe uma conexão entre duas pessoas que entendem uma a outra. É o que acontece comigo e Nicole. Não precisamos falar. Às vezes, é só desabar no conforto dos braços da sua melhor amiga.

Nicole se afasta um pouco quando me acalmo.

— Está melhor?

— Não. Acho que não dá para ficar melhor.

Ela enxuga as lágrimas do rosto dela e balança a cabeça.

— Vai doer bastante, mas você é forte, Heather. Stephanie te amava demais, você sabe disso.

— Ela escondeu de mim. — Todas as emoções da noite continuam a me assolar. A minha irmã sabia que ia morrer. Ela escondeu o que estava acontecendo para que tivéssemos o nosso dia no *Busch Gardens*. — Ela escolheu assumir o risco. Se ela estivesse viva, eu daria uma surra nela por isso. Ela tinha que ter ficado na cama, tinha que ter melhorado para então…

— Para então piorar de novo? — Nicole questiona. Ela amava a minha irmã como se também fosse irmã dela. Stephanie estava sempre por perto quando éramos novas, querendo ser exatamente como nós. Eu me lembro de pegá-la experimentando as minhas roupas e conversando com a melhor amiga dela, Nicole. Na época aquilo era irritante, mas se eu tivesse o dom de ver o futuro… — É realmente isso que você queria para ela?

A minha primeira reação é dizer: sim!

Abro a boca, mas Nicole olha para mim, desafiando-me a dizer.

— Eu… Eu não sei.

Puxo os meus joelhos contra o peito e abraço as minhas pernas. Queria poder rastejar para dentro de mim mesma e desaparecer. Viver machuca demais.

— Eu te conheço e você não queria isso. Não consigo imaginar como você se sentiria se ela tivesse que enfrentar meses de agonia.

Claro, eu acho que há um consolo nisso, mas não muito. Os últimos sete anos da vida de Stephanie foram uma série de altos e baixos. Tudo era uma luta, e ela sempre sofria com a situação. Eu vi a vida dela começar a caminhar para o fim no dia em que recebemos o diagnóstico.

Os meus olhos se movem até a porta e Eli está apoiado no batente. Ele tem um copo de água na mão e um prato de comida. Ele hesita antes de se aproximar. Olho para ele e as lágrimas não param de escorrer.

— Você dormiu por um tempo razoável. — A voz forte dele está repleta de emoção. — Achei que deveria comer alguma coisa.

Os meus lábios tremem, pensando em como eu estava feliz antes daquela ligação. Nós estávamos juntos, amando um ao outro, enquanto a minha irmã dava o último suspiro dela. Eu queria poder voltar no tempo. Era para eu ter ido visitá-la depois do churrasco, mas estava envolvida demais com ele.

O meu coração fica apertado quando penso nos dez minutos que desperdicei porque não quis atender ao telefone. Os "e se" estão acabando comigo.

Nicole toca meu braço.

— Eli telefonou assim que vocês voltaram. Eu vim imediatamente, mas você dormiu por umas quinze horas.

— Estou cansada.

Eli e Nicole trocam olhares e ela me aperta.

— Com certeza. Mas você precisa comer. Quer que eu ligue para o Matt e avise que não vai trabalhar nos próximos dias?

— Fale para ele que não sei quando vou voltar.

Nesse momento, não consigo lidar com nada. A ideia de sair em uma viatura e ter que falar com as pessoas é demais para mim.

— Vou falar uma semana para ele, e aí você vê o que faz depois disso. — O tom de voz dela é firme e sei o que ela está tentando fazer. A mesma coisa que eu faria se ela estivesse desistindo.

Eu iria pressionar.

Mas você não pode tirar alguém de um buraco pressionando. Só te resta esperar que a pessoa consiga subir o suficiente para que você possa ajudar. Entretanto, não existe força alguma em minhas mãos nesse instante capaz de me ajudar a agir.

— Você precisa que eu fique? — pergunta para Eli.

— Não, eu vou cuidar dela.

Olho para os dois enquanto falam de mim como se eu não estivesse aqui. Tudo que preciso é voltar a dormir e só acordar quando essa não for mais a minha realidade.

Nicole beija minha testa e os dois saem do quarto. Pego o celular e dou uma olhada nas mensagens e nas ligações perdidas.

> DANIELLE: Amo você. Estou aqui se precisar de mim.

> BRODY: Rachel e eu estamos mandando o nosso carinho. Fale o que eu posso fazer para ajudar.

Nada. Você não pode fazer porra nenhuma.

> KRISTIN: Falei com a Nicole. Sinto muito, Heather. Quer que eu vá até aí?

Respondo imediatamente para Kristin. Não quero ver ninguém.

> Obrigada, mas não estou muito para companhia.

Não importa se eu estou na casa de Eli. Ela vai aparecer. Essa é a natureza da Kristin, ela é a cuidadora do nosso grupo e não quero mãe nenhuma aqui comigo. Não quero ninguém me fazendo sentir melhor nesse momento.

Tento me lembrar de como foi quando perdi os meus pais. Fiquei devastada desse jeito? Acho que sim, mas eu tinha Stephanie para me

preocupar. Não foquei na tristeza. Tive que ser forte, tive que dar esperança para ela e garantir que ficaríamos bem. Os meus amigos estavam em volta, mas estávamos na época da faculdade. Dessa vez é diferente.

Eli entra no quarto e eu uso toda a minha energia para ficar ereta.

Firmo o braço, tentando me manter estável.

— Você comeu um pouco? — ele pergunta.

— Estou sem fome.

A cama mexe sutilmente quando senta ao meu lado.

— Ok.

Ergo o olhar porque não era aquilo que eu estava esperando. Achei que iria brigar comigo, dizendo que tenho que fazer outra coisa que não seja me afundar na dor.

— Não fique surpresa. Você precisa viver a sua tristeza do jeito que quiser. Só estou tentando ficar por perto da maneira que precisar.

Os meus olhos se enchem de lágrimas, deixando-o um tanto borrado. Coloco-me em seus braços. Não sei por que ou o que toma conta de mim, mas preciso do consolo de Eli. Ele cai para trás, leva-me com ele e me aperta forte nos braços. As lágrimas caem em silêncio enquanto ouço o coração dele bater.

Ele passou cada segundo comigo desde que aconteceu. Mesmo quando não tinha condições de cuidar de mim mesma, ele fazia questão de se certificar de que estava tudo bem. Viro a cabeça para ver seu rosto. Eli me dá um sorriso triste e gratidão toma conta de mim. Essas têm sido as piores horas da minha vida e ele está ao meu lado.

— Obrigada, Eli.

Ele passa os dedos no meu cabelo.

— Você não precisa agradecer.

— Não faz tanto tempo assim que estamos juntos.

— Isso não quer dizer que o que sentimos um pelo outro não é real. Eu disse a você que não ia a lugar nenhum e fui sincero.

Fecho os olhos e outra lágrima escapa do canto de um dos meus olhos.

— Vou continuar triste por um tempo.

Preciso alertá-lo para que ele possa correr antes que eu me afunde ainda mais. E dessa vez teria que ser ele. Não acho que tenho a força necessária para ir embora, mesmo se quisesse.

— Baby, olhe para mim — pede. Abro os olhos e ele ergue o tronco, ficando sentado e forçando-me a fazer o mesmo. — É natural que fique triste. Não conhecia a Stephanie tanto quanto você e estou triste. Acho que você não entende como me sinto em relação a nós dois… em relação a você. Não vou te deixar porque está se sentindo assim. Não vou embora, vou ficar aqui com você.

CORINNE MICHAELS

— Você vai embora em uma semana — lembro a ele.

As mãos dele envolvem os meus ombros e então seguem para o pescoço.

— Eu disse para os meus produtores que não vou na próxima semana. Só vou para Nova York depois que resolvermos isso.

Os meus dedos agarram o pulso dele e pressiono a testa contra a dele.

— Não sei o que dizer.

— Você não precisa dizer nada — sussurra. — Só me deixe cuidar de você.

Os lábios dele acariciam os meus com hesitação e faço o movimento, conectando-nos. Não tem nada a ver com paixão. Tem a ver com algo muito mais profundo. Nosso beijo é suave, doce e reconfortante. Em meio a tanto sofrimento, ele me traz esperança de que o sol vai brilhar outra vez. É o carinho dos seus lábios que me leva a acreditar que ele vai enfrentar as nuvens e afastar as tempestades para que eu possa sentir o calor dos raios de sol novamente. Espero que ele esteja pronto para lidar com a fúria da Mãe Natureza.

# Capítulo 20

## HEATHER

Tem setenta e seis horas que a minha irmã morreu. Tenho ficado enclausurada no conforto da casa do Eli. Ele tem sido paciente, gentil, amável e atencioso. Quando nos vimos pela primeira vez, eu teria rido se alguém dissesse que ele seria assim. Concluí que ele era rico, egoísta e um cuzão arrogante que só se importava com o que ele queria. Isso porque... é essa a ilusão que temos em torno das celebridades.

Eu estava errada.

Eli não é nada disso, exceto rico. Isso ele definitivamente é, mas nunca foi egoísta comigo. Temos assistido televisão, pedido comida e ele tem me abraçado quando choro.

Coloco os braços em volta dele e me aconchego mais perto, inalando seu cheiro. Adoro a mistura de sabão com sândalo e almíscar que tem nele. Ele está dormindo, mas instintivamente me aperta mais forte. Fico observando o seu rosto enquanto alguma coisa com que ele está sonhando o faz sorrir. Acompanho os traços na bochecha dele com a ponta do dedo, tocando cada fio da barba curta.

— Oi. — Ele sorri, enquanto seus olhos piscam antes de abrirem.

— Oi.

Ele abaixa um pouco e fica de lado.

— Você dormiu?

Não tenho certeza se eu realmente dormi desde aquela primeira noite. Não foi por falta de tentativa, mas o meu corpo parece que não relaxa. Na segunda noite, acordei Eli com os meus soluços. Revivi todo o evento no hospital, só que dessa vez, cheguei a tempo de vê-la partir.

A minha mente criou as piores cenas possíveis. Talvez tenha sido uma coisa boa eu não ter estado lá. Se foi parecido com o que imaginei, tenho certeza de que não estaria só chorando. Eu não teria resistido. Nunca me senti tão grata pela presença de Eli do que quando acordei em prantos naquela noite, coberta de suor e lágrimas.

— Acho que dormi.

— Ótimo. Que tal pegarmos alguma coisa para comer?

Eu não tenho comido muito, e pensar em comida faz o meu estômago roncar.

— Acho que estou com fome.

Ele ri.

— Vamos lá que estou morrendo de fome.

Eu o sigo até o banheiro e quase grito quando vejo o meu rosto no espelho. Estou com olheiras assustadoras. Tem maquiagem seca na minha pele, e nem sei se de algum jeito não acabou ficando permanente. Não vou nem falar da bagunça que está o meu cabelo. Jesus. Dirijo o meu olhar para o Eli, que está com a aparência perfeita de sempre. O cabelo dele está simplesmente sexy do seu jeito desleixado, não tem olheira nenhuma debaixo dos seus olhos. As linhas bem marcadas do quadril estão mais proeminentes porque o *short* de basquete que está usando é largo.

Os olhos do Eli se movem até os meus, e ele me analisa.

— O que foi? — pergunta, com um sorriso.

Eu acho que ele sabe que estou aqui babando nele, mas ergo os ombros sem me importar se fui pega no flagra.

— Nada.

Ele se aproxima, apertando os lábios contra os meus.

— Você fica olhando para mim desse jeito, aí não consigo me conter. Tenho que te beijar.

— De que jeito? — pergunto.

— Logo mais você vai entender. — O beijo dele é rápido e não me deixa perguntar que porra que ele viu no meu olhar.

Quando se afasta, abro a boca para colocar a pergunta para fora, mas ele vai até o chuveiro, tirando o *short* lentamente. Olho para os ombros largos dele, para o jeito como os músculos enrijecem nas costas, para a bunda, agora sem roupa, e não consigo falar.

Pela primeira vez em três dias, quero algo mais para aliviar a minha dor. Não é comida, nem ele me abraçando. Preciso dele fazendo-me esquecer de quem sou. Sinto-me sozinha, estilhaçada e Eli me estimulou a me manter fora do torpor.

Quero me perder nos olhos verdes dele e quero que ele me faça sentir prazer. Ele passou cada minuto garantindo que eu me sentisse segura. Lembro-me das palavras da Stephanie: "Tem que me dizer que vai deixar o seu coração aberto. Você pode fazer isso?".

Ela estava pedindo muito mais que isso. Estava pedindo, praticamente, que eu me deixasse vulnerável o suficiente para amar de novo.

— Você vem? — Eli pergunta, debaixo do chuveiro, com água pingando em cada centímetro delicioso dele.

Um pensamento me atinge, segurando os meus passos. Nunca estive tão vulnerável como nos últimos três dias. Deixei que ele me visse no meu pior momento, e ele ainda está aqui com a mão estendida, chamando-me para ficar ao seu lado.

Sigo então na direção do homem por quem nunca achei que sentiria alguma coisa além de tesão. Cada passo adiante solidifica o que eu já sabia que estava acontecendo: estou me apaixonando por Eli Walsh.

O vapor circula em nossa volta enquanto ficamos um de frente para o outro. O meu coração acelera quando percebo que os meus sentimentos estão ficando cada vez mais intensos. Como foi que tudo pôde acontecer tão rápido? É verdade que quando duas pessoas são as certas uma para a outra, o tempo é irrelevante? De todas as pessoas no mundo, é realmente com ele que nasci para ficar?

Seus olhos verdes estão surpresos, como se estivéssemos pensando a mesma coisa, e eu sei que… eu o amo.

Ergo a mão e coloco no peito dele. O batimento cardíaco de Eli acelera enquanto ficamos olhando um para o outro.

— Fale o que você está pensando. — A voz dele está pesada de tantos conflitos.

Fico apavorada imaginando que, se eu disser a verdade, ele vai rir de mim. Tenho medo de perdê-lo, assim como acabo perdendo todo mundo. O pânico me paralisa e me impede de dizer o que está acontecendo, mas dou a ele o que eu consigo.

— Que não estou sozinha por sua causa. Que estou com medo de te perder.

Os braços dele envolvem os meus ombros, agarrando-me enquanto a água cai sobre nós dois.

— Falei para você, baby. Não vou a lugar nenhum.

Inclino a cabeça para trás, acreditando no que ele diz.

— Quero que você faça amor comigo.

Ele fica tenso, provavelmente com medo de que eu ainda não esteja pronta. Cada toque entre nós dois desde aquela noite tem sido de conforto, e ele jamais vai compreender a intimidade que demonstrou com aquilo.

— Heather… — Ele hesita. — Eu não…

— Eu sei. — Coloco a mão nos lábios dele. — Estou te dizendo que preciso de você. Preciso que você faça com que eu me sinta viva. Quero que faça amor comigo, porque quero fazer amor com você.

Os olhos dele não saem de mim e eu vejo a mistura de desejo e rendição. Os dedos dele descem, deslizando pela minha espinha enquanto pego o seu pescoço. Nós nos movemos em perfeita harmonia e as nossas bocas colidem. Eli assume o controle do beijo, entrando na minha boca e entregando-se ao momento. Cada movimento da sua língua ganha ainda mais o meu coração.

As minhas mãos descem até os ombros dele, seguem pelos braços largos e músculos firmes, e então sobem outra vez. Adoro senti-lo debaixo de mim. O jeito que ele me encoraja a me entregar.

O beijo continua enquanto tocamos um ao outro. É como se eu estivesse experimentando-o pela primeira vez. A sua boca se move pelo meu pescoço, beijando-me enquanto os lábios dele descobrem os pontos que me levam a loucura.

Ele volta para os meus lábios e segura a minha cabeça com as duas mãos.

O meu olhar encontra o dele e tudo se esclarece. Ele está tão apaixonado quanto eu.

Do mesmo jeito que eu estava com medo demais para dizer, ele também guardou as palavras. Mas eu sei, e mostro o mesmo amor de volta para ele.

O olhar dele é intenso demais. A minha respiração fica curta, e ele pega a minha mão.

— Quero fazer uma coisa — ele admite. — Você vai deixar que eu cuide de você?

— Você já está fazendo isso.

Dou o que ele quiser. Confio nele mais do que já confiei em qualquer outro homem.

Eli enche a mão de sabão, vira-me de costas para ele e começa a me lavar. Ele começa no meu pescoço, ensaboando e movendo com suavidade até os meus ombros.

— Você não faz ideia do que me faz sentir — ele fala, no meu ouvido. — O quanto eu quero arrancar de você a sua dor. Quero te fazer sorrir, baby. Quero dar tudo a você.

Apoio o corpo no dele, enquanto as suas mãos se movem até o meu peito.

— Preciso demais de você — admito. — Fico assustada de ver como você é importante para mim.

Ele espalha o sabão pelo meu corpo com cuidado. Nós dois estamos nus, mas o que estamos fazendo nesse momento vai muito além de preliminares, está repleto de significado. Quando termina de me lavar, estou desesperada de desejo por ele.

Preciso dele dentro de mim. Preciso me sentir completa. Preciso que ele me preencha com vida.

Seu olhar parece faminto. Nenhum de nós consegue esperar por muito tempo.

Ele empurra as minhas costas contra a parede e a sua boca encontra a minha. Derramo nele todo o amor que sinto no meu corpo. Quero que ele sinta como estou profundamente apaixonada por ele. A minha mão procura o seu pau, tentando acertar a posição. Não consigo esperar. Preciso dele imediatamente.

— Heather — ele diz, com os lábios na minha pele. — Estamos sem camisinha...

— Eu tenho um DIU e estou limpa.

Ele deita a cabeça no meu ombro e sussurra:

— Eu estou limpo, mas você tem certeza?

Ergo o olhar e vejo os olhos verdes dele implorando que eu diga sim. Mas só tem uma coisa que escapa dos meus lábios:

— Eu amo você, Eli. Quero que faça amor comigo.

Fico atordoada com a minha própria confissão, esperando que ele entre em pânico.

Ele afasta o cabelo molhado do meu rosto e sorri.

— Eu amo você. Eu me apaixonei por você no dia que passeamos de barco. Eu me apaixonei por você no dia em que o seu rosto estava coberto de tinta. É possível até que tenha me apaixonado por você quando gritou o meu nome no show.

As lágrimas que caem dessa vez não são de tristeza, mas de esperança.

Não estou sozinha nem perdida, eu encontrei o meu lar.

— Olha, eu passei a minha vida inteira em Tampa e nunca vim aqui — falo.

Eli ri enquanto continuamos a andar pela trilha.

— Eu adoro esse parque, Randy costumava me trazer aqui para pescar quando o meu pai estava bêbado demais para ficarmos por perto.

Depois do nosso banho intenso, Eli disse que queria me mostrar uma coisa. Eu não estava muito no clima para sair do nosso refúgio seguro, mas ele não quis ceder, insistindo que sairíamos de casa antes de precisarmos encontrar com o diretor da casa de apoio.

— Me conte dos seus pais.

Ele não fala muito da família dele. Sei que a mãe dele mora em Tampa, mas nunca a menciona.

Ele suspira.

— Não tem muito para contar. O meu pai era um bêbado, batia na minha mãe e no meu irmão na minha frente. Não lembro se ele batia em mim, mas Randy fala que ele dava um jeito de apanhar no meu lugar. Pelo que me disseram, ele perdeu o emprego e então foi embora.

— Uau, é por isso que vocês são tão próximos?

— Sim, o meu irmão era mais pai do que qualquer outra coisa. Apesar de ser só alguns anos mais velho, ele me colocava debaixo da asa dele. Mas foi quando soubemos que o nosso pai estava morto que ele meteu de vez na cabeça que era a função dele cuidar de mim.

Faz lembrar o meu relacionamento com Steph. Quando os meus pais morreram, passei a cuidar dela. Foi diferente porque perdemos mãe e pai, mas ainda assim posso imaginar o que Randy passou.

Descanso a cabeça no braço dele enquanto continuamos a atravessar o Lettuce Lake Park. As árvores fazem sombra, permitindo uma caminhada confortável.

Estamos na Florida, então é sempre quente e úmido, mas hoje até que está tolerável.

— E a sua mãe?

— Ela está aqui em Tampa, mas passa metade do ano em Nova York visitando a irmã dela. Elas fazem aquele lance de fugir do inverno. Não entendo muito bem, mas elas têm feito isso há anos. — Eli para em frente a uma área aberta perto de uma lagoa e coloca as mãos na minha cintura. — Quero que você os conheça.

Dou um pequeno sorriso.

— Eu gostaria.

— O meu irmão está enchendo o saco me pedindo para te levar na casa dele. Gostaria muito que você conhecesse a minha sobrinha e o meu sobrinho.

Uma dor aguda corta o meu peito. O fato de Eli ter uma família não deveria me machucar. Sei que é um tanto irracional sentir ciúmes e parte de mim está com raiva de mim mesma por pensar dessa maneira. No meu coração, eu sei disso tudo, mas está lá.

Ele balança a minha cintura para frente e para trás quando fico sem falar nada.

— Sim, claro. Desculpa, eu estava viajando. — Tento espantar o sentimento dando risada.

— Na semana que vem, talvez?

— Não tem pressa, baby.

— Ok, mas eu realmente quero conhecê-los. A sua sobrinha parece ótima.

Adoro saber que enquanto a mídia passa a imagem de que Eli é um homem cruel, ele é na verdade alguém com um coração lindo. O fato de ele ser tão apegado à sobrinha dele é a prova. Fico imaginando o quanto ela manda no universo dele.

Eli joga o braço por cima do meu ombro, encaixando-me na curva do braço dele, e continuamos a andar. Eu estive por perto de caras altos e fortes durante toda a minha carreira, mas nunca me senti segura. Sempre me garanti e tenho orgulho disso. Com Eli, quase posso relaxar. Não estou procurando pelo próximo homem malvado, só estou feliz de estar nesse momento com ele.

— Esse lugar é muito tranquilo — comenta.

— Que bom que me trouxe aqui. Stephanie teria adorado.

Ele sorri para mim, beija a minha testa e acaricia o meu braço.

— Você praticamente não falou dela desde o hospital.

— Machuca muito pensar nela — eu reconheço.

— Falar talvez ajude.

Não acho que alguma coisa possa ajudar, mas sei que nunca vou querer me esquecer dela. Se é assim que posso manter sua memória viva, então vou suportar a dor. A minha irmã adorava quando falávamos das coisas engraçadas que os meus pais faziam. Ela dizia que sussurrar os nomes dos dois ao vento trazia os espíritos deles de volta à vida.

Eu encosto em Eli, precisando de apoio.

— Stephanie queria ser ginasta profissional quando éramos crianças. Uma vez ela estava no meu quarto treinando salto mortal na cama. — Eu sorrio, quando me lembro de como foi desastroso. — Ela caiu fora da cama e o cóccix dela bateu na parede, deixando uma marca enorme da bunda dela.

Ele dá risada e tento conter a minha.

— A minha mãe ficou louca quando viu que tentamos esconder a marca com os travesseiros.

— Com os travesseiros?

— É, como se pudéssemos esconder a bunda gigante na parede sem que ela nunca soubesse.

Eli balança a cabeça e abre um sorriso. Essa era uma das histórias que a Stephanie adorava contar. Acabei de castigo porque ela mentiu dizendo que tinha sido eu. Como era o meu quarto e a minha cama, a minha mãe não acreditou em mim quando eu disse que tinha sido a Steph.

Ela estava sempre fazendo esse tipo de coisa, pegando as minhas roupas, as fitas cassete que eu gravava e qualquer brinquedo que eu gostava. Daria qualquer coisa que ela quisesse para ter aquilo de volta.

— Pronta para voltar? — pergunta. — Precisamos ver o diretor.

Isso vai ser impossível. Juntar as coisas dela e jogar fora qualquer objeto que a gente não queira... Não sei como vou fazer isso.

— Eu acho que... — começo a falar, mas uma mulher berra, interrompendo-me.

— Ai, meu Deus! Ai, meu Deus. Ai, meu Deus! — Uma mulher que estava correndo para e começa a berrar. Ela olha para Eli com a boca aberta. — É você! Você é o Eli Walsh! Tipo, eu amo você. Sou a sua maior fã!

— Bom, obrigado. — Ele lança um sorriso e solta o braço.

Essa é a primeira vez que isso acontece conosco. Fico olhando enquanto a mulher começa a falar sem parar sobre como ele é incrível e gostoso pessoalmente. Sinto um nó no meu estômago. Sei que ele é gostoso e entendo que é famoso, mas quando estamos juntos é muito fácil esquecer.

— Você não faz ideia, eu sempre adorei você. Sei que você é daqui e sempre ficava na expectativa de acabar te encontrando! E agora você está aqui! — berra, e eu me esforço para não me encolher.

Eli joga a mão para trás, entrelaçando os dedos nos meus.

— Foi ótimo te conhecer, mas preciso ir nessa — explica, com suavidade.

— Você pode tirar uma foto nossa? — ela pede para mim.

A última coisa que eu quero ser é uma fotógrafa, mas tenho que me lembrar de que isso é parte de quem ele é. Para mim, ele é o Ellington, o homem que assistiu comédias horríveis comigo nos últimos dois dias. Ele escolheu cada uma cuidadosamente para ter certeza de que nada traria a minha tristeza à tona. Queria ter certeza de que eu comia, dormia e continuava com tudo funcionando. Ele é o homem que me manteve em pé quando o meu coração estava estraçalhado. Não o divido com essas mulheres, mas Eli é um superstar. Ele não pertence só a mim.

— Ah, claro. — Pego o celular e ele lança para mim um olhar pedindo desculpa.

A mulher baba um pouco mais, coloca a mão no braço dele e não olha mais para mim. Eu tiro a foto e fico vendo-a abraçá-lo de novo. Finalmente ela se afasta correndo, olhando para trás na direção dele mais algumas vezes. Qual é o problema dessas pessoas? Sei que fiz isso com Eli, mas estava bêbada e num show onde eu nunca imaginei que ele me ouviria. Se estivesse sóbria e numa situação normal, iria acenar ou sorrir, mas dizer que o amo? Não. Isso é ridículo.

*Eu o amo.* Ela nem o conhece.

Ele vem na minha direção e não consigo controlar o que estou sentindo.

— Ei — ele diz, colocando o polegar debaixo do meu queixo. — Me desculpe.

— Você não tem que se desculpar. — A vida dele é cheia desse tipo de coisa, ele não tem que se desculpar por isso.

— Eu te trouxe aqui porque queria que tomássemos um pouco de ar, acabei me esquecendo que esse tipo de coisa podia acontecer.

— E como é que dá para esquecer?

O arrependimento é nítido no seu rosto. Ele coloca a mão atrás do pescoço e aperta enquanto volta o olhar para mim.

— Quando estamos juntos é como se eu não fosse aquele cara. Você me faz esquecer toda a merda que vem junto com esse lance de ser cantor e ator. Eu me sinto… normal.

— Eu fui pega de surpresa, é só isso. Tenho certeza que, se isso tivesse acontecido uma semana atrás, não estaria agindo que nem uma louca.

— Você não está agindo que nem uma louca, baby. Nem um pouco.

Não confio em nenhum dos meus pensamentos nesse momento. É um pouco de ciúme, misturado com muita tristeza. Não é exatamente o coquetel para que se tome decisões sensatas. Mas estou sem dúvida arquivando esse ocorrido no meu banco de memória para repensar mais tarde. Preciso aceitar que eu amo alguém que tenho que dividir. Não tenho certeza se sei como fazer isso.

# Capítulo 21

## HEATHER

Hoje foi o velório.

Foi o último evento formal da vida da minha irmã. Kristin e Nicole cuidaram das flores e de todos os preparativos. Stephanie sabia exatamente o que ela queria e planejou tudo anos atrás. Ela já tinha pagado a funerária, o local da cerimônia e o caixão, alegando ela sabia que eu ia acabar escolhendo um *design* feio, e que ia estar perturbada demais para me importar com isso. Achei bobeira da parte dela, mas no final ela estava certa.

A minha cabeça está uma confusão só, e muito pior do que eu achei que estaria.

Eu achei que, porque sabíamos que aconteceria, eu estaria em paz. Não tem paz nenhuma nisso.

Quando chegamos no *Breezy Beaches*, outro dia, eu estava sem condições. Assim que Eli estacionou o carro, perdi o chão. Ele entrou, fez tudo que tinha que ser feito e me levou de volta para a casa dele. Forçou-me a tentar relaxar, então ficamos deitados perto da piscina e li um livro.

Bom, eu fingi que li, porque acho que não absorvi nenhuma palavra sequer.

Agora estou de volta na minha casa, sentada na minha cama, pensando em qual deve ser o meu próximo passo.

— Toc, toc. — Kristin coloca a cabeça dela para dentro. — Você está bem?

Depois que o enterro de Stephanie acabou, prometi a mim mesma que tentaria encontrar um jeito de seguir adiante. A minha vida foi a minha irmã por quase vinte anos. De tutora, passei a ser a cuidadora dela. Não me lembro de não a ter como foco, e é esse buraco que mais me dá medo.

O que é que vou fazer se não tenho que me preocupar vinte e quatro horas por dia? Como é que eu vou fazer escolhas que não têm relação com as necessidades dela? Para onde é que eu vou depois do trabalho ou aos sábados? A minha vida era ela. Todas as escolhas eram feitas em torno das suas necessidades. Entendo agora porque a Stephanie pediu para que eu abrisse o meu coração. Sabia que eu ficaria perdida depois que ela partisse.

— A cada dia eu melhoro um pouco.

Kristin sorri.

— Acho que nunca melhoramos, mas aprendemos a aceitar e encontramos um novo estado de normalidade.

— É o que eu espero conseguir fazer. Acho que preciso decidir o que fazer em relação à volta ao trabalho.

— Você tem vários dias de férias, talvez fosse legal tirar um tempo para si mesma. Fazer uma viagem, alguma coisa divertida, para variar.

Nem lembro qual foi a última vez que viajei. Na lua de mel, talvez, mas acabamos escolhendo Florida Keys, porque a Stephanie não era madura o suficiente para eu poder confiar. Nicole ficou de cuidar dela, e elas acabaram dando uma festa na minha casa.

— Talvez. Não sei quando Eli vai ter que ir para Nova York. Na verdade, ele deveria ter ido para lá uma semana atrás, mas não quis me deixar sozinha.

Kristin abre um sorriso e pega a minha mão.

— Eu realmente adoro ver vocês dois juntos.

— Falei para ele que o amo — admito em voz alta pela primeira vez.

— Esse é um grande passo para você.

— Eu sei — suspiro. — Levei um ano para dizer isso ao Matt, e eu nem tinha certeza se realmente o amava, mas ele disse, então respondi o mesmo. Com Eli, não consegui mais segurar. Se não dissesse, eu explodiria. Mas depois não falei mais, nem ele, talvez ele nem tenha sido completamente honesto.

Kristin tenta conter a risada.

— Larga a mão de ser boba. Você acha mesmo que ele não te ama? Pensa, o cara deixou o trabalho de lado, praticamente te colocou para morar na casa dele, cuidou de você, assumiu todas as despesas de hoje.

— O quê? — Eu dou um pulo. — Já estava tudo pago, ele não tinha como fazer isso.

— Tenho certeza de que esse cara consegue fazer tudo que quiser. Ele disse que o dinheiro foi devolvido uns dias atrás.

Como ele conseguiu fazer isso? Nós pegamos o dinheiro da conta do seguro de vida que os meus pais tinham deixado para nós. Stephanie não queria que usássemos todo o dinheiro com os cuidados dela e eu acabasse tendo que juntar dinheiro.

Pego o celular e abro o aplicativo do banco.

— Ai, meu Deus. — As minhas mãos pulam para a boca. — Está tudo aqui.

A minha conta bancária está com dez mil dólares a mais. Ele realmente fez isso.

— Um homem não faz isso por uma mulher que não ama. Dá para ver o jeito que te olha. — Kristin pega a minha mão. — Scott costumava me olhar desse jeito. Não é o que a pessoa diz, Heather, é o jeito como age.

Ela está certa. Desde o início, ele tem me mostrado o que sente. Ele não precisa dizer, as palavras estão em cada gesto dele.

Sou uma boba por ficar preocupada.

— Lamento que ele não consiga ver como você é maravilhosa. — Espero que um dia Scott mude da água para o vinho, ou que ela finalmente veja o valor que tem e caia fora.

— Não se preocupe comigo. — Ela dá um tapinha na minha perna. — Agora me conta, por que você duvida do seu amor?

Conto para Kristin do parque e da mulher que estava correndo. Sobre como me senti invisível e fiquei preocupada, imaginando que quando saíssemos da nossa bolha, o nosso amor não resistiria. Não foi nada que ele tenha feito. Mesmo no show, ele tocou a minha mão como se estivesse dizendo que tinha me notado. É da minha natureza ficar preocupada, e o Eli é uma fonte de problemas que eu não sei lidar.

— Bom, o meu conselho é que converse com ele. Se tem alguém que sabe como lidar com a vida pública, esse alguém é ele.

Mais uma vez Kristin mostra como estou sendo boba.

— Por que é que estou sendo estúpida desse jeito?

— Porque você anda emotiva, querida. Stephanie era como uma irmã para nós, mas ela era quase uma filha para você. Imaginamos que perderemos os pais e as pessoas mais velhas, mas nunca alguém mais novo.

Ela me puxa para os seus braços, fazendo-me lembrar do motivo pelo qual sou uma pessoa mais abençoada do que qualquer palavra poderia explicar. Conheci Kristin numa sala de estudos no meu segundo ano do colégio. Ela tinha quebrado o pé e sentou na minha mesa porque era a que ficava mais perto da porta. Para qualquer um de fora, nós seríamos as amigas mais improváveis. Ela estava na irmandade, eu mal conseguia passar nas matérias. Eu praticava esportes, ela não tinha a menor inclinação atlética. Mas, apesar de tudo, nos demos bem. A nossa amizade foi instantânea e completamente inabalável. Ela me apresentou para Danielle, e eu a apresentei para Nicole. Desde então, o nosso grupo se tornou indestrutível. Eu não poderia ter encontrado pessoas melhores que elas.

— Eu te amo, Kriss.

— Eu te amo. Então, vim aqui porque tenho que te entregar uma coisa. — Kristin parece inquieta. — Cerca de seis meses atrás, Stephanie nos procurou. Ela explicou que podia sentir umas mudanças acontecendo nela, e que ela tinha certeza de que não viveria por mais um ano.

O meu coração começa a bater mais rápido, e eu sinto um aperto no peito.

179

— Por que você não me contou?

— Ela pediu para não contarmos. Nicole, Danni e eu ouvimos o que ela tinha para dizer, e ela explicou que queria que a ajudássemos. Então, nós três temos cartas... — A voz de Kristin falha no momento em que uma lágrima cai. Quero pular nela e encontrar a carta da minha irmã, mas me contenho. Ela limpa a garganta e continua. — Nós três temos cartas para você. Brody também tem uma, eu acredito. Elas acham que sou a mais forte, então eu fiquei com o dia de hoje. É nítido que julgaram mal. — Ela enxuga o rosto antes de deixar escapar uma risada de nervosismo e puxa um envelope da bolsa. — Ela pediu para que você lesse depois da cerimônia.

— Você leu? — A minha voz treme enquanto eu pego a carta da mão dela.

— Não, ela é para você, docinho. Quer que eu fique?

Kristin é uma das minhas melhores amigas, ela me conhece do avesso, mas não são elas que eu quero agora. É realmente impressionante como Eli se tornou tão essencial para mim depois que entreguei o meu coração a ele, e quero estar sentada ao lado dele para ler isso.

— Você vai ficar brava se eu disser que quero que o Eli...?

— Não precisa nem terminar. — Kristin levanta. — Eu jamais ficaria magoada. Vou chamá-lo. — Ela dá um beijo no meu rosto e sai.

Fico olhando para o envelope com o meu nome na frente e um nó imenso surge no meu estômago. Sinto a presença de Eli quando ele entra.

— Kristin me contou antes de eu entrar. — O som da voz dele diminui um pouco o meu medo. — Você quer que eu fique com você?

— Quero.

Ele senta do meu lado e coloco a mão em sua perna. Sinto-me com os pés firmes no chão perto dele. Preciso que ele seja a minha âncora, para que eu não seja carregada à deriva pela dor do que estou prestes a ler.

O meu dedo escorrega sob a cola, separando a aba para revelar um único pedaço de papel dobrado lá dentro. Respiro fundo e abro a folha.

*Minha irmã que acabou virando minha mãe... minha irmã.*

*Se você recebeu essa carta, é porque estou morta. Não chore não. Apesar de ter a sensação de que pedir isso é a mesma coisa que falar para o céu ficar amarelo. Você sempre foi dramática demais, mesmo quando éramos crianças. Você deveria parar com isso. Sabíamos que isso aconteceria, e sei que você não vai entender, mas fico feliz que tenha acabado. Não faço ideia de quanto tempo vai levar* depois de eu ter escrito essa carta, para você estar com ela em mãos, mas saiba que eu estava pronta. Estava pronta para deixar de ser um fardo para você. Estava pronta para deixar de sentir dor. Mais do que qualquer coisa, eu estava pronta para ser livre.

Você não me deixou desabar depois que a mãe e o pai foram tirados de nós. Você foi a rocha. Não deve ter sido fácil ser uma mãe para mim. Principalmente na minha fase gótica, que eu ainda acho que arrasava. Mas não tinha que me preocupar se você estaria lá. No dia em que me deram o diagnóstico, perdi a minha vida e você também. Passamos daquele relacionamento em que odiava você por não ter me deixado ir ao encontro com o Tyler Bradley — que, a propósito, não era um homem ruim só porque fumava — para outro em que a preocupação era com os analgésicos. As nossas noites de sábado não tinham filmes e pipoca; tinham tremores e dormência. Odiei ver você deixar de ser feliz e casada para ser divorciada e depressiva.

Você pode tentar se convencer de que não dava importância, mas ninguém é altruísta a esse ponto. E se você realmente acredita que a minha doença não roubou nada de você, então eu direi para Deus que você tem que ser a próxima santa. Apesar de ter certeza de que ele sabe daquela vez em que você transou com o Vincent na cama da mãe e do pai. Isso mesmo, deu para ouvir os dois perfeitamente... que coisa nojenta.

O meu objetivo com essa carta é garantir que também se liberte. Você não precisa mais se preocupar. Sei que você vai achar que estou sendo estúpida e posso até te ouvir dizendo que não quer se libertar, mas quero isso. Quero que você seja livre. Quero que saia com as suas amigas e que transe com uns caras sem compromisso, porque não posso. Quero que encontre alguém que não seja um perdedor e que não queira que você seja uma esposa do lar e submissa.

*Mais do que qualquer coisa, quero que você saiba disso. Você foi a melhor irmã que alguém poderia ter. Você é a única coisa da qual eu vou sentir saudade depois de partir. Só um comentário: não vá achar que não está nos meus planos te assombrar. Vou ser um fantasma incrível. Acho que vai ser como naquele filme que você me fez assistir em que a Whoopi ensina o homem fantasma a mover os objetos. Então, quando o controle remoto sair voando e você estiver assistindo aquela série policial terrível, pode ter certeza que sou eu te dizendo para encontrar alguma coisa melhor para assistir.*

*Mas chega de enrolar. É sério, eu te amo demais. Obrigada por ter sido a minha irmã e não a minha "mãelévola".*

*Então, para garantir que você viva a sua vida depois que eu partir, existem mais três cartas. Achei que a Kristin era o elo mais fraco no grupo, então ela ficou com a primeira. A próxima você vai receber no dia do seu casamento. Porque você tem que amar outra vez. Tem que ter alguém que cuide de você para variar. Então vá lá procurar o homem para poder ler a próxima carta! Prometo que essa vai ser boa!*

*Sempre vou te amar.*
*Stephanie*

Dobro a carta outra vez com uma mistura de lágrimas e sorriso. É a cara da minha irmã me deixar em suspense para me convencer a fazer a vontade dela.

Olho para Eli, que está me analisando de perto.

— Ela sempre foi fodona, é bom saber que mesmo na morte ela manteve isso nela.

— O que foi que ela disse?

Dou risada, pensando no que ela escreveu sobre o programa dele.

— Ela acha que a sua série é uma droga e não quer que eu assista.

Ele dá risada e me aperta de lado.

— É sério, ela disse que eu preciso procurar interpretações melhores.

# Capítulo 22

## HEATHER

— Você está nervosa? — ele pergunta, enquanto sentamos do lado de fora de outra mansão ridícula em *Sanibel Island*.

— É claro que estou. — Dou risada. — Vou conhecer a sua família!

Já se passaram quatro dias do funeral e, apesar de eu ter adorado esse período só com Eli, estou animada para passar um tempo com outras pessoas. Queria que não fosse o meu primeiro encontro com eles e que não fosse a família do irmão famoso dele. É o aniversário do sobrinho de Eli, Adriel, então sua família convidou os adultos para uma comemoração.

— Eles vão te adorar — ele me garante pela quinta vez e eu sei que não dá mais para adiar. Assim que saímos do carro, uma garotinha voa até nós.

— Titio Eli! — grita, enquanto seus cachos castanhos balançam no vento.

— Daria! — Ele apanha a sobrinha nos braços e a gira no ar. — Quero que você conheça uma pessoa. — Ele vem para perto de mim. — Essa é a Heather, você pode falar "oi" para ela?

— Oi. — Ela sorri de um jeito doce.

— Olá, você é ainda mais linda do que o seu tio tinha falado.

Ela dá uma risadinha e coloca a mão debaixo do queixo.

— O tio Eli sempre fala que eu vou dar muito trabalho.

Daria coloca os bracinhos em volta do pescoço dele e aperta.

— Você já dá trabalho — Eli comenta, antes de colocar a boca no pescoço dela e assoprar fazendo cócegas.

— Seu bobo! — A risada doce dela ressoa no ar.

— Olha só quem está atrasado de novo! — Uma mulher de longos cabelos castanhos, olhos castanho-escuros e um sorriso adorável vem caminhando na nossa direção. Considerando o que ele me contou, suponho que seja Savannah. Mas ela é bem mais baixa do que eu imaginava.

— Olha aqui quem está me amolando, para variar — Eli acrescenta.

Ela revira os olhos para ele e então se dirige a mim.

— Olá, eu sou a Savannah, fico muito feliz que tenha vindo.

— Obrigada por me convidar. É um grande prazer te conhecer — digo, enquanto ela me puxa para os seus braços.

— Aqui todo mundo abraça, querida. E vá se preparando, essa família aqui é pequena, mas só tem louco. — Eu dou risada e Eli resmunga, dizendo que ela é a pior. — Enfim… — Ela não dá atenção a ele. — Eu soube da sua irmã… Sinto muito.

— Obrigada. — Eu me esforço para dar um pequeno sorriso, mas sempre que alguém cita Stephanie é como se eu levasse uma facada no coração.

— Nós quisemos ir ao funeral, mas Eli achou melhor o Randy não ir para Tampa enquanto ele ainda estivesse por lá. A imprensa enlouquece quando os dois irmãos Walsh estão na cidade. É muito mais fácil esconder um só. Espero que entenda.

Eu nem sabia que eles tinham intenção de ir. Ele nunca disse uma palavra a respeito e isso me toca mais do que ela poderia imaginar. Isso também reforça o que a Kristin falou sobre como ele demonstra o que sente. Ele contou para família, e eles julgaram que eu era importante o suficiente a ponto de planejarem participar do funeral da minha irmã.

— Claro. Eu agradeço por terem cogitado a possibilidade. — Olho surpreendida para Eli, e então devolvo a atenção para Savannah.

Eli coloca Daria de lado e abraça os meus ombros.

— Savannah tem essa coisa de família muito forte nela. Ela era inflexível até eu a colocar no lugar dela.

Ela resmunga e os olhos dela quase se fecham em um tom de brincadeira.

— Você bem que gostaria. — É hilário ver a troca dos dois.

— Você não me assusta, Vannah.

— Não deixe ele te enganar — ela sussurra, de um jeito conspiratório. — Ele sabe muito bem quem manda aqui e não é nenhum dos irmãos Walsh.

— Bom saber. — Eu rio e dou um soquinho no braço dele.

— Está todo mundo lá no fundo — Savannah explica e nos leva pela casa.

Eli segura a minha mão enquanto eu, mais uma vez, fico perdida em meio à riqueza que ele e sua família têm. Essa casa é um pouco menor que a dele, mas traz uma sensação de lar. Têm brinquedos, cores quentes nas paredes e é nítido que uma família vive aqui. Mesmo com o tamanho que tem, ela é aconchegante.

Saímos para os fundos e Randy larga a cerveja e vem até nós.

— Heather, que bom que conseguiu vir!

— Obrigada por me convidar.

Randy empurra Eli para o lado e me abraça forte.

— Obrigado. — Olho para ele e fico sem entender o que é que ele está agradecendo, até que olha para o irmão.

Sinto o meu rosto queimar e balanço sutilmente a cabeça.

— Está certo, cuzão, agora para de deixar a minha namorada envergonhada.

Não vou mentir, o fato de ele ter se referido a mim como sua namorada me deixou bem animada. Eli me puxa para longe de Randy, que ri do gesto possessivo dele. Sou apresentada para o seu sobrinho, que me faz lembrar o filho da Danni, todo cheio de si. Ele dá um murro no tio e levanta o queixo para mim.

Eli então coloca a mão nas minhas costas e me leva até aquela que eu acho que é a sua mãe. Ela tem o cabelo castanho-claro, olhos verdes iguais aos dele e o sorriso mais doce de todos. Ela é exatamente como eu imaginava. Tem as mãos delicadas e está com elas cruzadas sobre a mesa.

Quando ela vê Eli chegar, o rosto se ilumina completamente.

— Mãe. — O sorriso dele fica enorme quando a cumprimenta.

Ela levanta e pega o rosto dele com as duas mãos.

— Eli! Meu anjo! — A mãe dele beija as duas bochechas antes de soltar seu rosto.

— Você tem comido direito? Está muito magro. Não gosto de te ver magro assim.

— Estou bem, mãezinha.

Pela primeira vez, ele parece meio envergonhado. Nunca imaginei que veria isso.

— Ele está pele e osso — ela fala para a senhora que está sentada ao lado. Quando olha de novo para ele, parece me notar. Bate as mãos uma na outra e então coloca uma delas no peito de Eli. — É ela?

— Mãe, essa é a Heather, minha namorada. Heather, essa é a minha mãe, Claudia.

Segunda vez, mas quem é que está contando?

— Ela é tão linda. — Está falando com Eli, mas olha para mim.

— Estou muito feliz em conhecê-la.

A mãe dele se aproxima e pega as minhas mãos.

— Esperei muito tempo pelo dia em que o Ellington ia me apresentar uma namorada e aqui está você.

Não sei bem o que isso significa, ele só comentou que não chegou a namorar de verdade desde a ex dele. Será que elas se conheceram? Imagino que todos a conheciam, levando em conta que os dois chegaram muito perto de um casamento.

Olho para Eli e ele revira os olhos.

— Não comece, mãe — avisa.

— Ah, fica quietinho aí. Você não namora, não liga para a sua mãe. Tenho que ler sobre as suas palhaçadas naquelas revistas. O meu Eli é importante demais para encontrar uma boa mulher. Tem que deixar a mãe

185

dele preocupada imaginando que ele vai acabar ficando sozinho sem alguém que tome conta dele.

Fico dando risada enquanto ela dá um sermão nele, que não tenta se defender, só fica abraçado de lado com ela.

— Você me ama.

Ela dá um tapa no estômago dele e ri.

— Venha se sentar, Heather. Essa é a minha irmã, Martha.

Sento ao lado dela e Eli se curva para beijar o meu rosto e me desejar sorte. Fico vendo o sorriso cruel dele enquanto ele sai andando. Cuzão. Deu-me de comida para os leões.

A mãe dele é absolutamente perfeita. Ela me faz um milhão de perguntas sobre o meu emprego, a minha família e os olhos dela se enchem de compaixão quando conto sobre Stephanie. Ela é uma pessoa que transborda simpatia e é reconfortante ficar perto dela. Claudia me conta um pouco sobre Eli antes da fama e não consigo imaginá-lo daquele jeito. Conta como ele era magricela e que o Randy era o melhor e único amigo dele, o que não parece ter mudado na vida adulta.

Ele não fala de nenhum amigo, e agora eu imagino que deve ser difícil confiar em alguém. Quando se é tão bem sucedido quanto ele, deve ser quase impossível saber quem quer ter uma amizade por conta de algum interesse e quem realmente se importa. É mais fácil dar as costas para todo mundo e não ter que se preocupar com isso.

— Está sobrevivendo? — Savannah pergunta, entregando-me uma cerveja antes de sentar.

— Até agora está sendo um dia maravilhoso.

— Fico feliz. Preciso te falar, ficamos em choque quando Eli disse que traria você para a festa.

Não sei se eu deveria ficar chateada ou aliviada em saber que ele não traz qualquer uma. Dou um gole, tentando mascarar as minhas emoções.

— Acho que também fiquei.

— Não me entenda mal. — Ela me dá um sorriso tranquilizador. — A gente meio que superprotege o Eli e ninguém aqui era muito fã das escolhas passadas dele. Levando em consideração tudo que ele contou para nós, você é totalmente diferente. Ficamos realmente muito felizes em saber que ele ia finalmente levantar a porra da bunda e te trazer aqui.

— Vannah! — Claudia chama a atenção dela.

— Ah, a senhora também ficou feliz, mãe. Ele ficou superestranho depois daquela cadela.

Quase engasgo com a cerveja. Acho que amo essa mulher.

— Imagino que você não goste muito da ex dele.

Ela dá uma gargalhada.

— Não. Eu a odiei desde o primeiro instante que coloquei os olhos nela. Sabe como é, tenho certeza, uma mulher consegue sacar qual que é a da outra com muita facilidade.

— Sem dúvida — concordo com ela. Acho que essa é uma das vantagens que fazem de mim uma boa policial. Sei medir muito bem se alguém está fazendo merda ou se cometeu um erro.

— Os homens são burros e só se importam com uma coisa.

Claudia interrompe.

— Os meus meninos não. Eles foram muito bem criados.

Savannah olha para mim com o canto do olho e abre um sorriso.

— Sim, Randall e Ellington jamais dariam importância para isso.

Se ela soubesse que Eli e eu transamos vinte minutos depois de nos conhecermos...

Falando no diabo, eles aparecem. Eli e Randy vêm até nós com um prato de hambúrguer e cachorro-quente.

— Não vá espantá-la com a sua ruindade. — Eli aponta para a cunhada. — Estou de olho em você.

Eu me aproximo um centímetro mais de Savannah.

— Não seja cruel com a minha nora.

— Ótimo — Eli resmunga. — Agora eu é que me ferrei de vez.

Todo mundo dá risada e depois começamos a comer. A dinâmica da família é divertida e adorável. Ficam todos juntos fazendo graça e a conversa flui sem esforço. Randy idolatra a esposa e está sempre fazendo algum gesto romântico. É nítido com quem o irmão aprendeu como se deve tratar uma mulher.

É como se eu estivesse vendo Eli comigo. Ele traz bebida antes mesmo de ela pedir, ou pega na mão dela sem nenhum motivo. Mais uma vez, um irmão Walsh me surpreende. As pessoas pintam Randy como se ele fosse qualquer coisa menos um homem de família, mas é exatamente isso que ele é.

Depois que o sol se põe, Savannah e eu entramos para dar uma limpada nas coisas.

— Sabe que quando o relacionamento de vocês se tornar público as coisas não vão ser fáceis, né? — Savannah fala, enquanto lavamos a louça.

— Não sei se eu entendi o que você quer dizer.

Ela apoia o quadril no balcão, direcionando toda a atenção dela para mim.

— Quero dizer que as mulheres são umas loucas e o Eli tem sido essa pessoa mais acessível na mente de algumas delas. Você não é uma atriz nem uma estrela de cinema, elas vão se identificar com você, e terá que ser meio casca grossa se quiser levar a sério esse relacionamento com ele. — Ela suspira. — Não vim para te assustar, mas quero que esteja preparada. Eli realmente se importa com você, acredite, nunca o vi desse jeito. Ele pode não entender desse lado dos relacionamentos com pessoas famosas, mas eu entendo. Já me chamaram de coisas horríveis, já mexeram em foto minha no Photoshop para me deixar gorda e já ouvi histórias e mais histórias sobre o Randy me traindo.

— Você acha que não vou conseguir lidar com isso? — Eu já me fiz essa mesma pergunta. A mulher no parque volta na minha mente e eu me lembro de como me senti desconfortável quando ela começou a se encostar nele. E nem é disso que a Savannah está falando.

— Não tenho dúvidas de que vai, se realmente quiser. Tenho certeza que tem muita gente que diz coisas terríveis sobre você ser uma policial, estou errada?

Dou risada.

— Você não faz ideia.

— Então, multiplique isso por mil. No começo vai ser ruim, mas depois vai dar uma acalmada. Esteja preparada, fique alerta e, é sério, não dê ouvidos a nada do que dizem. É verdadeiramente nojento o modo com o qual a mídia nos retrata, o prazer doentio que as pessoas têm em assistir alguém famoso se metendo em encrenca. Eles vão fazer de tudo para você e Eli darem errado. Drama é uma coisa que vende, e nesse mundo tudo gira em torno do dinheiro.

Dá para sentir a dor e o nojo em sua voz. Ela vive isso já há muito tempo e deve ter sofrido muito na mão das pessoas.

— Como você consegue lidar com isso tudo?

Ela olha para o marido pela janela e sorri.

— Eu o amo. Bem ou mal, esse homem é tudo para mim. Tolero esse tipo de coisa porque música é o que ele é. — Ela olha para mim outra vez. — É a mesma coisa com Eli. Então, tentem ser discretos e fiquem abertos um para o outro. Se você o ama, vai valer a pena.

Não há a menor sombra de dúvida de que o amo. Só de pensar em me separar de Eli já me dá vontade de chorar. Poderia ter sido mais fácil me apaixonar por qualquer outra pessoa, mas nada na minha vida é fácil. Tive que enterrar os meus pais e a minha irmã, enfrentar um divórcio e passar por situações em que o aperto era tão grande que eu nem sabia se teria dinheiro para comer, então lidar com gente me odiando vai ser fichinha. Nada jamais vai se comparar à dor de ter perdido a minha irmã. Se as pessoas quiserem me odiar porque o amo, então que seja.

Por ele, vale a pena assumir o risco, vale a pena enfrentar isso tudo.

Horas se passam e a mãe dele leva as crianças para cima para que tomem banho. Eli, Savannah, Randy e eu estamos jogando Rummy há cerca de uma hora. Estou arrebentando.

— Bom — Randy joga a carta dele quando ganho outra rodada —, nesse contexto, a Heather é nitidamente uma trapaceira.

— Jamais! — Finjo estar ofendida.

— Mentirosa. — Ele ri e vira para o irmão. — Eli, confere aí se ela não está com nenhuma carta escondida.

— Você está trapaceando, Heather?

Fico de queixo caído.

— Eu jamais faria isso. Sou uma pessoa a serviço da lei.

— Savannah e eu vínhamos trocando carta por debaixo da mesa.

Ele firma um olhar desconfiado para mim, mas não me questiona. Então ele olha pra Savannah e grita:

— Eu sabia! Suas duas trapaceiras de meia-tigela!

Savannah cai na gargalhada e eu acabo fazendo o mesmo.

— Vocês dois são tão cegos.

— Inacreditável, Ran, fomos enganados pelas nossas próprias mulheres.

Randy ri para a esposa e dá um beijo nela.

— Ela passa a perna em mim desde que éramos criança.

— Mamãe! — Daria vem correndo de pijama e com o cabelo ainda pingando do banho. — Conta uma história para mim?

Savannah ergue a filha e dá um sorriso como quem pede desculpa.

— Já está na hora, Randall.

— Nós vamos nessa.

— Você já é de casa, vai ser bem-vinda a hora que quiser aparecer — Savannah fala, enquanto me puxa para um abraço. — Ele não precisa estar presente, nem gostamos muito dele mesmo.

Eli resmunga e nos despedimos.

Hoje foi um dia que nunca esquecerei. Uma família inteira me recebeu de braços abertos sem saber nada sobre mim. Eu estava preocupada que a família de Eli me faria lembrar de que estou sozinha no mundo, mas, ao invés disso, eles me mostraram o oposto. E, mais uma vez, Eli me presenteou com uma coisa que não precisei pedir.

# Capítulo 23

## HEATHER

— Eu não me importo, porra, me despeça então! — Eli grita no telefone. — Filme o que dá sem mim. Não vou sair de Tampa enquanto não estiver bem e preparado. — O telefone cai no chão, e ele dá um murro na própria mão. — Caralho!

Corro até ele, que fica pressionando a palma da mão com o polegar.

— Você está bem?— pergunto, enquanto pego o telefone. Ele se encolhe de dor, chacoalhando a cabeça. — Eli?

— Sim, só me dá um minuto para eu terminar a ligação. — Pega o telefone e vai para o outro cômodo. Nunca o vi bravo desse jeito, ele está furioso. Eu o ouço continuar a briga com a pessoa que está na linha.

Fico sentada na cozinha beliscando uns pedaços de fruta que o chef dele picou e deixou no balcão. Como Eli tinha dito que não estava com pressa de voltar, tirei o resto da semana de folga e mais a próxima. Quero passar o maior tempo possível com ele antes que o nosso relacionamento mude da água para o vinho. Discutimos o fato de que estava violando o contrato, mas ele insistiu que eu não precisava me preocupar com isso.

Parece que a minha intuição estava certa.

Eli volta para a cozinha cerca de quinze minutos depois e joga o telefone na bancada de mármore. Abre a geladeira, resmungando sobre diretores cuzões e egos. Tento não rir, mas ele fica tão fofo quando está irritado que uma risadinha acaba escapando.

Os olhos dele viram para mim, ele bate à porta da geladeira com força e vem na minha direção tão rápido que eu levo um susto. Então aperta os lábios contra os meus e tenho que agarrar seus braços para não cair para trás. A força bruta do beijo me deixa em choque. Essa última semana foi puro carinho. Isso é qualquer coisa menos carinho.

Ele me ergue de onde estou com um braço só e me coloca sentada no balcão. As minhas mãos vão até o seu pescoço e seguram firme agora que estamos na mesma altura. Ele empurra o corpo entre as minhas pernas e eu abraço sua cintura com elas.

Por mais que eu ame o Eli gentil, estava realmente sentindo muita falta do deus do sexo.

— Ellington — digo, quando escapo para respirar.

— Fale de novo — exige. Ele chupa o meu pescoço e me agarro no cabelo dele. — Fale o meu nome, Heather.

— Eli — sussurro, enquanto ele começa a descer.

— Não, baby, tente de novo.

Agora eu sei o que ele quer. Eli Walsh é o homem que eu tenho que dividir.

Ellington é só meu. Puxo o cabelo dele para trás para que olhe para mim.

— Ellington.

Vejo o fogo ardendo em seus olhos e derreto-me diante dele.

— Esse é quem sou para você, baby. Só para você.

— Me beija — peço a ele.

Eli parece estar com dificuldade para se mover, mas não o deixo se desgrudar de mim. Não sou de vidro. Ele fez questão de garantir que, independentemente de qualquer coisa, eu tivesse aquilo que eu precisava, e agora ele precisa de mim.

Ao invés de deixá-lo decidir, empurro os lábios de volta para os seus. Ele geme, empurrando a minha língua, e aquele é o som mais sexy que já ouvi. Não tem nada que eu ame mais do que levar esse homem ao limite. Ter influência sobre ele é de tirar o fôlego.

Ele para de repente, dando dois passos largos para trás e deixando nós dois com a respiração ofegante.

— Por que você parou? — pergunto.

— Caralho! — Ele urra, olhando para o teto.

Dou um pulo para trás.

— O que aconteceu? Você está bem?

Seus olhos se fecham e ele respira fundo algumas vezes seguidas.

— Estou bem, só estou puto e não deveria ter descontado isso em você.

Coloco a mão no rosto dele e sorrio.

— Pareceu que eu estava me importando? Se é assim que você costuma lidar com a sua raiva, então vou querer te irritar o tempo todo.

Ele cai na gargalhada e balança a cabeça.

— Eu te amo — fala, sem hesitar.

Nós nunca mais tínhamos dito isso desde aquela noite. Também não precisei que ele falasse, mas o sorriso no meu rosto é enorme.

— Também te amo. — As minhas mãos descansam no seu peito. — Eu estava preocupada achando que tinha imaginado aquela noite.

191

— Fiquei muito tempo sem falar isso para alguém. Vou me policiar para dizer com mais frequência.

— Você demonstra todos os dias.

Ele beija o meu nariz e suspira.

— Era a minha empresária. O produtor está furioso exigindo que eu volte para Nova York em vinte e quarto horas ou a equipe jurídica deles vai me procurar.

Eu estava sendo egoísta achando que ele conseguiria manter essa nossa situação. Estávamos vivendo num mundo de sonhos que criamos só para nós dois. Ele tem um contrato assinado. Não posso segurá-lo aqui.

— Estou bem agora. Você não precisa ficar por minha causa.

— Não estou aqui porque acho que você não está bem, Heather. Estou aqui porque não consigo ficar sem você. Não quero ir para Nova York e não poder olhar para os seus olhos castanhos quando eu acordar. Não tem nada lá para mim, e você é tudo que eu preciso.

Sei que ele é ator, mas não há como duvidar da sinceridade dessas suas últimas palavras. Saber que ele não quer ir embora porque quer ficar comigo me deixa ainda mais apaixonada. Mas se ele perder o emprego e tiver uma briga judicial séria como essa por minha causa, vai haver, muito provavelmente, um rompimento na nossa relação.

— Você me disse várias vezes que não iria a lugar algum, o mesmo vale para mim. Estarei exatamente aqui quando voltar. Temos que confiar que o que construímos é forte o suficiente para resistir a alguns meses longe um do outro.

Ele começa a andar para lá e para cá, e o clima é de tensão.

— Eu sei disso, mas eles estão sendo ridículos pra porra.

Não tem nada que eu gostaria mais do que continuar com ele aqui, mas não é certo. Vou até ele, enroscando nossos dedos. Ele precisa ir, e tenho que aceitar isso. Por mais que ele diga que não está aqui porque está preocupado comigo, sei que, em partes, é esse o motivo. Talvez ele não esteja preocupado que eu vá ficar catatônica de novo, mas ainda está preocupado de certa maneira. Tenho que tranquilizá-lo e fazer com que volte para o trabalho.

— Eli, você tem que voltar para o seu trabalho. Você não deu para eles nenhum prazo, então eles vão ficar te ameaçando. Ia acontecer a mesma coisa no meu departamento. Não quero que vá embora, mas nós dois sabemos que é isso que tem que fazer. Vou voltar para o trabalho em uma semana, de qualquer maneira. Por mais incrível que seja o mundinho que criamos, a verdade é que não podemos ficar nele para sempre. — Odeio essas palavras por serem a mais pura verdade. O tempo que passamos juntos foi perfeito. Foi exatamente o que precisávamos, mas agora temos outras coisas que precisamos encarar. — Amo você e parte de amar um ao outro é confiar que lidaremos com isso. Você adora atuar, eu adoro o meu emprego e temos que construir a nossa vida de uma maneira que haja equilíbrio.

Eli não responde. Ele pega o telefone, digita um número e espera.

— Vou para Nova York em uma semana. Se eles quiserem me processar, não estou nem aí. Eu chego na segunda pronto para trabalhar. E pode deixar bem claro que agora eu tenho outras prioridades, e que todo final de semana eu virei para Tampa.

O telefone vem deslizando pelo balcão e sorrio. Ele virá para cá todo final de semana. Sem dizer uma única palavra, ele pega minha mão e me leva para cima. Quando entramos no quarto, ele me empurra para a cama e sobe em cima de mim.

— Tenho sete dias com você. — Seus olhos verdes mostram todo o tesão que está sentindo. — Vamos ver quantas vezes eu consigo fazer você gritar o meu nome.

Eli continua a me surpreender toda vez que estamos juntos. Nunca tive o tipo de prazer que ele me dá. Ele fica todo orgulhoso de me ouvir gritar o nome dele várias vezes. Mas também não estou reclamando.

Satisfeito, ele logo cai no sono e fico deitada ao seu lado, vendo-o dormir. Quero fazer alguma coisa especial para ele. Quando fala da própria vida, é quase surreal. As pessoas estão sempre fazendo coisas para ele, mas não porque se importam. Elas fazem porque é o trabalho delas. Ninguém nunca pensa nele realmente.

Graças à minha pesquisa na Wikipedia, sei que o seu aniversário é em duas semanas. Como eu já estarei trabalhando, e ele também, quero comemorar mais cedo. Então, deixo um recado no travesseiro dizendo que volto depois de resolver umas coisas, e dou uma saída.

A minha primeira ligação é para Savannah. Pergunto se eles gostariam de vir até a casa para uma festa em dois dias. Ela diz que sim, é claro, e então me passa uma lista das coisas favoritas dele e se oferece para chamar o resto do pessoal.

Depois de pegar a lista, vou até o mercado. O bolo favorito de Eli é torta alemã, que não é a coisa mais fácil de fazer, mesmo para quem sabe o que está fazendo. Não sou essa pessoa. Adoro comer bolo, mas não sei cozinhar. Mas quero fazer tudo com as minhas próprias mãos. Não tenho condições de dar coisas caras a ele. Eu não sou rica nem tenho ninguém para ligar e pedir que faça as coisas para mim, tudo que posso dar para ele é o meu coração e o meu tempo.

O meu celular avisa que tem mensagem.

> MELHOR SEXO DA MINHA VIDA:
> Ei, baby. Onde você está?

Ele é ridículo. Não acredito que mudou o nome no meu celular de novo.

> Cheio de si, não é?

MELHOR SEXO DA MINHA VIDA:
Não faço ideia do que você está falando.

> Ah, não? O nome no meu telefone prova
> que você continua com a brincadeira.

MELHOR SEXO DA MINHA VIDA:
Bom, até agora tem sido verdade.

Eu dou risada. São essas coisas, essas pequenas coisas que fazem dele uma pessoa tão cativante para mim.

> Eu não tenho tanta certeza. Já tive melhores.

MELHOR SEXO DA MINHA VIDA:
O caralho que teve.

> Se você prefere pensar assim...

MELHOR SEXO DA MINHA VIDA:
Vou te mostrar quando você voltar. Pode ir se alongando aí, porque vai ser uma malhação e tanto. O que me leva de volta à primeira pergunta: onde é que você está?

Sorrio, imaginando a expressão no rosto dele, o olhar perdido e a posição da mandíbula. Sei que a ameaça não é vazia e que vai se sair muito bem.

> Estou na rua. Daqui a pouco eu volto. Te amo.

MELHOR SEXO DA MINHA VIDA:
Te amo. Te vejo daqui a pouco... nua.

Dou risada.

Termino de pegar os ingredientes e paro na minha casa para descarregá-los. Não quero que ele saiba. Não que a ideia inicial fosse fazer uma surpresa, mas se der certo, vai ser legal. Eli e eu planejamos não fazer nada, a não ser ficarmos juntos durante essa semana, mas posso ser criativa.

Volto para a casa "mansão" dele empolgada com os meus planos. Liguei para as meninas, convidando-as para a festa. Elas adoram Eli, principalmente depois de verem-no comigo nessas últimas semanas, então acho que elas deveriam participar dessa comemoração.

— Cheguei, amor — aviso, quando entro na casa.
— Estou na cozinha — responde Eli.

Vou até os fundos e encontro-o indo na direção da geladeira.

— Você demorou um pouco, está tudo bem? — pergunta Eli.
— Está, eu tinha umas coisas para fazer, e dei uma passada em casa para pegar umas roupas.

Ficamos aqui mais do que na minha casa e eu estava ficando sem roupa, apesar de passarmos a maior parte do tempo ou na piscina ou na cama.

Eli volta para o balcão e encolhe o corpo.

— Você está bem?
— Estou — resmunga. — Aconteceu alguma coisa com meu pé quando fui sair da cama.
— Você está realmente ficando velho — digo, em tom de brincadeira.
— Está caindo aos pedaços, vovozinho.

Ele inclina a cabeça para o lado e dá risada.

— Continua, amor. Você não está muito atrás de mim.
— Não estou velha! Consigo te dar uma surra todo dia da semana e duas vezes no domingo.

Eli pega o sanduíche e dá uma mordida enorme.

— Me provoca — fala, com a boca cheia.

Acho que ele esquece que sou policial. Já imobilizei caras enormes em brigas de bar, já derrubei no chão rebeldes tentando fugir e já combati presidiários que acham que podem enfrentar o mundo. O meu treinamento é muito amplo e trabalhei duro para conhecer a minha força.

Além disso, a maior parte dos homens não quer machucar uma mulher. Está no DNA deles. É claro que eu tiro vantagem disso. Também está na genética deles fazer as pazes para não levar uma surra de uma mulher. Preciso me lembrar disso.

— Então — digo, largando o corpo na cadeira do bar. — O que você quer fazer hoje?
— Estava pensando de sairmos e fazer alguma coisa romântica... um programa de verdade. Em que você se arruma toda, eu te levo para jantar, te encho de vinho e então fazemos um meia nove...
— Ok! — eu o corto. — Romântico.

Ele ergue os ombros.

— Foi o que imaginei.
— As pessoas nos verão.

— Ótimo.

— Elas saberão que você está namorando.

Eli coloca o sanduíche no prato e se apoia no balcão.

— Ótimo.

— Não conseguiremos esconder.

Ele vem até mim, ainda analisando as minhas reações.

— Não é a minha vida que vai deixar de ficar escondida, Heather. Eu estou pronto para mostrar a qualquer mulher que não estou interessado em mais ninguém, a questão é… você está?

A minha mente traz à tona a conversa que tive com a cunhada dele. Sei que assim que sairmos de trás da nossa cortina, tudo aquilo vai acontecer, mas fui sincera no que disse a ele. Não vou a lugar nenhum. A vida dele e a minha estão se entrelaçando, e não quero nem saber o que poderia acontecer comigo se os nossos laços fossem cortados.

— As pessoas estão olhando para mim — sussurro, enquanto Eli olha o menu.

— Pois é. — Ele abre um sorriso. — É meio difícil não te notar.

Inclino a cabeça e suspiro.

— Pare de ser charmoso.

— Não consigo evitar. Você traz à tona o meu lado romântico. — Eli ergue os ombros e volta para o menu.

Tento controlar a minha inquietação, mas é difícil, porque dá para sentir os olhos das pessoas em mim. Pelo menos, quando estávamos no parque, eu era invisível para aquela mulher. Aqui, é totalmente o oposto.

Endireito as costas e o acompanho. Eu consigo fazer isso. As pessoas olham para mim quando estou de uniforme, isso não é diferente.

A garçonete anota nossos pedidos de bebidas, gastando um tempo extra para anotar a água do Eli. Juro.

— Você está linda — ele fala, pegando a minha mão.

Olho para o meu vestido azul marinho assimétrico e volto para ele. Levei um bom tempo para me arrumar, para ter certeza de que eu pareceria alguém à altura dele. O meu cabelo está enrolado e penteado de lado, mostrando o meu pescoço. O salto agulha que roubei da Nicole seis meses atrás está me matando, mas estou com eles. E, mesmo com a maquiagem extra, que me faz sentir menos eu mesma, estou em pânico.

— Estou me sentindo nua na frente de uma multidão. — Mais uma vez olho em volta para todas aquelas pessoas e algumas delas estão cochichando e me encarando.

Eli abre um sorriso malicioso.

— Para mim também não teria problema nenhum.

Olho para ele.

— Engraçadinho.

— Relaxa, Heather. — Eli aperta a minha mão. — As pessoas olham, falam, mas nada mais importa nesse momento além de nós dois.

Ele tem razão. Nós saímos para curtir um programa romântico e nos amarmos. Isso é parte do que ele é, o que significa que vai ser parte de mim também. Tenho que me acostumar com isso.

— Está certo, desculpa.

— Não precisa pedir desculpa, é só ajustarmos as coisas, tenho certeza. Você vai acabar se acostumando.

Não vejo a hora.

A garçonete volta e olha para mim com uma cara feia.

— Vinho. — Ela coloca a taça na minha frente enquanto olha para Eli. Começo a abrir a boca para dizer que ela trouxe o vinho errado, mas ela dá as costas para mim. — E para você, Sr. Walsh, nós selecionamos o nosso Cabernet top de linha. Cortesia da casa.

— Obrigado — diz educadamente, e depois olha para mim. — Mas a minha namorada pediu um Pinot Grigio e você trouxe vinho tinto. Por que, antes de qualquer outra coisa, você não traz a bebida certa dela, já que eu só pedi água?

— Ah, mil perdões. — Ela pega a taça e sai imediatamente.

— Acho que ela vai chorar — eu me defendo, dando risada. Ver a expressão dela foi algo inestimável. Está na cara que ela é fã ou, no mínimo, o acha gostoso, e ele simplesmente a colocou para correr.

Eli ergue os ombros.

— Se ela não tivesse te ignorado, talvez eu não precisasse ter sido um escroto.

Nunca tive ninguém que me amasse desse jeito. Pensando agora, acho que Matt nunca me defendeu. Sempre senti como se tivesse que me virar sozinha. Eli olha para mim como se eu fosse especial e estimada. Ele quer me proteger e cuidar de mim.

— É assim em Nova York... quando você sai? — pergunto. Ele dá risada.

— Não, lá é como se eu fosse um homem normal.

— Ah, está bem. — Acho que Eli nunca poderia ser visto como alguém normal. Ele é mais sexy do que qualquer um que eu já conheci, é impossível ignorá-lo.

— Juro. As celebridades lá não são tratadas como se fossem especiais. É por isso que muitos de nós vivem lá em tempo integral. Além disso, sempre tem algum filme ou programa sendo filmado. Essas coisas fazem parte da vida por lá.

A garçonete volta com o vinho certo e um prato de petiscos. Fazemos nosso pedido, e sorrio quando ele faz carinho com o pé na minha panturrilha, enquanto ela ainda está em pé ao nosso lado da mesa. Não me lembro de quando foi a última vez em que troquei carícias por debaixo da mesa.

A refeição chega e comemos com satisfação. Agora entendo o que ele quer dizer com "não notar mais as pessoas ao nosso redor". Tenho certeza de que eles estão olhando, mas não dou atenção. Estou aqui com ele, e é só isso que me importa.

Conversamos sobre a vida dele em Nova York e eu fico ouvindo fascinada. Parece tudo tão excitante. Terminamos a comida e passamos a apreciar nossa garrafa de vinho. Ele me conta sobre o pessoal com quem trabalha e não consigo deixar de bancar a fã, pelo menos um pouco, quando ele cita o Noah Frazier. Depois de Eli, ele é o meu personagem favorito, e ouvir sobre como eles passam um tempo juntos chega a me deixar tonta.

— Noah é tão bonito pessoalmente quanto na televisão? — deixo escapar. Eli quase engasga com o vinho.

— O quê?

— Eu sou fã — respondo, com ar inocente. — Da série, claro.

— Ah, tá. — O sarcasmo em voz me diz claramente que ele não acredita em mim.

— Está com ciúmes? — provoco.

Eli inclina para trás, cruzando os braços sobre o peito largo. Esforço-me ao máximo para segurar uma risada, porque ele fica adorável quando age como um bobo.

— De jeito nenhum.

— Ótimo.

— Você só está perguntando de outro cara durante nosso programa romântico.

Tento conter a risada e logo me recupero.

— Eli Walsh, você não sabe que te acho o homem mais sexy que já vi? Ele se inclina para frente, descansando as mãos na mesa.

— Você acha isso agora?

Chego bem pertinho dele.

— Sim.

— Então me fale o quanto você me acha sexy.

Eu estendo a mão, e ele faz o mesmo. Quando nos tocamos, Eli entrelaça os dedos dele com os meus. Abro a boca para começar a falar sobre os detalhes que me fazem achá-lo sexy quando o celular toca. Ele resmunga quando olha para tela.

— Oi, Sharon. Sim. Não. — Os olhos dele encontram os meus e vejo que ele está preocupado. — Saímos para um jantar... — Eli parece irritado. — Eu não tenho que te avisar antes. — Um silêncio. — Bom, então faz aí o seu trabalho e dá um jeito nisso. E deixe bem claro o que é que isso significa. — Ele desliga e então cobre o rosto com a mão.

Não precisa ser detetive para entender o que está acontecendo. Ela soube que saímos, o que significa que vazou a informação de que Eli Walsh não está mais disponível.

Viver na nossa bolha foi ótimo, mas sabíamos que não duraria para sempre. Sinto-me grata pelo tempo que tivemos juntos. Ganhamos tempo para conhecer um ao outro e se apaixonar. Se tivéssemos pessoas nos perseguindo, talvez nunca tivéssemos passado do primeiro encontro.

— Bom, acho que é oficial agora, né? — Sorrio, na esperança de deixá-lo mais tranquilo.

Ele fica me analisando e, quando encontra o que está procurando, seja lá o que for, sorri.

— É sim, baby. Agora é oficial.

Balanço a cabeça.

— Quem sabe agora a mulherada não para de encostar em você?

Eli ri, sem reservas.

— Eu duvido, mas prometo não gostar.

— E eu prometo não atirar nelas quando fizerem isso.

Acho justo. Ele não gosta, e eu não perco o meu distintivo nem vou para a cadeia... Todo mundo ganha.

— Vai haver fotos amanhã. — Eli fica sério.

— É de se imaginar, essas pessoas passaram a noite inteira nos encarando com o celular na mão.

Os olhos de Eli de repente se enchem de humor.

— Que tal se dermos uma foto legal para esse pessoal postar?

Não sei exatamente o que ele quer dizer, mas só aquele olhar já é suficiente para me fazer embarcar na dele. Ele levanta, dá a volta e coloca uma das mãos no braço da minha cadeira e a outra na mesa.

— Eu vou dar um beijo em você — ele avisa. — E vou dizer para o mundo que você é minha aqui e agora.

Um calor toma conta de mim quando ele coloca a mão no meu rosto. Ele se curva para baixo, aperta os lábios contra os meus e assume publicamente o nosso relacionamento.

# Capítulo 24

## HEATHER

— Heather, onde estão as serpentinas? — Nicole grita da sala.

— Dá uma olhada nas sacolas com as coisas de decoração!

Hoje é a festa surpresa de Eli. Estou espantada de ter conseguido guardar segredo. A mãe dele está em Nova York e não vai conseguir vir, mas Randy e Savannah estarão aqui. Nicole chegou uma hora atrás e já começou a aprontar as coisas.

Falei para Eli que a Nicole precisa de um tempo com a melhor amiga, já que ele vinha me monopolizando, e pedi para que me pegasse às oito.

— Achei! — Ela dá pulinhos com um sorriso. — Só temos uns cinco minutos antes de o pessoal chegar. Do que mais você precisa?

— Acho que está tudo pronto. O bolo está feito, a comida também e está tudo decorado.

— Ótimo. Agora você pode me contar como foi sair em público com o Sr. Calças Sensuais ontem à noite — ela fala, enquanto se joga na minha cama. Eli não estava brincando quando disse que as coisas ficariam loucas.

Trinta minutos depois do telefonema da agente dele, tinha cerca de quinze *paparazzi* do lado de fora do restaurante. Antes de sairmos, ele me disse exatamente o que fazer e prometeu que ia me cobrir o máximo que conseguisse.

Não foi tão divertido assim, mas sobrevivemos. Quando voltamos para a casa de Eli, ele me aconselhou a ligar para os meus amigos e para o departamento de polícia, contando o que está acontecendo. Eu não estava acreditando que ele achava mesmo que eles iam se importar tanto assim, mas ele é o expert em lidar com essas coisas. Ninguém pareceu se importar, exceto o Matt. Aquela foi uma conversa engraçada.

— Tenho certeza de que você já leu sobre a noite passada — digo, com a sobrancelha erguida.

Nicole é maluca por colunas de fofoca, tenho certeza de que ela soube antes de mim que a história tinha vazado.

— Não é a mesma coisa. Mas você tem razão. Me conte, então, como foi com o Barney Fife.

Ela e os nomes que inventa para o Matt.

— Ele foi bem seco comigo. Monossilábico o tempo todo.

— Que bom que ele já está sabendo. Espero que se odeie por ter te deixado.

Eli não ficou muito feliz com a conversa. Sei que ele não tinha como dizer muita coisa, mas eu vi como ficou bravo com o fato de eu ter que contar para o Matt. Essa é a parte chata do meu emprego. Eu queria não precisar ter que lidar com o meu ex-marido, mas não posso negar que gostei de ter que contar a ele.

— Matt fez a escolha dele e tem que conviver com isso — comento, enquanto afasto as minhas últimas peças de roupa. Não ter ficado muito por aqui nas últimas semanas me deixou meio desleixada com a casa.

— Está certo, então vamos terminar. O pessoal já deve estar chegando.

— É isso que você vai vestir? — Nicole pergunta.

— Sim.

— Ah, não — ela adverte, olhando para a minha roupa. — Você precisa escolher outra coisa.

Olho para o *short* e o top que eu estou usando, confusa, sem entender o problema.

— Não tem nada de errado com as minhas roupas.

— Coloca uma droga de uma saia.

— O que eu estou usando está bom.

— Não. — Ela ri. — O que você está usando é sem graça.

Não sei que porra que ela quer.

— E o que é que tem? É para eu colocar um vestido de gala para uma festa com as minhas amigas e o irmão do Eli?

Ela suspira e vai até o meu *closet*.

— Você tem que estar pelo menos um pouco sexy para o Eli. É o aniversário dele! Tenho duas palavras para você: acesso fácil.

A única coisa que nunca vai mudar é que a Nicole está sempre pensando em sexo. Eu estou aqui, preocupando-me em deixar a casa pronta, e ela está preocupada se vou transar. Nicole analisa roupa por roupa no meu *closet*, e algumas peças começam a voar.

— Aqui. — Ela atira em mim uma saia e um top tomara que caia. — Veste isso e arruma essa cara, você tem tipo... dois minutos.

Às vezes, eu amo essa mulher; outras vezes, tenho vontade de matá-la. Esse último caso se encaixa bem nesse instante.

Ao invés de discutir com ela, eu me troco. Não acho que Eli se importa com o que eu uso, mas quero que hoje seja especial. Depois de me vestir,

ESTA *Noite* É NOSSA

201

confiro a maquiagem e chego à conclusão de que Nicole é uma idiota porque está ótimo assim.

Alguns minutos depois, Kristin e Danielle chegam. As duas deixaram os maridos e as crianças em casa. Explico mais uma vez enquanto só estamos nós quatro que Randy vai chegar e que elas precisam controlar as fãs que vivem dentro delas.

— Juro que vou me comportar — Kristin promete. — Acho que, depois de Eli, isso vai ser fácil.

— Não posso prometer nada — Nicole fala, enquanto se joga no sofá.

Olho para ela.

— Juro por Deus, se você fizer alguma coisa estúpida, eu jogo spray de pimenta em você.

Ela arregala os olhos e sei que está se lembrando de quando ela acidentalmente jogou o spray em si própria. A besta achava que aquilo não machucava e foi mostrar como qualquer um podia ser policial. Ela apertou o botão e o spray estava virado para ela. Depois daquilo, ela nunca mais chegou perto dos meus sprays.

— Não tem graça nenhuma. — Ela cruza os braços.

Todo mundo ri da sua cara. Ela odeia perder.

Brody e Rachel chegam alguns minutos depois e fico feliz porque eles realmente vieram. Ele se deu bem com Eli no velório da minha irmã. Eles se entenderam falando dos Rays e das previsões para a temporada. Não tenho palavras para expressar a alegria que senti quando vi que Brody finalmente encontrou alguém, que não seja eu, para falar de *baseball*.

Cinco minutos depois, a campainha toca. Mais uma vez, sinto um pouco de medo. Eu só vi Savannah e Randy uma vez, e foi na mansão deles na praia. Agora eles vão ver a minha casa. Será que vão achar que eu sou interesseira? Onde é que eu estava com a cabeça quando os convidei para virem aqui?

Sinto uma mão no meu ombro e sei que é Nicole. Às vezes, a nossa telepatia é uma benção.

— Vai ficar tudo bem. Ninguém vai te julgar, e se julgarem, famosos ou não, eu dou uma surra neles.

Nego com a cabeça e abro a porta.

— Ei! — Savannah abre os braços. — Fiquei tão feliz que você deu um motivo para nós virmos até aqui. Juro, Adriel está me deixando com o cabelo branco.

— Que bom que vieram. — Nós nos abraçamos.

— Ei, Heather — a voz grave de Randy ressoa, enquanto me puxa para um abraço.

— Savannah, Randy, essas são as minhas amigas Nicole, Kristin e Danielle. Esse é o meu parceiro Brody, e essa é a esposa dele, Rachel.

Todo mundo se cumprimenta apertando as mãos uns dos outros. É nítido que, fora Nicole, está todo mundo nervoso de conhecer Randy. Mas ver Savannah tirando sarro dele o tempo todo acaba mostrando que ele é só um cara. Brody e Randy pegam uma cerveja e vão até a cozinha, deixando as mulheres sozinhas na sala. Estou adorando ver que os meus novos amigos e os velhos estão se misturando com tanta facilidade.

— E aí, que horas o Eli vai chegar? — Savannah pergunta, mexendo e estalando os ombros.

— É para ele estar aqui em dez minutos, mais ou menos. Vou mandar uma mensagem para garantir.

Pego o celular e busco o apelido que ele colocou nele mesmo, mas não tem nenhum Melhor Sexo da Minha Vida nos contatos. Eu deveria imaginar que ele trocaria de novo. Passo os olhos nos contatos desde o início. Claro, ele não colocou o nome verdadeiro dele, ia ser fácil demais, então continuo procurando letra por letra.

Quando chego no que é nitidamente o novo nome que ele escolheu, caio na gargalhada. Ele é uma bagunça, a minha bagunça, mas uma bagunça doida.

Savannah olha para mim com uma mistura de humor e preocupação.

— O que é tão engraçado assim?

— Ele troca o nome dele no contato do meu celular toda vez que eu me esqueço de esconder.

— Ah, e qual foi o nome que o idiota do meu cunhado deu para ele mesmo dessa vez?

— Sr. Múltiplos Orgasmos.

Ela parece que vai ter um treco de tanto rir, e eu chacoalho a cabeça.

> Oi, Sr. Múltiplos Orgasmos... sério? Eu queria ter certeza que você vai me pegar às 20h. Está tudo certo? Mal posso esperar para te ver.

> SR. MÚLTIPLOS ORGASMOS:
> Isso mesmo, eu chego aí lá pelas 20h. Saio em cinco minutos.

O meu sorriso é automático. Mal posso esperar para ver a cara dele.

— Ele vai chegar em mais ou menos vinte minutos! — aviso para todo mundo, e volto para a minha conversa com Savannah. Ela ri dos outros nomes que Eli deu para si mesmo, e então todo mundo se mistura.

Vinte e cinco minutos se passam e nada dele, então mando outra mensagem.

> **Ei, está chegando?**

Outros quinze minutos se passam e ele não responde. Vai ver está preso no trânsito.

Fico conversando com o pessoal, olhando para o relógio e tentando não tirar conclusões precipitadas. Tenho que me lembrar de que nem tudo é uma tragédia esperando para acontecer. Anos sendo programada para esperar o pior, às vezes, é uma maldição.

Agora são oito e meia, ele está definitivamente atrasado e eu estou inegavelmente preocupada.

— Droga, não sei onde ele está — murmuro, enquanto dou uma volta pela sala. Envio outra mensagem.

> **Espero que esteja tudo bem… Por favor, me mande mensagem ou me ligue.**

Brody vem até mim, coloca a mão nas minhas costas e fala, sussurrando:

— Qual o problema, Covey? — Olho para ele, surpresa. — Não me olhe desse jeito — ele fala. — Eu te conheço muito bem. Você está preocupada porque ele está atrasado.

Balanço a cabeça, sutilmente.

— Estou bem. É que ele disse que estaria aqui mais de meia hora atrás e sabemos que não leva isso tudo para chegar aqui. E ele não está respondendo as minhas mensagens.

Fico esperando algum sinal do meu celular.

— Está tudo bem? — Nicole pergunta, quando me vê falando baixo com Brody.

— Ela só está sendo a Heather — Brody explica.

Olho feio para ele, que ergue os ombros.

— Ele sempre me responde em seguida e está quarenta minutos atrasado. Estou achando estranho ele não responder.

— Será que ele pegou no sono? — ela sugere, o que é absurdo.

— Depois de dizer que estava saindo? — eu contra-argumento.

— Você quer que eu cheque na central se tem alguma ocorrência de acidente? — Brody oferece.

Chacoalho a cabeça.

— Não, eu devo estar sendo uma boba. Vou ligar para ele.

Não sei como explicar, mas estou com uma sensação de que tem alguma coisa segurando-o. Houve situações em que dar ouvidos à minha intuição me ajudou a evitar a morte. Não costumo ignorar, mas também não quero ser uma namorada louca.

Saio para ver se o carro dele está aqui, mas como não vejo sinal dele, eu ligo. O telefone dele toca várias vezes antes de cair na caixa de mensagens.

— Ei, baby, estou ligando porque já faz quase uma hora que você disse que estaria aqui e não tive mais notícias suas. Me liga quando puder. Te amo.

Eu desligo e fico andando na varanda. Minha mente corre de um extremo a outro enquanto passo do medo para determinação. Grande parte de mim quer entrar no carro e ir até lá, a outra parte diz que tenho que confiar nele. Ele pode ter ficado preso por mil motivos e ficar entrando em paranoia não vai ser bom para o relacionamento a longa distância em que estamos prestes a embarcar. Preferindo não ser dramática, eu me convenço a entrar e dar um pouco mais de tempo a ele.

Depois de outros sete minutos, aquela sensação persistente se transforma em uma rocha gigante ameaçando me esmagar se eu não entrar no carro e for atrás dele.

Randy vem para fora comigo, e lanço um sorriso falso para ele.

— Você está bem?

— Eli não está nem atendendo ao telefone nem respondendo minhas mensagens, e ele disse que estaria aqui às oito.

Ele olha para o relógio e volta para mim.

— Vou até lá ver o que está rolando.

Eu balanço a cabeça.

— Não, quer dizer, ele não faz ideia de que você está aqui. — Tem alguma coisa no olhar de Randy, mas não consigo sacar o que é.

— Então é melhor você ir lá. Assim não estragamos a festa…

— Ok — eu respondo, prolongando as sílabas.

— Meu irmão não faz ideia da sorte que tem.

Eu sorrio e ergo os ombros.

— Acho que nós dois temos sorte.

Tenho plena consciência da bênção que foi para mim a persistência de Eli. Quando me lembro de todas as vezes que tentei afastá-lo de mim, sinto-me grata pelo fato de ele não gostar de ouvir não. Caso contrário, eu nunca saberia o que é amor de verdade.

Entro em casa e explico que logo mais estarei de volta.

— Vou até lá ver o que está acontecendo. Já passou uma hora e ele continua sem responder.

Entro no meu carro e, durante todo o caminho, fico dizendo para mim mesma que preciso ficar calma, aconteça o que acontecer. Ele nunca me deu motivo para desconfiar, deve estar dormindo.

Quem é que eu estou enganando? Ele não está dormindo. A única coisa que me faz achar que sou uma boa policial é a minha intuição. Isso é uma coisa que a maioria de nós acaba deixando de lado, mas acredito que é um dom não desperdiçar isso. Quantas vezes eu não senti que Matt estava infeliz e preferi me fazer de besta? Perdi a conta. Eu me lembro de quando os sintomas de Stephanie começaram, e de como os médicos disseram para nós que ela não precisava de outros exames, mas exigi que fossem feitos. Eu sabia que tinha alguma coisa a mais e não arredei o pé.

Nesse momento, meus nervos estão gritando para me alertar de que alguma coisa não está certa, e ele não está onde deveria estar.

Paro o carro na casa dele e as luzes ainda estão acesas. Uso a chave que ele me deu e entro.

— Eli? — chamo, mas ninguém responde.

Ouço um barulho vindo da sala de estar, depois da cozinha. Viro-me e vou até lá, mas é só a televisão. Dou uma olhada no deck da piscina antes de conferir o segundo andar. Essa droga de casa tinha que ser menor.

Meu coração começa a acelerar conforme me aproximo do quarto. Não sei onde ele está, mas cada passo que dou parece apertar ainda mais o meu estômago. Fecho os olhos, preparando-me para o que eu possa encontrar e abro a porta.

Ele está encolhido no meio do chão do quarto.

— Eli! — grito, e corro até ele. Seu corpo está coberto de suor, e ele tem um corte na cabeça, de onde está saindo sangue. Ele respira com dificuldade e seus olhos trêmulos se fecham. — Ai, meu Deus. — As minhas mãos tremem enquanto tento virá-lo. — Eli, você está me ouvindo?

Ele se esforça para conseguir respirar e eu não sei dizer se ele está consciente quando sussurra alguma coisa incoerente. Abaixo-me mais para perto dele, tentando ouvir, e juro que ouço a palavra "socorro".

— Fica comigo — digo, enquanto dou tapinhas na lateral de seu rosto.

Digito 190 e meu raciocínio muda na mesma hora para o modo policial. Minha voz treme, mas consigo passar o endereço dele para a pessoa que me atende, além do número do meu distintivo e de um resumo da situação. Sou instruída a mantê-lo acordado, se possível, e esperar por ajuda.

Os paramédicos não devem demorar para chegar, mas cada segundo parece uma eternidade.

Fico sentada no chão com a cabeça dele no meu colo.

— Você consegue abrir os olhos? — pergunto, mas ele não responde. — Você consegue me ouvir, meu amor? Consegue me contar o que aconteceu?

— Heather. — Os olhos de Eli se abrem e ele se esforça para tentar falar. — Eu tenho que… pegar… celular.

— Eu estou aqui, Eli. Não se mexa, só fique comigo — digo, enquanto enxugo uma gota de suor na testa. — A ajuda está chegando.

Ele fica ofegante outra vez e confiro seu pulso várias vezes, olhando para o relógio. O batimento cardíaco dele está em toda parte. Ouço alguém bater na porta lá embaixo, e agora sei como é estar desse lado. O medo de deixá-lo sozinho para abrir a porta, sabendo que tenho que fazer isso, faz o meu coração disparar.

— Eu já volto — falo, mesmo sabendo que ele provavelmente não vai entender.

Desço as escadas correndo mais rápido do que eu imaginava conseguir e abro a porta com pressa. Dois dos meus colegas estão ali em pé, Whitman e Vincenzo.

— Covey? — Whitman pergunta, surpreendido.

— Ele está lá em cima. Onde estão os médicos? — pergunto, sem encontrar a resposta nos olhos deles.

— Eles estão passando pela portaria — Vincenzo responde. — Você está em serviço?

— Por que eles não estão aqui? Ele precisa de ajuda médica!

— Relaxa. — Whitman coloca a mão no meu braço. — Espera, essa é a... é a...

Eu não respondo. Não dou a mínima se está caindo sua ficha de que casa é a que ele está pensando e de que ele está começando a sacar porque motivo eu estou aqui. O homem por quem estou profundamente apaixonada está apagando o tempo todo e ele precisa de ajuda. As minhas pernas começam a tremer e Whitman me segura quando começo a cair. Eu me firmo com a ajuda dele e viro na direção da escadaria. Não preciso esperar pela ajuda, eu sou a ajuda.

— Vocês podem transportá-lo, foda-se a ambulância. Eu não consigo carregá-lo. Não sei o que aconteceu, mas ele precisa de ajuda agora! — solto, com tanta emoção que eles ficam espantados. Não sou sentimental no trabalho. Não choro. Não fico choramingando. Faço o meu trabalho e não me abalo. Sou uma guerreira quando estou de uniforme. Mesmo enfrentando a doença da minha irmã, eu jamais demonstrei fraqueza. Nesse momento, não consigo evitar. — Ele não pode esperar! Eu não posso perdê-lo!

Surgem lágrimas nos meus olhos e não consigo segurar. Sinto-me impotente.

— Heather... — Vincenzo fala, com uma voz calma. Conheço esse tom. Sou mestre nele. — Eles já estão chegando, relaxa.

— Vai com ela — Whitman instrui. — Levo os médicos lá para cima. Eu ligo no rádio quando chegarem, tá?

Sei que ele está certo. Não podemos levar um paciente com um ferimento na cabeça para o hospital numa viatura.

Subimos as escadas correndo e entramos no quarto onde Eli continua indefeso no chão. Eu vou até ele e checo o pulso mais uma vez. As lágrimas continuam a cair enquanto afasto de seu rosto o cabelo castanho-escuro.

— Eles estão aqui. — Ouço Whitman falando pelo rádio.

Os paramédicos entram no quarto e eu vejo quando reconhecem que estão na casa de Eli Walsh. Eles olham para nós dois e, então, olham de volta para ele.

Eles disparam perguntas enquanto tentam juntar informações sobre os ferimentos e sobre o histórico médico dele. Tanta coisa que eu não sei...

— Ele está tomando algum remédio?

— Não sei.

— Tem algum problema de saúde?

— Não sei — admito.

— Alergia?

— Eu... — Balanço a cabeça. — Eu não sei.

— Ele usou algum tipo de droga? Bebeu?

— Não, eu nunca o vi usar nada. E eu não estava aqui, então não faço ideia se bebeu alguma coisa.

Os dois olham um para o outro e fazem mais perguntas que não sei como responder. Depois de três minutos, eu me dou conta de como Eli e eu não sabemos nada um do outro. Ele não faz ideia de que sou alérgica a penicilina, nem de que passei por uma cirurgia quando tinha oito anos de idade por conta de um cisto no ovário. Estamos tão apaixonados e tão alheios.

Ele geme quando é virado em cima da maca e levado para baixo. Pego o celular e as chaves que estavam na mesa da entrada, e eles já estão fechando as portas da ambulância.

Tento trancar a porta com pressa, mas as minhas mãos, cobertas de sangue, estão tremendo tanto que não consigo colocar a chave na fechadura.

Whitman se aproxima e coloca a mão em cima da minha, deixando-a estável para que eu consiga colocar e virar a chave.

— Eu te levo — fala, conduzindo-me até a viatura.

Não respondo nada, estou em choque e minha mente não consegue absorver por completo o que está acontecendo. Sento no banco de trás e aperto as mãos uma na outra.

A única coisa que passa na minha cabeça é que não posso perdê-lo. Não desse jeito. Não assim logo depois da Stephanie. Ainda nem tivemos tempo suficiente. A gente merece mais tempo.

*Por favor, Deus, me dê mais tempo.*

— Randy! — Corro, quando o vejo entrar no hospital. Faz vinte minutos que chegamos. Disseram-me para sentar que logo me trariam alguma informação, mas ninguém me responde nada. Eles insistem em dizer que não sou da família.

— Eles não querem me dizer nada, mas estão cuidando dele.

— Está bem, eu vou descobrir. — Randy vai até o balcão, onde a enfermeira pega uma ficha e segue para algum lugar com ele.

A mão de Savannah toca o meu ombro e me viro para ela com lágrimas correndo pelo rosto.

— Está tudo bem, Heather. Eli é forte.

— Não sei o que aconteceu. Tinha sangue no carpete desde o banheiro até onde o encontrei. Vai ver ele bateu a cabeça e foi parar lá? — Agora que tenho tempo para pensar, estou tentando reconstruir a cena. A minha melhor hipótese é a de que ele caiu. Sei que ele vinha reclamando do pé, será que ele tropeçou? De qualquer maneira, ele bateu a cabeça, e aí ou ele caiu de novo… ou sei lá. Por que será que ele estava pingando de suor? Será que teve que se arrastar do banheiro? Não sei. — Eu não sabia dizer nada aos paramédicos. Não sei o que provocou aquilo ou se ele toma algum tipo de medicamento… Liguei assim que saímos de lá.

Savannah me leva até a cadeira e permanece em silêncio.

— Então, você e Eli ainda não sabem tudo um do outro? — perguntou, depois de alguns minutos.

— Não, acho que não. O lance entre nós foi tão rápido e intenso. Foi como se um tornado tivesse nos jogado um para cima do outro. Além do mais, eu estava enfrentando os problemas da doença da minha irmã e ele tentando ficar ao meu lado, me apoiando. Sei lá.

Ela pega a minha mão.

— Randy não deve demorar, ele vai te dizer o que está acontecendo.

— Eu deveria ter ido ver o que estava acontecendo com ele antes.

Arrependimento é uma merda. Senti uma coisa estranha quando vi que ele não estava respondendo. Eu ignorei e ele estava precisando de mim.

Randy aparece e nós duas levantamos.

— Ele vai ficar bem. Está confuso, mas vai ficar bem.

— Ah, graças a Deus. — Eu suspiro, aliviada. O peso que estava sentindo no peito desaparece e consigo respirar outra vez.

— Ele quer te ver, mas ainda precisa fazer alguns outros exames.

— Tudo bem. — Fico aqui sentada e espero por toda a eternidade se isso significar que ele está bem. Ele vai ficar bem. Eu sabia que estava assustada, mas só me dei conta de como o medo tinha tomado conta de mim depois que ele se foi.

— Você sabe o que aconteceu?

Randy olha para Savannah e então olha para mim outra vez.

— Os detalhes são nebulosos, mas tenho certeza de que ele vai explicar para você o que lembra.

— Vou ligar para sua mãe — diz Savannah, antes de dar um beijo no rosto dele.

— Fico feliz que tenha ido procurar por ele — Randy fala para mim, enquanto senta. — Não sei o que poderia ter acontecido com ele, se você não tivesse ido até lá. Ele realmente tem muita sorte em ter você, Heather. Espero que saiba o quanto ele te ama.

É estranho ouvir isso do irmão dele. Nós nos vimos só duas vezes, mas Randy parece entender a alma de Eli. É nítido que ele ama o irmão, e essa é uma ligação que consigo entender completamente. O que ele expressou é uma coisa que eu teria sentido por alguém que amasse a Stephanie.

— Eu também o amo.

Ele balança a cabeça.

— Não tenho dúvidas de que ama.

Savannah volta depois da ligação na mesma hora em que o médico aparece.

Ele explica que Eli terminou a tomografia e que eles vão fazer alguns exames adicionais, mas disse que está acordado e recebendo soro com alguns medicamentos.

— Ele está no quarto, se quiserem vê-lo. Pediu para falar com o Randy e em seguida com a Heather.

— Eu vou ser rápido. — Ele sorri e então passa pelas portas duplas atrás do médico.

Sinto o alívio correndo pelas minhas veias agora que tivemos a confirmação de que ele está bem. Fecho os olhos e faço uma breve oração para Stephanie. Sinto como se ela estivesse aqui. Foi nesse hospital que passamos tanto tempo juntas. Dias de exames que viraram pernoites por conta da exaustão. Tantas e tantas noites eu dormi naquela cadeira terrível que eles chamam de cama, esperando que a dor dela desse uma trégua.

Eu tinha esperança de que ficaria um bom tempo sem precisar passar por essas salas outra vez.

Em menos de dez minutos, Randy volta para a sala de espera.

— Ele está te esperando. — Sorri. — Temos que voltar por causa das crianças, mas, se você precisar de alguma coisa, é só ligar, tá? Amanhã eu volto para ver como estão as coisas.

Savannah me abraça e dá um beijo no meu rosto.

— Eu te ligo amanhã, ok?

— Claro.

Vou até o quarto de Eli e bato na porta com suavidade. A porta faz um rangido e o olhar dele encontra o meu. Todas as minhas emoções explodem de uma só vez. Alívio por ver que ele está bem, medo de que tudo poderia ter acabado de outro jeito, felicidade ao ver que ele parece o mesmo, culpa porque eu não estava lá e, acima de tudo, amor por esse homem.

— Eli — digo, como se fosse uma oração. Eu me aproximo e ele me puxa contra o peito dele. — Deus, eu tive tanto medo.

Ele me abraça forte e eu o inspiro para dentro de mim.

— Vou ficar bem, amor.

Ergo a cabeça e toco o rosto dele.

— Você me assustou.

Ele fecha os olhos.

— Eu fui um burro.

— Burro?

Eli pega as minhas mãos.

— Eu não deveria ter forçado a barra.

— O que aconteceu? — pergunto, mas a enfermeira entra.

— Oi, Sr. Walsh, eu sou a sua enfermeira, Shera. — Ela sorri. — Vou dar início ao Solu-Medrol na IV e depois vou checar os seus sinais vitais mais uma vez.

— Obrigado — ele fala.

Eu conheço esse medicamento.

Não sei por que, mas juro que já ouvi esse nome antes.

Forço a memória e tento entender por que isso soa tão familiar.

Aí cai a ficha.

Solu-Medrol era o que eles davam para Stephanie quando a dor que ela sentia nos nervos piorava. É um medicamento que ela usou várias vezes para reduzir a inflamação, e só é usado em casos mais graves.

Os meus olhos encontram os do Eli e eu perco o chão.

# Capítulo 25

## ELI

Vejo uma tempestade nos olhos castanhos dela. Assisto o conflito sem dizer uma palavra. Não tem nada que eu possa dizer para explicar isso.

Eu tenho mentido para ela.

A enfermeira faz o que ela tem que fazer enquanto a tensão toma conta do quarto. Quase quero que ela fique, quero ganhar todo segundo que for possível para adiar o inevitável.

Tivemos vários momentos em que eu poderia ter dito alguma coisa. Randy pegou bem pesado comigo e mereci cada palavra que ele disse.

Ele não faz ideia da culpa que sinto por esconder a minha doença dela. As noites que passo com ela nos meus braços sem conseguir dormir, me odiando por ser fraco e não deixá-la ir. Eu sou um idiota egoísta. Eu sei disso, mas, pela primeira vez, não me importei.

— Muito bem, eu volto para ver como você está em uma hora — Shera fala e dá tapinhas no meu braço. — Eu sou uma grande fã, Sr. Walsh. Cuidaremos muito bem de você.

O nó em minha garganta não me deixa falar. Dirijo o olhar para Heather e fico esperando. Uma única lágrima escorre pelo rosto perfeito dela. Fico assistindo a lágrima correr e parar em seus lábios, lábios que eu sei que nunca mais vou sentir outra vez, e fico com o meu coração partido. Pergunto-me se as coisas poderiam ter sido diferentes. Se eu tivesse contado para ela que estou doente, será que ela teria ficado? Nunca vou saber.

— Você está doente. — A voz suave dela está cheia de dor.

— Sim.

As mãos de Heather começam a tremer enquanto ela tenta enxugar o rosto.

— Você tem a doença de Huntington?

— Não, eu tenho esclerose múltipla remitente recorrente.

Os lábios dela se separam e o espanto é visível. O olhar dela é tomado pelo medo e outra lágrima cai.

— Você… — Ela limpa a garganta. — Você está bem?

Sinto uma agonia que nunca senti antes se espalhar pelo meu corpo. Não que eu esteja sentindo alguma dor real, mas é que apesar de ela saber que eu vinha escondendo dela a minha situação, ela ainda está preocupada comigo.

Sou um bosta do caralho.

Não a mereço.

— Passei um tempo sem nenhum sintoma. Eu costumo tomar uns remédios que ajudam a manter as coisas sob controle.

Ela balança e inclina a cabeça lentamente.

— Entendo. E você não tem tomado?

Tenho sido muito irresponsável com o meu corpo nos últimos meses. Durante a turnê, não fiz as infusões com regularidade. Aí conheci Heather e achei que podia ficar livre por um tempinho. Não achei que tudo isso fosse acontecer. Sim, eu sentia alguma coisa por ela, mas achei que diminuiria e não aumentaria. Antes de passar esse tempo com Heather, eu nunca tinha sentido esse calor em minha vida e sei que a escuridão vai ter a mesma intensidade quando ela for embora.

— Não como eu deveria.

Ela foge com o olhar para o próprio colo, onde mantém as mãos entrelaçadas com firmeza.

— Ok. Há quanto tempo você sabe que tem EM? — O tom de voz calmo dela me assusta mais do que se estivesse berrando.

— Tive o primeiro sintoma dez anos atrás.

— Certo. Dez anos.

Não existe raiva na voz dela, apenas resignação. Ela fica olhando para baixo, sem me dar nenhuma indicação do que está pensando. Ela não faz ideia do tamanho da culpa contra a qual eu tenho lutado. Mas a necessidade que sinto dela acabou ganhando. Autopreservação falou mais alto do que qualquer outra coisa. Eu precisava tê-la. Precisava mantê-la comigo.

— Eu quis te contar — admito.

— Mas não contou.

Porque eu sou um fraco da porra.

— Não consegui.

Ela ergue o olhar e vejo uma mistura de dor e raiva.

— E você achou que mentir para mim sobre isso era a melhor opção?

— Não consegui te contar. Eu tentei, mas não consegui.

Ela agarra o estômago e deixa a cabeça cair.

Sinto uma dor no peito e o medo toma conta de mim. Ela vai me deixar, assim como a Penelope. Assim que descobrisse que não sou um homem perfeito, que estou estragado, ela acabaria dando o fora. Assim que

Heather volta a olhar para mim, posso ver o mesmo adeus nos olhos dela, exatamente como anos atrás.

— Você escondeu de mim o fato de que está doente. Você… escondeu isso — ela engasga enquanto fala. — Mesmo sabendo de tudo pelo que passei? Como você pôde fazer isso comigo? Como pôde me fazer acreditar que estávamos construindo um futuro juntos, escondendo uma coisa tão séria de mim? Como, Eli, como? — A voz dela falha no final e eu me amaldiçoo por ser tão fraco.

Fraqueza no coração. Fraqueza no corpo.

Eu não consigo ir até ela. Não consigo pegá-la em meus braços e forçá-la a me ouvir. Mas também não tenho nada além de desculpas. O quarto está repleto de medo e ele rodeia o meu coração partido, apertando forte enquanto me preparo para vê-la ir embora.

— Eu tenho me odiado por isso. Eu queria que você me visse, que me conhecesse, que me amasse, e então eu te contaria. Eu sei que está tudo fodido agora. Mas quando você me contou sobre a sua irmã, eu não tinha mais como te contar. E, no dia que eu finalmente te diria, a Stephanie morreu. Depois daquilo, ficou impossível.

— E todo esse tempo desde então?

— Cada dia que passava, ficava mais difícil contar. Tinha medo que se eu te dissesse, você ia acabar me deixando.

— O quê? — Ela vira com uma mistura de raiva e espanto. — Você achou que se eu soubesse que estava doente eu te deixaria? Acha que sou assim?

— Penso que é fácil amar um homem que não está caindo aos pedaços.

— E você acha que eu sou superficial desse jeito? Será que você me conhece? Eu nunca te deixaria porque está doente!

— E como é que eu saberia?

Heather levanta, vai até a minha cama e seus olhos se enchem de lágrimas quando ela toca o meu rosto. Quero curtir o toque dela, mas não vou me permitir.

— Você não me deu uma chance de te mostrar.

— Se você vai embora, então vai — eu cuspo as palavras.

Ela chacoalha a cabeça, abrindo e fechando a boca antes de desmoronar na cadeira. O corpo de Heather está derrotado. Eu destruí o coração dela.

Um sentimento de raiva em relação a mim mesmo cresce como uma muralha. Bloco por bloco, ela vai ficando cada vez mais alta, até que não consigo mais enxergar adiante. Abro caminho aos murros e o pânico em mim aumenta cada vez mais. Ela vai me deixar e não vou conseguir impedir.

— Quero me levantar e ir até você, porra — digo, torcendo para que ela ainda esteja me ouvindo. —Quero te pegar em meus braços e ser o homem que você achou que tinha. Mas as minhas pernas do caralho não querem funcionar. Não consigo andar, Heather. Não consigo andar, porra. Eu fodi com qualquer chance que tinha de ficar com você. Sei disso. Eu me odeio por isso e não quero te machucar.

Ela levanta a cabeça e enxuga as lágrimas com as costas da mão.

— O que é que você quer dizer quando fala que as suas pernas não querem funcionar?

— Eu senti uma dor infernal que subia e descia pelas minhas pernas hoje mais cedo. Agora não as sinto.

Os lábios dela se separam e ela inspira.

— Foi isso que você sentiu?

— Sim, eu sabia que estava acontecendo, mas tentei fingir que não estava.

Heather não diz uma palavra. Ela fica me encarando com aqueles olhos lindos. Tenho cada mancha dourada desses olhos, cada porção minúscula de castanho-claro e todos os pontos mais escuros guardados na minha memória. Olhos nos quais encontrei tudo que sempre quis. Ela me amava porque eu era o homem que ela precisava. Por causa da minha EM, não sou o mesmo, agora sou um fraco e mentiroso.

Concluo que ela precisa ouvir a história nada bonita do começo ao fim. Concluo que ela precisa saber do inferno que tenho enfrentado por causa do meu corpo.

— Nessa última semana, eu parei de sentir ocasionalmente a minha mão.

Ela começa a juntar as peças e respira fundo.

— Foi por isso que você deixou o telefone cair?

— Hoje, eu estava no banheiro e me dei conta de que tinha deixado o telefone na mesa do quarto. Meu pé começou a formigar e senti umas pontadas subindo pelas pernas. Sentei na banheira, imaginando que se eu esfregasse as pernas, aquilo ia parar e parecia que tinha funcionado o suficiente, o que me levou a achar que eu podia pegar o telefone. — Fico observando, querendo ver o rosto dela enquanto conto a história toda. Heather parece uma estátua, ela não se mexe nem respira, então eu continuo: — Dei um passo antes de cair. Minha cabeça bateu na lateral do balcão.

— Eli. — Ela respira com dificuldade.

Eu ergo a mão para interrompê-la.

— Não acho que foi aí que desmaiei, eu sabia que estava sangrando, mas não conseguia sentir as pernas. — Ela cobre a boca com a mão enquanto outra lágrima cai. — Eu não conseguia me mexer e tudo que conseguia pensar era que eu estava te desapontando. Sabia que você estava contando comigo, mas não conseguia sair dali para ir te pegar. Estava caído no chão, recusando-me a falhar com você. Então, usei o resto de força que ainda tinha para me rastejar para fora dali. Usando só os braços, puxei,

215

empurrei e lutei para avançar cada porra de centímetro. Sabendo que as coisas iam acontecer como acabaram acontecendo. — Ela vem para o meu lado e eu afasto o cabelo do rosto dela. Acaricio os fios loiros que tanto adoro, guardando na memória como é tocar neles. Faço carinho no rosto dela e lamento não poder voltar no tempo. — Não consegui ir muito longe antes de os meus braços começarem a doer. As minhas mãos não estavam fechando como eu queria. Estava fraco, porque é isso que essa doença tem feito comigo.

— Mas você não é fraco — a voz macia dela rebate. — Tudo isso podia ter sido evitado, Eli. Essa noite poderia ter sido muito mais fácil se você tivesse contado que estava tendo os sintomas ao invés de mentir para mim.

— Você só me conhecia como Eli Walsh, o cantor, o ator e o homem que podia te dar o mundo. Eu já vivi essa cena antes, Heather. Já assisti isso com a Penelope, então vá em frente, siga o seu caminho para nós podermos voltar para as nossas vidas!

— Não. — A palavra é firme e interrompe o meu drama. — E não se atreva a me comparar com a sua ex. Eu não sou ela. Não vou fugir. Continuo sentada aqui, tentando entender!

— Por quê? — grito. — Por que se dar o trabalho?

— Porque eu te amo! — Ela está em pé ao meu lado. — É isso que você faz quando ama alguém!

Chacoalho a cabeça para afastar a esperança que tenta ganhar espaço.

— E se eu não te amar?

Eu me forço a cuspir a mentira, precisando que ela tenha uma semente de dúvida.

Heather estreita os olhos e pega meu rosto com as duas mãos.

— Fale isso outra vez, Ellington. Fale que não me ama. Olhe nos meus olhos e fale.

Uma lágrima cai dos lindos olhos dela e isso acaba comigo. Aconteça o que acontecer, daqui em diante, eu não mentirei para ela. Não posso machucá-la desse jeito, porque seria a mesma coisa que enfiar uma faca no meu coração.

— Não consigo.

Ela larga o meu rosto e cobre o dela.

— Você não pode mais mentir para mim, Eli. Se faremos isso juntos, temos que ser honestos.

— Fazer o quê? — pergunto.

— Se vamos enfrentar isso. Eu preciso saber tudo sobre a sua doença.

Eu tinha tantos motivos brilhantes para esconder a minha condição dela, mas tudo parece ridículo agora, exceto um. Um que me assustava mais do que qualquer outra coisa, o fato de que ela ia me olhar desse jeito. Os olhos de Heather não estão mais preenchidos com medo ou raiva, isso parece resolvido. Ela me olha agora do mesmo jeito que olhava para a irmã dela.

Eu a amo mais do que qualquer coisa nesse mundo, e não vou ser outra coisa para ela cuidar.

Ela fez isso durante a vida inteira e não vai ser assim que viveremos.

— Eu não vou fazer isso — aviso. — Não vou virar um paciente para você. Não posso.

— O quê? — Ela fica ofegante.

A EM não tem um manual. Não tenho como prever o que vai acontecer, mas sei que não vou ser um fardo para ela. Eu soube no dia em que ela contou sobre a irmã que eu deveria parar de ir atrás dela, mas não consegui ficar longe. Ela tem que saber o que isso significa para nós dois, mas não posso ser o homem que ela vai sentir pena.

— Eu não sou a sua irmã, Heather. Você não entende? Não vê que eu é que quero cuidar de você? —grito, colocando toda a minha frustração para fora. Ela endireita o corpo. Posso ver a angústia no seu rosto, e então seus ombros e maxilar despencam. Eu digo a coisa mais idiota que eu poderia dizer. — Vá embora.

Os olhos dela encontram os meus e ela faz aquilo que eu queria, mas rezava para que não acontecesse... Ela se vira e sai pela porta sem dizer uma única palavra.

Eu acabei de perder a Heather.

Uma agonia que nunca senti antes me engole e eu mereço essa porra.

# Capítulo 26

## HEATHER

Encosto na parede do lado de fora do quarto dele, lutando para recuperar o ar. Não acredito que ele disse isso. De todas as coisas que saíram da boca dele, nada me magoou tanto quanto ouvi-lo falar da minha irmã.

Nunca olhei para ele desse jeito. Eu amava a minha irmã e me importava com ela, mas faz poucas semanas que a perdi. Ele não precisava ter feito essa comparação; eu já tinha feito isso antes e estava conseguindo deixar claro para mim mesma como essa situação é diferente. Eli não faz ideia de como me machucou. Não só por causa do comentário. Eu dividi tudo com ele. Não escondi nada e, ainda assim, o homem que eu amo escondeu coisas vitais de mim.

Sinto a raiva queimando nas minhas veias, e luto contra o impulso de voltar lá dentro e rasgar o verbo. Tudo que eu queria era explicar como as coisas deveriam funcionar em um relacionamento de pessoas adultas, mas não saio do lugar.

— Você está bem? — Shera, a enfermeira responsável pelo quarto de Eli, pergunta.

Esfrego os olhos, esperando não parecer uma louca antes de me recompor.

— Sim, desculpe. Eu só… só preciso de alguns minutos.

Ela esfrega o meu braço.

— Está certo, meu bem. Ficaremos de olho nele. Não precisa se preocupar. Ele vai ficar bem, você vai ver, a IV vai ajudar, e ele vai ficar novinho em folha.

Sim, mas e o que é que seremos? Como é que seguiremos daqui para frente se ele quer que eu vá embora? Não digo essas coisas para ela, apenas tento sorrir e abano a cabeça.

— Obrigada.

Minha cabeça encosta outra vez contra a parede e fecho os olhos, tentando entender tudo que aconteceu. Ele tinha que saber que o que disse ia partir meu coração. Mencionar Stephanie daquele jeito foi um golpe baixo, que senti no fundo da minha alma. Ela era o meu mundo e nunca senti pena dela, eu fazia tudo que podia para colocá-la para cima.

Como ele pôde me machucar desse jeito?

Mas Eli nunca foi insensível, ele sempre foi tão... perfeito.

Perfeição é uma ilusão que criamos para convencer a alma a confiar. Agora que a cortina caiu, eu vejo como fui estúpida. A questão é que eu não preciso de alguém que seja perfeito. Preciso de alguém real, porque o Matt era perfeito até a merda bater no ventilador. Então ele foi embora. Mas isso machuca muito mais.

Eu preciso de ar. Preciso pensar e me controlar, porque se eu entrar ali de novo, vou fazer merda.

Vou até a frente do hospital enquanto minha mente fica correndo em círculos. Lágrimas escorrem pelas minhas bochechas quando o ar morno atinge o meu rosto. Respiro fundo na esperança de conseguir um pouco de lucidez, mas encontro algo muito pior.

— Srta. Covey! — Tem uma multidão chamando meu nome e correndo na minha direção. É tanto flash que mal consigo enxergar o que está acontecendo ao meu redor. Eles ficam me cegando sem parar e fazem uma roda, deixando-me encurralada. Gritam meu nome e berram perguntas enquanto tento encontrar um jeito de sair dali.

— Eli está bem? O que aconteceu? É verdade que ele teve um desmaio? Srta. Covey, aqui! — Nem se eu quisesse ia ter tempo de responder. — Vocês ainda estão juntos? Você está chorando? Pode dizer para nós se tem alguma coisa a ver com drogas?

Meu coração bate acelerado com uma força impressionante no meu peito quando empurro para passar por eles sem dizer nada. Volto para a segurança da sala de espera e recupero o fôlego. Mais uma coisa para eu ter que lidar hoje. Só Deus sabe como essas fotos vão ficar.

Meu celular avisa que chegou uma mensagem e eu o retiro do bolso.

> Ei, não quero incomodar, só queria ter certeza de que está tudo bem. Está tudo sob controle por aí?

> Não. Definitivamente, as coisas não estão sob controle. Ele está bem, mas a maturidade dele em termos de relacionamento... nem tanto.

> Sinto muito. Quer que eu vá aí dar um pau nele?

219

> Acho que dou conta. Se essa história não se resolver, daremos um pau nele juntas.

> Autoridades reguladoras... Preparar!

Caio na risada imaginando a melhor interpretação de Warren G[12]. Só a Nicole para trazer um pouco de humor quando sinto que estou me afundando.

Digito seu número e ela atende depois do primeiro toque.

— Se você está me ligando, é porque definitivamente não está bem.

— Preciso que você faça com que eu me lembre de que eu consigo dar conta disso.

Nicole fica em silêncio, e então limpa a garganta.

— Não sei o que aconteceu para você estar se questionando.

Conto para ela tudo que aconteceu essa noite. Nicole fica ouvindo enquanto abro o coração. Estou tão magoada e com tanta raiva. Também estou desapontada porque achava que estávamos superbem. Não sabia que ele vinha mentindo para mim, achando que eu não descobriria. Estou com raiva porque ele escondeu os sintomas de mim, o que me levou a encontrá-lo desmaiado no quarto.

— Não consigo nem respirar um pouco de ar fresco, porque fui atacada por um bando de fotógrafos do caralho — reclamo e me atiro em uma cadeira.

— Você quer que eu vá até aí dar um pau nessa galera toda? Eu dou conta dos *paparazzi* e depois quebro a cara do Eli por ser esse idiota que você está falando. A minha conclusão é que você já não quer mais saber dele, então não vai ficar chateada.

— Sei bem o que você vai fazer — resmungo.

— Ou você faz isso, ou eu tenho que ir até aí e dar um fim nessa história para você.

Ela está louca se acha que eu a deixaria resolver isso por mim.

— Pare de ser besta.

Ela dá uma tossida que parece mais uma risada.

— Vocês precisam conversar. Está no telefone comigo, em vez de ir lutar por ele. Caras como Eli não aparecem com muita frequência, e se você é burra o suficiente para deixá-lo ir embora, então não é a mulher de garra que eu sempre admirei.

---

12 "Autoridades reguladoras... Preparar!" (em inglês, "*Regulators, mount up!*") é uma frase que faz referência à música Regulate, do rapper norte-americano Warren G. A frase funciona como um chamado para que as pessoas se preparem para algo que está por vir.

— Sinto-me traída — admito. — Ele ter escondido isso de mim foi uma coisa muito séria. E ele ainda foi cruel a ponto de falar da Steph.

— É natural se sentir assim, deixa isso bem claro para ele. Mas não se esqueça do que aconteceu com você menos de dois minutos atrás, meu bem. Eli tem que lidar com isso todos os dias, ele também tem que se proteger. Mais do que qualquer outra coisa, você tem que decidir nesse momento se vai realmente querer colocar um ponto final nisso tudo. Se a resposta for não, então vê se coloca essa sua bundinha pequena lá dentro e conserta as coisas.

Ela está certa. Preciso que ele saiba exatamente como me sinto. Quando eu saí daquele quarto, sabia que voltaria. Ele não é um homem que quero ver sair da minha vida. Quando Matt foi embora, senti tristeza, mas também senti alívio. Quando penso que posso não ter mais Eli comigo, o meu coração quase para.

Eu suspiro e decido me levantar.

— Preciso ir.

Sou uma mulher forte que sabe exatamente o que quer, e é ele que eu quero. Vou dizer para ele exatamente como as coisas vão funcionar. Ele não vai decidir isso sozinho, essa escolha não é só dele, é minha também.

— Eu sabia que você faria isso — Nicole fala, com orgulho. — Que Deus o ajude, porque a minha amiga é fodona e não leva desaforo para casa. Te amo, me liga se precisar de mim.

— Ligo sim. Também te amo.

Ele não vai nem saber o que foi que o acertou. Minha vida tem sido uma sequência de infortúnios, mas nunca deixei que isso definisse quem eu sou. Posso até sentir que não tenho controle sobre como as coisas se desenrolam, mas posso decidir como lidar com elas. Sou uma guerreira e não deixarei que nada se coloque entre mim e a minha recompensa.

Depois de respirar fundo algumas vezes seguidas e planejar mais ou menos o que dizer, eu endireito a coluna, estalo o pescoço e vou marchando até o quarto dele.

A porta se abre e os nossos olhares se encontram. Eli se vira sutilmente e eu entro com os punhos cerrados.

— Você falou o que achava que tinha que dizer, agora vai me ouvir — exigi. Estou determinada a fazer com que ele me ouça. Vou até o lado da cama e coloco o dedo no peito dele. Os nossos olhares não se desprendem e eu me recuso a fugir. — Primeiro, você nunca vai usar a minha irmã contra mim. Aquilo foi um golpe baixo demais depois de tudo que passei nas últimas semanas. Nunca mais vou te deixar me machucar daquele jeito.

— Eu não...

— Não. — Empurro o dedo com mais força, silenciando-o.

**ESTA Noite É NOSSA**

221

— Dessa vez você não fala, deu para entender? — pergunto. Eli balança a cabeça e coloca as mãos para cima. — Ótimo. — Eu me acalmo e recuo um pouco, mas continuo em pé, precisando da altura para me sentir mais forte. Por mais que eu tente me convencer de que só vou dizer o que preciso, a verdade é que estou apavorada imaginando que isso possa acabar de um jeito muito diferente do que estou esperando.

Eli pode chegar à conclusão de que não quer ficar comigo e não vai ter nada que eu possa fazer se for essa a escolha dele. Mas não vou me permitir ficar pensando nisso. Estou me preparando para o resultado que desejo, que é nos ver seguindo adiante, juntos.

Meus olhos se fecham e, assim que eu consigo me recompor, continuo:

— Essa situação é muito diferente daquela que eu enfrentei com a Stephanie. Sei que você não é ela, mas parece que você não entende isso. Ela era a minha irmã, mas acabou se tornando a minha vida quando os meus pais morreram.

— Não posso te ver olhando para mim daquele jeito outra vez, Heather — ele interrompe e os meus olhos se abrem.

A dor no rosto dele me faz deixá-lo falar. Eu estou perdida. Não faço ideia do que é que ele está falando. Durante toda aquela conversa, eu queria entender tudo isso que estava acontecendo. Estava focada em não fazer nenhuma merda com ele e parece que não deu muito certo. Mas não consigo me lembrar disso que ele está dizendo que viu.

— Eu não te olhei de nenhum jeito.

Ele suspira e olha para o teto.

— Você olhou nos meus olhos como se tivesse que tomar conta de mim. Eu sei que, nesse momento, meu corpo está uma droga, mas vou trabalhar nisso. Normalmente, quando você olha para mim, parece que você se enche de luz e esperança. — Ele para. — Quando você veio aqui alguns instantes atrás, aquilo tinha desaparecido. Foi como se eu tivesse me transformado em um problema que você tinha que resolver. Vi os seus olhos irem de dias sob o sol a visitas médicas e hospitais. Sei que a sua irmã era a sua vida, mas você olhou para mim do mesmo jeito que olhava para ela.

Ele não poderia estar mais errado. Não era o mesmo olhar de maneira nenhuma. O fato de ele se sentir assim joga em mim uma nova onda de mágoa. Por que é que os homens são tão burros?

— Antes de mais nada. — Sento na cama e descanso a mão no peito dele. — Ela era minha responsabilidade. Era como se eu fosse a mãe dela em todos os sentidos, sem falar que, quando ela recebeu o diagnóstico, ela ainda era uma criança praticamente. Tive que ser a adulta. Isso aqui é muito diferente. Você já é um homem barbado e tem uma família que te ama e que te apoia. Eu era tudo para ela, Eli. Não havia uma família e nenhum tipo de apoio, tive que assumir esse papel. Então, sim, a minha vida inteira era consertar ou deixar as coisas melhores para ela. Mas nós dois... — Eu suspiro. — Não é desse jeito. Quero ser a sua companheira. Quero que você se apoie em mim e que também me mantenha em pé quando eu estiver caindo. Isso não é pena, isso é amor. Jamais compare isso com o caso da Steph, porque não é a mesma coisa.

Ele levanta a mão, toca os meus lábios e dá um suspiro.

— Me perdoe, Heather. Eu nunca quis te magoar.

Eu acredito nele. Nós temos muita merda no nosso passado que pode acabar com o nosso relacionamento se não tomarmos cuidado.

— Não acho que você teve a intenção de me magoar, mas magoou, e foi por isso que eu tive que sair para não dizer nada que fosse me arrepender depois.

— Achei que você tinha ido embora — admite, com tristeza na voz. — Achei que você não voltaria mais e que eu tinha te perdido por causa dessa...

Balanço a cabeça, em parte porque não consigo acreditar, e em parte porque me sinto frustrada. Depois de tudo que passamos, não sei como ele pode achar que sou o tipo de mulher que o deixaria porque ele está doente. Não tenho escolha quando se trata dele. No dia em que Eli Walsh apareceu na minha porta, ele se tornou parte do meu mundo. Lutei contra isso e perdi. Ele é a minha outra metade, eu nunca conseguiria dar as costas para ele.

O que me leva à segunda parte dessa conversa. Ele tem que ver como somos diferentes do nosso passado.

— Que bom que você levantou essa questão. — Eu me inclino para trás para não encostar nele. Tenho uma tendência a pensar com mais clareza quando estamos a certa distância. — Eu não sou o meu ex-marido e não sou a sua ex-namorada. Sei que você tem as suas questões ainda mal resolvidas, eu também tenho, mas é completamente injusto imaginar que agirei como eles. Você não me comparou só com a Penelope, acabou me comparando com Matt também. Eu a odeio pelo que ela fez com você, e se você não enxerga as diferenças, então é melhor colocarmos um fim nisso tudo agora mesmo.

Gente como ela e Matt não merece um amor como o nosso. Eli me deu mais alegria no tempo que passamos juntos do que qualquer outra pessoa conseguiu em anos.

Nosso relacionamento vai ser testado, mas ele tem que saber que não vou a lugar nenhum. Ele me garantiu isso mais vezes do que posso contar. Não só com palavras, mas com tudo que tem me mostrado. Agora eu tenho que dar a ele a mesma certeza.

Eli fica em silêncio por alguns segundos e é nítido o seu arrependimento.

— Jesus, só estou fodendo ainda mais as coisas. Sei que você não é ela,

nem ele. Eu estava irritado comigo mesmo e tinha que te dar um motivo para ir embora.

— É isso que você quer? — pergunto.

Seus dedos envolvem meu pulso e ele me aperta ainda mais forte.

— Não.

— Que bom, porque não tenho a menor intenção de ir a lugar algum. Mesmo com você agindo que nem um cuzão, às vezes. Não sou uma fã que te ama porque tenho esse sonho idealizado de quem você é. Amor não é só uma palavra para mim, é tudo. Dividi meu coração com você, não porque quero a perfeição, mas porque quero você. Quando eu olho para você, vejo uma vida juntos. E não importa o que a vida vai jogar em cima de nós dois, vou lutar por você e com você, Ellington.

— Tenho permissão para falar? — ele pergunta.

— Não, eu tenho mais uma coisa para dizer. — Ele luta contra um sorriso, mas esse é provavelmente o ponto mais importante que ainda temos que abordar. — Jamais minta para mim outra vez. Tudo isso poderia ter sido evitado se você tivesse falado comigo. Nada de mentiras entre nós. Jamais.

— Ok — ele responde, soltando meu pulso para pegar a minha mão. — Nunca mais vou mentir para você.

— Você vai ter que dividir tudo comigo, Eli. Vai ter que me deixar ficar ao seu lado quando estiver com algum problema, do mesmo jeito que eu aceito o seu ombro quando tenho que lidar com os meus. Não vou fugir do nosso relacionamento. Eu já fiz isso antes e você foi atrás de mim.

Eli coloca a mão na minha nuca e me puxa para perto, colocando o meu nariz colado no dele.

— Fico feliz em ouvir isso, porque assim que recuperasse o controle das minhas pernas, eu ia te caçar e você não conseguiria fugir de mim outra vez.

Não importa o que o futuro jogará em nós, quero enfrentar o que for com Eli. Chega a ser estranho o jeito que preciso dele.

— Acho que você não precisaria ir muito longe — admito. — Em nenhum momento eu saí do hospital. Mesmo irritada como estava, não conseguiria.

Eli solta a minha mão.

— Deita comigo.

— Tem certeza?

Ele se encolhe para afastar as pernas e dar espaço.

— Vem, eu preciso te abraçar.

Subo na cama e me aconchego no peito dele. Descanso o queixo na mão e olho para ele. Eli abre um sorriso malicioso.

— Por que é que você está rindo? — Pela primeira vez, não consigo evitar dar risada. Ele é fofo demais.

— Porque você me ama e não ia conseguir me deixar. Fico feliz em ver que te conquistei.

Reviro os olhos.

— Tanto faz, você está tão apaixonado quanto eu.

O sorriso dele desaparece e Eli pega o meu rosto com as duas mãos.

— Estou muito mais apaixonado do que você imagina. Antes daquela noite no show, a minha vida não fazia sentido. Eu achava que sabia o que era o amor, mas não fazia ideia do que era isso até te conhecer. Nunca me senti tão triste como no momento em que eu te vi fechar essa porta. A dor que senti não é uma coisa que quero experimentar outra vez na vida. — Ele acaricia meu rosto com o polegar. — Você é a coisa mais forte e mais bonita que já vi. Prometo que vou fazer de tudo para te provar o quanto te amo. Me perdoa, Heather.

Beijo seus lábios e descanso a testa na dele, sabendo que podemos encarar as tempestades que estão à nossa frente juntos.

— Eu te perdoo.

— Eu te disse uma vez que podia ser que tivéssemos apenas aquela noite, mas aquilo foi besteira.

Olho confusa em seus olhos.

— Sei que vou ter todos os nossos dias, noites e todo e qualquer amanhã.

Ele pressiona a boca contra a minha e eu me derreto com o toque dele. O peso que eu sentia no peito desaparece e sei que ficaremos bem.

# Capítulo 27

## HEATHER

— Você tem certeza de que quer fazer isso? — pergunto para ele, enquanto estacionamos na entrada da minha casa.

— Você fez um bolo para mim, agora eu quero comer, poxa.

Eli teve alta hoje e ele simplesmente exigiu que fossemos direto para a minha casa. Ele recuperou a sensibilidade nas pernas depois do primeiro dia e agora consegue andar com a ajuda do andador. Os médicos dele reforçaram a importância de manter religiosamente os medicamentos e as infusões, e ele disse que vai manter.

Passamos os últimos dias fazendo planos e tentando com muito esforço não dar muita atenção para a condição dele. Matt conseguiu para mim outra semana de afastamento e eu vou para Nova York com Eli.

Eu o ajudo a sair do carro e ele resmunga quando trago o andador.

— Não reclama. Você sabe que tem que usar, vovozinho.

— Você sabe muito bem que em uma semana pode ser que eu esteja perfeitamente normal e capaz de pegar pesado com você por conta desse comentário.

Sorrio.

— Gosto das chances que tenho de correr mais rápido que você.

Ele sai bufando e empurrando o andador na direção de casa.

— Ela acha que é fodona só porque é policial, eu vou mostrar a ela.

Eu estava sentindo falta desse lado brincalhão, metido a besta e cheio de tesão dele. Mas, juro, ele tentou me convencer a fazer sexo oral nele lá no hospital. Aquela foi uma briga engraçada e eu acabei o ajudando um pouco, mas não estava ali para esse tipo de serviço hospitalar. Ele ameaçou que se eu não fizesse aquilo, ele ia achar uma enfermeira que desse nele um banho de esponja.

Ninguém naquele hospital além de mim colocaria as mãos nas coisas dele.

Entramos em casa e ele senta no sofá.

— Você está bem? — pergunta, pela milésima vez. Eu nem preciso me dar ao trabalho de perguntar sobre o que ele está falando.

Amanhã, durante uma coletiva de imprensa, Eli vai anunciar seu problema de saúde e o nosso relacionamento. Sua agente exigiu que déssemos um jeito de controlar a situação. Eles tiraram milhares de fotos de mim entrando e saindo do hospital. A barreira constante de perguntas estava fora de controle. Eli ficou furioso e exigiu que Sharon viesse para cá lidar com a situação.

— Pare de ficar perguntando isso. Eu estou bem. — De um modo geral. — Se estou animada com isso? Não, mas é o que tem que ser feito. Honestamente, fico feliz que tenhamos conseguido tempo antes de as pessoas descobrirem.

Eli me puxa para o lado dele e beija o topo da minha cabeça.

— Você vai se sair muito bem. Não precisa falar nada, é só ficar por lá e exibir a sua beleza.

Ele é ridículo. A agente dele, Sharon, é uma lunática. Juro, ela tinha que ter uma marca de energético. Ela fala mil palavras por minuto, tem um Bluetooth preso na orelha o tempo todo e consegue dar conta de pelo menos quatro conversas simultâneas. Ela me dá medo, muito medo.

— Sharon disse que vão me perseguir ainda mais se eu me recusar a falar. Ela praticamente exigiu que eu respondesse algumas perguntas.

— Baby, eles vão te perseguir independente de qualquer coisa. É parte do jogo deles, mas o começo vai ser pior. Daqui a pouco, algum idiota vai fazer alguma coisa estúpida e eles seguirão adiante.

Olho para ele e abro um sorriso.

— Ou seja, temos que torcer para que alguma celebridade dê algum showzinho?

— É bem isso. É só dar a eles alguma história real e suculenta, que todos saem correndo atrás.

Esse mundo é meio estranho. Nunca entendi a graça de ficar correndo atrás de celebridades. Nicole tentou me explicar uma vez, mas foi como se ela estivesse tentando explicar física quântica para uma pedra. Simplesmente não entendi.

— A sua vida é bizarra — comento, enquanto fico curtindo o carinho dele.

— E a sua, não é?

Eu endireito as costas e fico de queixo caído.

— Hmm, por que é que você acha que a minha vida é estranha?

Ele dá risada.

— Deixe-me ver, você persegue criminosos. Pessoas com armas.

— Sim, pessoas más que precisam ficar na cadeia.

— Pior ainda! — Eli ri e levanta a voz. — Você é louca.

— Ah, estou entendendo, agora você voltou a ser só um ator? — eu o cutuco. Pouco tempo atrás, Eli estava dizendo que era praticamente um policial. Acho que se esqueceu disso.

Ele se dá conta e vira os olhos.

— Eu sou um homem louco para comer um bolo. — Pisca.

Sutil.

Beijo seu rosto e levanto. Nem sei se o bolo sobreviveu, mas se conheço bem a Kristin, ela o embrulhou e colocou na geladeira para mim.

Eu, por outro lado, teria jogado do jeito que estava. Nunca serei a mãe ou a esposa que organiza grandes eventos. Não faz o meu tipo.

— Quer saber? — Eli grita da sala. — Eu pularia o bolo e partiria para um banho de esponja.

— Aposto que sim, mas eu estou bem, obrigada. — Dou risada enquanto abro a geladeira.

Claro, o bolo está embrulhado com filme plástico e papel alumínio, que é uma coisa que terei que perguntar para ela a respeito. Se isso conserva bolo por mais tempo, é uma ótima dica.

Bolo é sempre uma coisa boa.

— Desmancha prazeres! Você achou? — pergunta.

Apareço com o bolo inteiro e dois garfos.

— Parece ótimo. É comestível? — brinca.

Dou a volta no sofá e sento ao lado dele.

— Droga. Não sei não, mas como é o seu bolo de aniversário, acho que você tem o direito de dar a primeira garfada.

Ele olha para o bolo e de novo para mim. Então mergulha o dedo no glacê e coloca na boca. Seus olhos verdes voltam para os meus, e ele esfrega o bolo inteiro no meu peito. Tento pular, mas ele agarra meu punho e me segura.

— Fica aí — diz. — Quero um pouco mais de açúcar no meu bolo.

Seus lábios vão me beijando e abrindo caminho até meu pescoço, então a língua dele desliza na minha pele. Um calor se acumula no centro do meu corpo enquanto sinto seu toque. Eli não tem pressa e lambe lentamente o creme do meu peito. Eu estava com saudades disso. Os meus dedos deslizam pelo seu cabelo grosso e pela barba que está maior do que de costume. Preciso me lembrar de dizer para deixar assim por um pouco mais de tempo.

— Acho que o bolo está perfeito — comenta.

— Ah, é?

— Ah, definitivamente.

Mergulho o dedo no glacê e coloco aquela delícia açucarada na minha boca.

— Hmm. — Começo a gemer. — Isso é bom, mas acho que está faltando alguma coisa. — Ele pega uma quantia maior e coloca na minha coxa. Eli me pega pelas batatas das pernas e puxa, fazendo-me cair para trás. — Preciso de mais sabor — explica.

— Ah, claro. — Não vou impedir. Eli é o fogo que nunca vou querer apagar. Quando ele está por perto, sinto-me viva. Nunca vou querer que isso acabe. Eu sou bonita, especial e importante para ele.

Sua língua vai subindo cada vez mais pela minha perna e ele para.

— Eli — sussurro, querendo que ele continue.

Ele se inclina para trás e consigo ver o fogo ardendo em seus olhos. Sei que esse bolo vai ser comido de um jeito muito criativo.

— O Sr. Walsh lerá um breve comunicado e depois abriremos para algumas perguntas no final — Sharon explica, enquanto ficamos em pé de frente para uma multidão de repórteres.

Eli aperta minha mão antes de soltar. Odeio essa situação, imaginando como deve ser para ele. Também odeio por causa de como estou me sentindo. Mas ele é quem tem que falar. Algumas horas atrás, Sharon explicou a importância da escolha de cada palavra e da nossa linguagem corporal, e nos fez revisar cada maneira possível de lidar com qualquer pergunta. Depois de ter certeza de que não estragaríamos tudo, ela me repreendeu por outros quinze minutos por conta da minha roupa. Só depois de ela ter encontrado um terno preto, um salto alto vermelho e algumas joias que ela achava adequadas, nós seguimos para a coletiva.

Agora é pra valer.

O meu coração acelera quando Eli, finalmente, limpa a garganta para começar. Eu queria que isso não fosse necessário. Ele guardou a doença dele em segredo por anos e hoje vai contar ao mundo.

— Boa tarde. Antes de qualquer outra coisa, gostaria de agradecer a todos vocês pelas mensagens de melhoras. A equipe do Hospital Geral de Tampa é realmente fenomenal e fui muito bem atendido enquanto estive lá. — Eli me aperta firme e depois relaxa a mão. — Seis dias atrás, eu estava em casa e, por conta de uma queda, bati a cabeça. Felizmente, a concussão não trouxe grandes consequências, e meu rosto está perfeito, o que descarta qualquer preocupação em relação às filmagens. — Ele pisca para câmera antes de lançar um sorriso para os repórteres. — No entanto, minha queda foi provocada por conta de uma condição com a qual fui diagnosticado dez anos atrás. Tenho esclerose múltipla remitente recorrente e consegui controlar minha doença com uma equipe fantástica de médicos e medicamentos regulares.

As expressões dos repórteres vão do choque à preocupação. Fico ouvindo enquanto ele explica melhor sobre a doença e como ela afeta sua vida. Ele fala sobre os medicamentos que usa, sobre o fato de que não apresentava os sintomas e sobre o que significa seguir adiante.

Queria poder fazer isso por ele, mas sinto um alívio enorme quando vejo que ele está se saindo tão bem. Eli não precisava que eu fizesse mais nada além de ficar ao seu lado. Falamos sobre como lidar com a imprensa em relação a mim e concordamos, como um casal, que eu não falaria hoje.

Com esforço, conseguimos convencer Sharon a concordar com isso, mas tivemos que dar a ela alguma coisa em troca. Então, assim que ele terminar a coletiva, ele terá que ir ao lado de fora, onde colocaram barreiras para manterem os fãs afastados. Sharon achou que seria bom se ele desse alguns autógrafos parecendo normal depois de contar para todo mundo sobre a doença. Eu disse que achava que ele precisava descansar, mas fui ignorada.

— Minha namorada, Heather Covey, ficou ao meu lado durante toda a semana. — Na mesma hora todos se levantam, erguem as mãos e começam a chamar pelo nome dele, mas Eli não recua. Ele dá a eles um segundo e não faz nada além de sorrir. — Darei a vocês todas as informações necessárias para que não precisem fazer pergunta alguma quando eu tiver concluído, apesar de saber que isso não tem a menor chance de acontecer. — Eli dá risada e alguns dos repórteres fazem o mesmo.

Depois de ouvi-lo contar aos repórteres uma versão resumida do nosso relacionamento, e de quem eu sou, consigo respirar um pouco melhor. Meu coração continua a bater mil vezes por minuto, mas ele consegue prender toda a atenção deles. Esse não é seu ambiente natural, mas ele está absolutamente sexy.

Ele conclui e respira fundo antes de passar a vez.

— Alguma pergunta?

— Então o que você está dizendo é que está oficialmente fora do mercado? — uma repórter jovem pergunta.

Eli balança para trás, apoiado nos calcanhares e com um sorriso no rosto.

— Sim. Estou definitivamente fora do mercado.

Aponta para próxima pessoa com a mão levantada.

— Você tem planos de voltar a morar em Tampa?

— O meu plano é cumprir com as minhas obrigações em relação à série *A Thin Blue Line* e também conseguir tempo para o meu relacionamento. Isso significa que estarei em Tampa com uma frequência muito maior? Sim. — Fico olhando espantada enquanto ele responde cada uma das perguntas com a maior tranquilidade.

— Vocês planejam se casar?

Meus olhos se arregalam diante do salto de "estar fora do mercado" para casamento. Nós nos amamos imensamente, mas Jesus. Eli dá risada.

— Nesse momento, nós estamos vivendo um dia após o outro.

— Então não é um relacionamento sério? — o mesmo repórter pergunta.

Eu quase consigo sentir o humor de Eli se transformando em raiva.

— Se não fosse um relacionamento sério, eu não estaria aqui, Joe. Nesses últimos dez anos, quando foi que vocês me ouviram falar sobre uma namorada? — Eli desafia o repórter. — É óbvio que é sério.

Joe não responde e Eli aponta para a próxima pessoa. A coletiva continua com a mesma variação de perguntas, todas girando em torno do nosso relacionamento e nenhuma sobre a esclerose múltipla. O que é chocante, já que é por isso que estamos aqui.

Dou um passo para trás de Eli quando surge a próxima pergunta.

— Srta. Covey. — Ela olha para mim e eu fico apavorada. — Você planeja abandonar o emprego na polícia de Tampa?

Eli começa a falar, mas coloco a mão no braço dele enquanto me aproximo do microfone. Não sei como vim parar aqui, mas os meus pés de alguma maneira vieram até ele.

— Não. Eu amo ajudar a minha cidade e vou continuar fazendo isso.

Minha mão desce deslizando pelo braço de Eli e descansa nas costas de sua mão. O orgulho no sorriso dele é nítido. Ele entrelaça os dedos nos meus e não sinto medo. Ele está aqui de peito aberto sem perder a força.

Posso fazer isso porque juntos somos implacáveis.

— É verdade que você já foi casada?

Vejo os dedos de Eli ficarem brancos de tanto que ele aperta a lateral da mesa que está segurando com a outra mão. Fecho o punho com força e tento responder com a mesma naturalidade que ele.

— Sim, estou divorciada há cinco anos. Eli está a par do meu primeiro casamento.

Sharon vai até o outro lado de Eli e pega o microfone.

— Nosso tempo acabou, pessoal.

Sharon nos conduz para uma sala privada, onde Eli se senta. Ele se recusou a usar o andador hoje. Eu nem tentei convencê-lo do contrário. Mas é nítido que gastou muita energia para ficar em pé e participar da entrevista.

— Você foi ótimo — comento, enxugando sua testa.

— Você também não foi nada mal. — Ele sorri e pega minha mão.

— Sim, sim, vocês dois foram ótimos — Sharon fala, enquanto escreve no celular. — Temos que te colocar lá fora o mais rápido possível.

231

Todos precisam acreditar que você é um exemplo de pessoa saudável.

De repente, eu me dou conta de que essa coisa de encontrar os fãs e dar autógrafos foi na verdade uma péssima ideia.

Reviro os olhos e me seguro para não dar um tapa nela.

— Você está bem? — pergunto a ele.

— Deixe comigo, baby.

Meu instinto de proteger Eli quer falar mais alto, mas reprimo o impulso. Tenho que confiar nele, o que significa não ficar tentando controlar a situação. É muito mais fácil falar do que fazer. Sou policial. O meu sucesso depende de estar no controle. É isso que eu sou, mas também sei que esse é o maior medo dele no que diz respeito à nossa relação.

Ao invés de fazer o que realmente quero fazer, eu sorrio.

— Tá bom então.

Eli cai na gargalhada e me puxa para o colo dele.

— Você é uma mentirosinha de merda.

— Pare de ficar rindo de mim. — Bato no peito dele.

— Você tinha que ver a sua cara. Jamais tente a carreira atriz.

— Besta.

— Vamos, Eli. — Sharon bate as mãos. — Quero que fique lá o máximo que puder.

Olho para ela.

— Você não acha que você deveria se preocupar um pouco com ele?

— Eu me preocupo com a carreira dele, já que é esse o meu trabalho. — Sharon nem olha para mim. Ela volta para o telefone e fica bufando. — Eu te encontro lá fora. Vê se não demora.

Levanto assim que ela sai da sala.

— Não tenho dúvidas de que ela é a filha do Satanás.

Ele dá risada.

— Então eu fico feliz que ela esteja do nosso lado.

Eli me puxa para os seus braços e eu coloco os meus em volta da cintura dele.

— Te amo — declaro.

— Te amo.

Ele coloca os lábios nos meus, e não estou nem aí se os fãs dele ou a Sharon estão esperando. Ela, aliás, deve estar pronta para me fazer em pedacinhos. Nesse momento, eu o tenho só para mim. Adoro como ele me faz sentir centrada. Nunca me preocupo com o que ele está pensando. Quando estamos juntos, ele só pensa em nós dois.

— É melhor você ir — resmungo, com a boca encostada na dele. — E tenha cuidado, aquelas mulheres são umas loucas e vão acabar tentando te sequestrar. — Ele me puxa de volta.

— Não se preocupe, temos proteção policial.
— O quê? — eu pergunto.
Eli ergue os ombros.
— Sei que você sabe se cuidar, mas existem novas regras agora. Você entrou no meu mundo e vou fazer tudo que puder para te proteger.
— Continuo sem entender. Que porra isso aqui tem a ver com proteção policial?
Ele espera um segundo, e aí cai a ficha.
— Ai, meu Deus! Você colocou gente aqui para me proteger? Outros policiais? Eu sou policial, Eli. Não preciso de proteção.
— Isso nunca vai dar certo comigo, caralho. Não vou aceitar ficar com outros policiais na minha cola. Tem muito policial que faz isso meio período. A grana é ótima quando tem celebridade na cidade. Eu já fiz isso e nem morta vou virar um deles.
— Você não faz ideia do inferno que são essas fãs malucas, eu sei bem como é. Vai ser do meu jeito, baby. Não tem nem o que discutir, pelo menos no começo. Tenho uma penca de policiais de folga que ficarão comigo e alguns que com você.
Eu estreito os olhos. Tem coisa para caralho que quero falar, mas a preocupação no olhar dele me faz engolir cada palavra. Ele está realmente com medo e fazendo o que pode para diminuir a insegurança que está sentindo.
— Conversamos depois. Nesse momento, você tem que ir. — Eu adio a discussão.
Ele ergue as sobrancelhas, mas não fala nada. Nós dois sabemos o que isso significa... uma discussão infernal seguida de sexo fantástico.
Saímos da sala e vejo vários oficiais do meu esquadrão encostados no muro.
— Ei! Vejam só, é a nossa policial famosa! — Whitman ri e olha ao redor.
— Vejam só, é a minha equipe de segurança de idade avançada. — Eu sorrio. — E não é que eu já estava com saudade desse bando de idiotas!
E estava mesmo. Estou afastada do trabalho desde que Stephanie faleceu e já estou me coçando de vontade de voltar para as ruas. Esse esquadrão é parte da minha família. Podíamos até pegar pesado uns com os outros, mas eu levaria um tiro por eles, literalmente. Eles são como irmãos para mim e não me esqueço de como tenho sorte de ter essas pessoas na minha vida.
Whitman e Vincenzo me puxam para um abraço.
— É bom te ver com um sorriso.
— É, eu tenho muito que agradecer a vocês. Rapazes, esse é Eli Walsh. Eli, esses são Whitman e Vincenzo. — Aponto para cada um. — Foram eles que atenderam a ocorrência quando você caiu.

233

— Ah, uau. — Eli aperta a mão de cada um deles. — Valeu, pessoal. Fico realmente agradecido.

— É um prazer poder ajudar. — Os dois dispensam os agradecimentos. E, para ser honesta, esse é o nosso trabalho. Receber elogios por termos feito aquilo que nos comprometemos a fazer sob juramento é uma coisa estranha. Eu sempre fico desconfortável, porque esse é um trabalho que amo fazer. Quero ajudar os outros. Gosto de atender os chamados em que posso fazer a diferença e esses dois aqui fizeram toda a diferença para Eli e para mim.

— Fico feliz em saber que a Heather teve gente conhecida para ajudar — Eli comenta, e então dá um beijo na minha cabeça.

Federico dá uma tossida e olho para ele antes de terminar as apresentações.

— Brody você já conhece. Esse cuzão aqui é o Federico, esse é o Jones e… — Olho no fundo dos olhos de um homem que nunca imaginei que veria aqui. Por algum motivo, nunca achei que essa fosse uma possibilidade, mas está acontecendo. — Esse é o meu tenente, Matt Jamerson.

— É um prazer conhecer vocês. — Eli aperta a mão de todo mundo e segura na minha cintura quando vai apertar a mão de Matt. — Agradeço pela ajuda com a multidão.

Olho para Brody e aperto os lábios, usando a minha mente para gritar com ele por não ter me avisado. Estranhamente, ele parece entender meu grito interno e, de maneira sensata, me olha arrependido.

Isso vai ser estranho pra caralho.

— Bom, todo mundo aqui ama a Heather e nenhum de nós quer que alguém a machuque — Federico fala, como se eu não soubesse que reclamaram de ter que fazer isso.

— Com certeza — Matt fala, concordando com ele.

Ele está maluco? Eli me aperta com um pouco mais de força.

— É bom saber disso.

Matt se aproxima.

— Ela é uma de nós. Sempre protegemos um ao outro.

Sinto como se eu estivesse vivendo uma experiência fora do corpo. Devo estar sonhando. Será mesmo possível que o meu namorado e o meu ex cuzão estão tendo essa conversa? Um monte de merda estranha aconteceu nos últimos dias, mas isso aqui não pode ser real.

— Entendo perfeitamente — Eli responde, com suavidade. Olho-o um tanto confusa ao ver que ele não sacou o que estava por trás das palavras de Matt. Eu, que não sou homem, saquei. — Foi exatamente por isso que contratei vocês. A segurança de Heather é primordial. Sempre tomo conta do que é meu.

— Aí sim.

— Normalmente, ela não precisa de proteção.

— Quando ela se apaixonou por mim, as coisas mudaram. Não há dúvidas de que tenho intenção de tomar conta dela… de todas as maneiras possíveis. Não fujo das minhas responsabilidades, principalmente quando se trata das pessoas que eu amo.

Essa conversa vai ficar fora de controle rapidinho. Olho para Brody, que está quase roxo e os outros estão dando risada. Matt é um bom policial, mas ninguém gosta dele como pessoa.

Está na hora de dar um fim nisso.

— E aí, já deu? — pergunto. — Querem medir quem é maior? Eu já sei a resposta.

Matt respira fundo e balança a cabeça.

— Tenho uma papelada burocrática para preencher, com certeza você vai ficar bem com o Brody.

Fico vendo o homem que por tanto tempo achei que amava se afastar. Alguém para quem fiz votos de casamento e com quem eu provavelmente ainda estaria casada se não tivesse me deixado, e me pergunto como é que pude ser tão cega.

Matt jamais contrataria uma equipe de policiais se a minha segurança estivesse em risco. Diria que eu estava sendo boba. Ele jamais moveria uma palha para me deixar confortável e jamais pegaria na minha mão se não existisse um motivo.

Eli faz tudo isso e mais.

Eu me viro para ele, que está com o peito inflado e com o sorriso ridiculamente iluminado, e dá para ver que está se segurando para não bater no peito como se fosse um homem das cavernas.

— Agora você está satisfeito, né?

Ele sorri para mim.

— Disponha.

Reviro os olhos e deixo a minha testa cair no peito dele.

— Você não presta.

Eli me abraça.

— O seu ex-marido é um idiota.

— Sei muito bem disso.

— Darei um jeito nele se ele virar um problema.

Não sei o que é que ele vai fazer, já que Matt é meu chefe, mas eu nunca me cansarei do desejo que ele tenta cuidar de mim. É legal ter alguém que fica do seu lado. Nós somos parceiros de verdade, em todos os sentidos.

Ergo o olhar de volta para o dele com a mão no seu peito.

Não falamos nada, não precisamos.

A profundidade do amor de Eli é tão incrível, que consigo sentir em

meus ossos. Ele me dá coisas que eu nem sabia que precisava. Olha para mim como se nada mais importasse. É esse tipo de amor que eu via nos olhos do meu pai quando ele olhava para a minha mãe.

A gente podia ter se separado na semana passada, mas isso não aconteceu. Nós dois estamos aqui, mais fortes e ainda mais seguros do que antes.

— Obrigada — eu digo.

Ele pega minha mão e sorri.

— Eu deveria agradecer ao seu ex.

— Hã?

— Nunca me senti tão agradecido como agora. Se ele não fosse um imbecil, eu não poderia fazer isso. — Ele abaixa e beija os meus lábios. — Nem isso. — Ele dá um beijo na minha testa. — E nem isso — diz, antes de pegar o meu rosto com as duas mãos e me beijar com intensidade. A língua dele desliza na minha e esqueço onde estamos. As minhas mãos agarram os ombros dele enquanto o beijo de volta.

Ouço alguém limpar a garganta e nós nos afastamos. Merda.

Brody está ali em pé com um sorrisinho besta na cara.

— Aquilo sim foi engraçado, hein? Que bom que alguém finalmente disse para aquele cara o bosta que ele é.

— Ele tem sorte de que eu estou me recuperando, senão eu ia quebrar a cara dele — Eli complementa.

Deus do Céu.

Fecho a cara para Brody e olho de volta para Eli.

— Vai lá ser o gostosão famoso que todo mundo ama.

Ele abaixa a cabeça e me dá um selinho carinhoso.

— Ainda bem que só tem uma pessoa que eu amo.

— Ainda bem que ela também te ama.

Eli sorri e dá um tapinha no meu nariz.

— Isso só acontece uma vez na vida — ele diz, antes de sair.

Encosto na porta, dando graças a Deus que Kristin estava no fã-clube da *Four Blocks Down*. Caso contrário, perderíamos essa chance, o que teria sido uma verdadeira tragédia.

# Capítulo 28

## HEATHER

*Dois anos depois*

— Isso é tão legal! — Danni fica pulando enquanto nos levam até as nossas cadeiras.

— Cara... — Nicole resmunga. — A FBD está muito longe de ser legal como era na última vez em que viemos aqui.

Eu dou risada.

— Só porque agora você conhece todos eles?

Ela revira os olhos.

— Cara! Juro, o seu namorado já nem é mais bonito.

— Pare de ficar falando merda. — Dou um tapa no braço dela.

Eli Walsh ainda é um homem extremamente sexy e sabe disso. Ele é como um vinho fino, quanto mais o tempo passa, melhor fica. A banda estava em turnê nesses últimos meses e, mais uma vez, eles estão fazendo o último show em Tampa. Passei duas semanas com ele e pulei de St. Louis para Nashville, Chicago, Indianapolis, St. Paul e Little Rock antes de reservar o meu voo para casa. De jeito nenhum eu faço isso de novo.

Eles são um bando de porcos. Prefiro muito mais ficar no apartamento dele em Nova York do que me apertar naquele ônibus.

Esses últimos anos foram como um turbilhão. Às vezes, fico espantada ao ver que enfrentamos tanta coisa numa boa. A mídia respondeu bem quando eu disse que não largaria meu emprego, e acho que ser policial acabou sendo um escudo para mim.

É nítido que não estou atrás da fortuna dele, apesar de ele praticamente jogar dinheiro em cima de mim.

As luzes vão se apagando e um *déjà vu* me atropela como um trator.

Kristin agarra minha mão e a aperta com força.

— Estou tão feliz que Eli conseguiu esses lugares para nós.

— Bom, eu não dei muita escolha a ele. — Abro um sorriso largo enquanto ela tenta segurar a risada.

— É verdade. Mas, ainda assim, estou muito agradecida.

Está parecendo a primeira vez que fomos ao show deles, mas tanta coisa mudou. Kristin se separou do marido e está morando na minha casa antiga com os dois filhos. Danielle e Peter ficaram incrivelmente bem depois que tiraram uma segunda lua de mel. E Nicole continua a mesma, dando as escapadinhas dela vez ou outra e se metendo, só Deus sabe com que frequência, nos *ménage à trois* que ela tanto gosta. Eu parei de perguntar depois que isso começou a deixar Eli curioso.

Agora estou morando permanentemente na casa de Eli em Tampa. A princípio, não foi uma escolha minha. Eli simplesmente levou as minhas coisas para sua casa um dia depois da nossa coletiva de imprensa. A minha casa foi cercada por fotógrafos e ele não aceitaria esse tipo de coisa.

Fui totalmente contra, nós brigamos e depois ficamos bastante tempo fazendo as pazes em nosso novo lar.

As silhuetas dos membros da banda ficam visíveis agora, e a multidão fica ensandecida. As luzes se acendem e o show começa.

Continuo olhando para Eli o show inteiro. Admiro o jeito com que o cabelo castanho escuro dele recebe a luz, noto como seus olhos verdes encontram os meus toda vez que ele chega perto, e percebo que é só para mim que ele dá aquele sorriso metido que faz o meu coração derreter. A cada dia que passa, o meu amor por ele aumenta, mesmo nos dias em que tenho vontade de torcer o seu pescoço.

Enquanto ele dança, fico analisando seus movimentos, atenta a qualquer sinal de incômodo por parte dele em relação às mãos. Ele disse que elas ficaram formigando depois do último show. Hoje ele parece ótimo.

Eles trocam a música e sinto a adrenalina correndo pelo meu corpo. Toda vez que ouço essa, não consigo deixar de sorrir.

— Estou com uma pessoa muito especial na plateia hoje — Eli começa a falar.

Ah não. Não, não, não. Ele prometeu. Tento fugir, mas Nicole me segura.

— Você vai subir lá.

— Minha namorada está aqui essa noite e, caso não saibam, foi nesse mesmo show, um pouco mais de dois anos atrás, que a conheci. — Ele olha para mim e pisca. — Queria que ela subisse aqui de novo essa noite para que possa ajudá-la a se lembrar do quanto ela me ama. Então, vamos lá, Heather, sobe aqui.

Pressiono os lábios e lanço para ele o meu pior olhar. E o que é que ele faz? Ri. O imbecil dá risada.

O segurança estica a mão. Eli fica me olhando e movo os lábios com clareza para que ele entenda a mensagem: eu te odeio.

Assim que subo no palco, ele me puxa para perto e cola os lábios nos meus, levando a multidão à loucura.

— Você me ama — ele fala, no meu ouvido.

— Não por muito tempo.

— Randy — Eli chama o irmão dele. — Pode ser que a Heather precise de ajuda para esse número.

Randy dá risada.

— Estou vendo que vai pegar pesado!

— Ela é a mulher da minha vida... Ela tem que sentir isso de verdade! — Eli grita.

Deus do Céu, isso não pode ser comigo. Estou eu aqui sentada no palco enquanto meu namorado, Shaun, PJ e Randy se divertem às minhas custas. Vou matar Eli e depois vou fazer Savannah matar Randy.

Malditos irmãos Walsh.

A música entra e Eli começa a cantar.

Depois do primeiro refrão, com ele sendo completamente exagerado, ele para.

Ele me levanta e canta para mim. A multidão desaparece quando ele me puxa para perto. Começamos a balançar com a música e, de repente, não me importo mais com as pessoas ou com as luzes. Minha vergonha desaparece e finjo que estamos sozinhos em casa. Eli e eu estamos na nossa cozinha enquanto ele canta aquelas palavras para mim.

Olho para o público e vejo as luzes dos celulares preenchendo o lugar. É como se fossem um milhão de estrelas brilhando só para nós.

Meus dedos acariciam o pescoço de Eli, e dou um beijo em seu rosto quando a música termina.

— *My once in a lifetime...* — Ele estende a mão, me puxa de volta para seus braços e me beija outra vez. — Venha para o *backstage* depois do show. Tem outra lembrança que eu gostaria de repetir.

Balanço a cabeça e dou risada.

— Eu te amo, Eli.

— Eu te amo mais.

Assim como na primeira vez, minhas amigas ficam sorrindo, envolvidas com o show.

— O que foi que ele sussurrou? — Kristin pergunta.

— Para eu ir para o *backstage* — respondo, dando risada.

— Eu tinha certeza de que ele ia te pedir em casamento — Danni fala, no impulso. — Estou um tanto desapontada.

Arregalo os olhos e meu coração dá um pulo. Eu não tinha pensado nisso. Quer dizer, eu tinha, mas ele fez um comentário outra noite dizendo que estava muito feliz com as coisas como estavam entre nós. Eu já fui casada, então não é que precise de uma aliança, mas parte de mim quer ser dele completamente.

Eu não tinha mais pensado nisso, mas agora que ela falou, fiquei meio triste.

Nicole dá um tapa no braço dela e então entra na minha frente.

— Vocês estão felizes, docinho. Realmente felizes. Não precisa que um anel prove isso.

Afasto a onda de decepção que tomou conta de mim. Não preciso disso e, quando Eli achar que tem que me pedir em casamento, ele vai pedir. Prefiro tê-lo comigo do que qualquer outra coisa.

— Bobeira minha.

Nicole balança a cabeça.

— Vai por mim, não tem mulher nenhuma nessa arena que não esteja sentindo ódio de você nesse momento. Eli te beijou, cantou para você e te convidou para o *backstage*. Se ele tivesse te pedido em casamento, teríamos que te colocar em custódia protetiva.

Caio na gargalhada e concordo. A minha vida pública com Eli é sempre… bizarra. Quando ele foi indicado ao Emmy, eu vivi um negócio que nunca tinha visto. Tinha gente gritando os nossos nomes e tirando tanta foto que achei que a minha cara ia travar com um sorriso. Mas nem todas as fãs foram legais. Algumas foram realmente terríveis comigo. Isso sem falar na mídia achando defeito em roupa, cabelo, maquiagem, qualquer coisa… tudo só para entreter as pessoas. E quando Eli direciona a atenção para nós, as coisas ficam ainda piores. É por isso que prefiro ficar na nossa bolha pequena e feliz em Tampa.

Não que ele fique aqui tempo suficiente, mas arrumamos um jeito de fazer as coisas funcionarem, exatamente como ele tinha prometido.

Curtimos, então, o resto do show e depois eu vou para o *backstage*. Os caras chegam e abraço cada um deles. Shaun e PJ são sempre os primeiros a entrarem na festa. Juro, eles têm álcool correndo nas veias ao invés de sangue.

Então eu o vejo, o rosto perfeito e o sorriso lindo vindo em minha direção. Eli coloca os braços em volta da minha cintura e me levanta, fazendo-me girar.

— Oi, linda.

— E aí, sexy. Estou furiosa com você, hein?

— Você sabe que eu tinha que fazer aquilo — ele se explica.

— Uhum.

Ele me coloca no chão outra vez e beija meu nariz.

— Vamos para algum lugar com um pouco mais de privacidade.

Dou um tapa no braço dele.

— Não vamos transar no ônibus.

Ele me aperta contra o peito dele e abre um sorriso.

— Ah, sim, vamos.

Começo a protestar, mas ele agacha e me joga por cima de seu ombro.

— Eli!

— Eu já disse, vamos para o ônibus! — Ele levanta a voz enquanto gira na direção da festa. — Em algumas horas, estaremos de volta. Vou fazer a minha namorada gritar um pouco.

— Ai, meu Deus! — Ele dá um tapa na minha bunda. — Você é um homem morto.

Ouço a porta do ônibus se abrir e ele desliza o meu corpo para frente dele.

— Acho que você vai me deixar viver — ele fala, com a boca nos meus lábios.

— Não conte com isso.

Eli sobe os degraus de costas e os meus olhos registram tudo. O ônibus está cheio de velas e rosas vermelhas. Há dúzias e dúzias de flores por todo lado. Não existe canto algum que não esteja coberto de pétalas macias e delicadas, e iluminado com as luzes das velas. Dou um giro, olhando aquilo tudo e os meus olhos se enchem de lágrimas diante de tanta beleza. Tem uma fileira de pétalas no chão que vai dar no quarto. Viro para Eli e minha respiração fica ofegante.

Isso não está acontecendo.

— O que é que você está fazendo?

Ele está de joelhos diante de mim.

— Estou fazendo uma coisa que eu queria há muito tempo. — Minha mão esconde a boca quando ele levanta a tampa da caixinha preta. — Heather Covey, esperei a vida inteira pela mulher com quem eu queria dividir o meu coração. Nós nos conhecemos nesse show, fizemos amor nesse ônibus e você é a única pessoa que eu quero ao meu lado. Sei que estávamos felizes com as coisas como estavam...

— Pois é! — grito, sem conseguir segurar por mais tempo.

— Eu ainda não tinha terminado — ele reclama, com uma risada.

Ajoelho-me junto dele e fico rindo com lágrimas nos olhos.

— Eu quero a coisa toda, baby. Quero que você seja minha esposa. Quero que compartilhemos tudo. Preciso te dar o meu nome, assim como dei o meu coração. Então... casa comigo?

Atiro-me em seus braços e beijo-o com força.

— Sim, sim, sim! — digo, antes de dar outro beijo nele. — Eu te amo tanto.

— Ótimo. — Ele beija as minhas lágrimas de felicidade.

Então, fico olhando-o colocar o diamante de lapidação princesa deslumbrante no meu dedo. Fico vidrada com a maneira como ele brilha sob as luzes das velas. Vou ser a esposa dele. As nossas vidas se encaixaram perfeitamente. Encontramos a felicidade verdadeira um no outro de um jeito que eu nunca vi. Meus olhos encontram os dele outra vez e toco seu rosto.

— Não sei como consegui viver antes de você. — Acaricio a barba curta dele com o polegar. — Eu te amo tanto, mas tanto!

Eli levanta e me coloca de pé. Seus braços me envolvem com força, e nos abraçamos.

— Eu não estava vivendo antes de você. Só estava esperando.

— Chega de esperar. — Sorrio, lembrando-me das mesmas palavras que eu disse para ele anos atrás.

Seus olhos encontram os meus, e seu olhar tem tanto amor que me tira o fôlego.

— Se fosse para te encontrar no final, eu poderia esperar por uma eternidade.

Não consigo aguardar mais nenhum segundo para beijá-lo, então eu o faço. Eli nos conduz até o quarto para que outra lembrança seja revivida. Só que dessa vez eu não vou fugir.

Fico deitada em seus braços, curtindo o modo com que encaixamos um no outro. Depois de um tempo, sinto uma leve tristeza. Meu primeiro casamento foi realizado por um juiz de paz, mas sei que Eli vai querer a coisa completa. Minha irmã não está aqui para nos ver casar e não tenho ninguém que entre comigo.

— Ei, qual o problema? — pergunta.

Ele sempre sabe quando os meus sentimentos ficam sombrios. Eu realmente preciso aprender a esconder quando fico triste.

— Queria que a Stephanie tivesse aqui. E os meus pais. Sei que o meu pai odiaria você, mas minha mãe se apaixonaria.

Ele me aperta forte.

— Eu queria poder te dar isso, mas, infelizmente, não posso.

— Eu sei. Sei que, se fosse possível, você faria isso por mim.

— Não tem nada que eu não faria por você — Eli promete. — E, espera aí, por que seu pai me odiaria?

Endireito as costas sorrindo quando penso no meu pai.

— Nenhum homem era bom o suficiente para as filhinhas dele. Além do mais, ele não gostava de você. Tinha que ficar me ouvindo falar sobre como eu te amava e sobre como você era incrível. E, ainda por cima, tinha que ouvir todas as suas músicas. Ele não ficava nem um pouco impressionado. Dizia que eu tinha que evitar namorar qualquer um que fosse músico. É óbvio que não dei ouvidos a ele.

Quando a *Four Blocks Down* apareceu, fiquei obcecada e disse para o meu pai uma vez que casaria com o Eli. Meu pai respondeu dizendo que todos os garotos eram uns idiotas e que eu devia ficar bem longe deles, mas, se fizesse parte de uma *boyband*, eu teria que sair correndo. Gosto de acreditar que ele teria mudado seu jeito de pensar depois que tivesse conhecido Eli. De qualquer maneira, teria sido bem engraçado.

Eli se ajeita para conseguirmos nos olhar nos olhos um do outro, e então sorri.

— Eu o teria conquistado.

Coloco a mão em seu rosto e o diamante no meu dedo fica ali brilhando.

— Meu pai teria visto que você não é um idiota mimado e egoísta que só pensa em si mesmo, e que usa as mulheres para logo depois abandonar.

— Era isso que ele achava de mim?

Dou risada.

— Provavelmente.

Ele se mexe com agilidade, puxando-me para debaixo dele.

— Bom, em algumas semanas você vai ser minha esposa.

— Semanas?

Ele confirma, balançando a cabeça.

— Semanas. Três, para ser mais exato.

— Espera aí! — Eu o empurro para o lado. — Você quer se casar em três semanas? Eu não tenho vestido nem nada! Não tem como se casar em três semanas!

Eli está sempre fazendo isso comigo, foi a mesma coisa na viagem que inventou para Antígua. Ele chegou em casa, me disse para fazer as malas e me levou com ele quatro horas depois. Chegou até a pedir ao Brody para conseguir para mim os dias de folga. Ele é maluco. Mas, ainda assim, ele é tudo.

— A data já está marcada e todo mundo está sabendo.

— Todo mundo? — Empurro o peito dele. — Você acabou de me pedir em casamento! Nem saímos do ônibus! Como você teve coragem de planejar tudo antes de saber a minha resposta?

Ele ergue os ombros e abre um sorriso metido.

— Eu sabia que você diria sim.

Resmungo e me jogo de novo na cama. Não estou brava, mas ele me deixa louca.

— Ok, então, e quando é o nosso casamento?

Minha vida está repleta de amor e das maluquices de um homem que planeja um casamento antes de conferir se vai ter uma noiva.

Ele me conta todos os detalhes enquanto fico olhando-o, deslumbrada. Ele realmente planejou a coisa toda. Não sei se faço amor com ele ou se o encho de porrada. Eli disse que fez isso mais por conta da agenda dele. Vai começar as filmagens de um longa em Vancouver em um mês e quer se casar antes de ir.

— Você quer mesmo se casar em um barco? — pergunto.

243

Esse é o único detalhe que eu não entendi.

Eli sobe em cima de mim e afasta meu cabelo.

— Tenho muitas razões para isso — explica. — A primeira é que vou poder controlar a segurança e a lista de convidados. A segunda é que gosto de barcos e o nosso primeiro encontro foi em um. — Sorrio diante com esse argumento. — A terceira é que você não tem para onde fugir.

— Fugir?

— É, não tem portão nenhum para você tentar pular se acabar amarelando. E vou ter você exatamente onde eu quero. Ao meu lado, para sempre.

## HEATHER

Puta que pariu. Eu vou me casar hoje.

Fico em pé de frente para o espelho do quarto principal, atordoada. Um dia depois do nosso noivado, eu conheci a pessoa responsável pelo planejamento do nosso casamento, a Kennedy. Ela chegou com uma van lotada de opções. Eu achava que a agente do Eli era de dar medo, mas tem uma coisa ou outra que ela podia aprender com a Kennedy.

Em dois dias, eu já estava com o vestido, as flores, as cores, os vestidos das madrinhas e o menu definidos. É incrível o que você consegue com uma mulher que não entende a palavra "não" e com uma verba ilimitada. Quando alguém dizia que não dava para fazer alguma coisa, ela falava que não existia escolha.

— Heather! — Nicole entra e seus olhos se enchem de lágrimas. — Você está linda.

Meus olhos se voltam para o espelho e eu registro cada detalhe. Eles prenderam meu cabelo para cima, deixando os cachos loiros caindo ao redor. Minha maquiagem está impecável. Ela é suave, mas não deixa de ser levemente dramática. Mas o vestido... Eu ainda não consigo acreditar que sou eu dentro dele.

— Você acha?

Ela fica em pé atrás de mim com o vestido verde-água que escolhi e coloca as mãos nos meus ombros.

— Acho, docinho. Você está de tirar o fôlego.

Deslizo as mãos sobre o tecido acetinado, adorando como ele cai perfeitamente em mim. Nicole e Kennedy ficaram discutindo sobre as principais sugestões que elas tinham em relação ao que eu deveria vestir e Nic exigiu que eu experimentasse um vestido que ela tinha sugerido. Ele tem um decote barco na medida certa e desce colado ao corpete antes de abrir no quadril. É clássico, elegante, e eu adorei cada centímetro dele.

— Não consigo acreditar que ele planejou isso tudo — comento, ainda me olhando no espelho.

— Vadiazinha de sorte — ela fala com indignação e damos risada.

Sei que tenho sorte. Toda vez que olho para o meu noivo ridiculamente sexy, lembro-me de como é especial o que temos. Claro, existem os nossos altos e baixos e nem sempre as coisas são fáceis, mas ele faz tudo valer a pena.

Kristin coloca a cabeça para dentro.

— Estão prontas? É hora de irmos para a doca e mandar a limusine para o parque.

Reviro os olhos, vendo a que ponto ele chegou, mas Eli disse que não quer que foto nenhuma vaze. Ele arrumou limusines falsas e alugou o parque onde estivemos antes de Steph morrer.

Kristin, Danielle, Nicole, Savannah e eu entramos em outra limusine e seguimos para o barco. Vão participar do casamento só os amigos e os familiares mais próximos. Queremos à nossa volta só as pessoas que amamos. Nada de estardalhaço.

— Preparada? — Savannah pergunta, enquanto a limusine estaciona.

Nós nos aproximamos muito. Em cada passo que tive que dar, ela estava ao meu lado me ajudando a enfrentar a loucura que é essa vida pública. Tenho muito que agradecer a ela e estou superfeliz que seremos cunhadas.

— Sem a menor dúvida.

— Estou tão feliz por vocês. — Pega minha mão.

Kennedy abre a porta e ajuda cada uma de nós a descer.

— Vamos lá. Até agora, conseguimos evitar a imprensa, é melhor colocar vocês no mar antes que isso mude. — Quando não andamos rápido o suficiente, ela bate as mãos. — Minhas queridas, não estou brincando. Vamos lá, todo mundo se mexendo. — Olhamos uma para outra e seguro a risada.

Uma vez a bordo, e em segurança, seguimos para o primeiro nível, onde tem uma área que é uma sala de estar luxuosa. O barco é magnífico. Ele tem um salão de jantar com uma pista de dança, um banheiro que não me faz agachar e alguns quartos até. É simplesmente a miniatura de um navio de cruzeiro.

— Será que ele está nervoso? — pergunto para as meninas.

— Tenho certeza de que Randy está segurando-o para que ele não venha te procurar. — Savannah ri. — Eli não é famoso pela paciência.

— Com certeza — Nicole concorda. — Porra, quem é que planeja um casamento antes de saber a resposta da noiva?

— Eu acho romântico. — Kristin abre um sorriso.

Concordo com Kristin. Por um lado, ele é louco, mas por outro ele é doce.

— De qualquer forma, logo mais ele terá que sair para filmar, então era casar agora ou esperar alguns meses.

Depois de um tempo, Kennedy aparece e explica para onde temos que ir. Ela fica em cima de cada uma das minhas amigas, querendo que os vestidos permaneçam perfeitos.

Nicole vira para mim e me puxa para perto.

— Ele é o cara, Heather. O homem que te merece. — Ela puxa um papel do decote exagerado e sei bem o que é aquilo. — Queria ter feito isso antes de sair, mas só lembrei agora. Stephanie disse que era para eu te entregar só no dia em que você fosse se casar com alguém que realmente te merecesse.

Tremendo, estico a mão para pegar a carta.

— Não vou conseguir ler — admito.

— Quer que eu leia para você?

— Não — suspiro. — O que eu quero dizer é que não vai dar tempo.

Ela toca minha mão.

— Eu vou segurar a Kennedy. Leve o tempo que precisar.

Nicole cumpre o que prometeu, informando à Kennedy que ela andaria na prancha se viesse atrás de mim. Sento numa cadeira e abro a carta. Minha irmã está sempre comigo e hoje não foi nada fácil, mas rezo para que isso não me derrube.

*Heather,*

*Eu realmente espero que você consiga ler isso, e, sério, não chore!*

*Você nasceu para ser amada por alguém especial. Você se doou para todo mundo ao seu redor e eu espero que tenha encontrado um homem que vá realmente te completar. Diferente de você, não me lembro do casamento da mãe e do pai, mas, com base no que me contou, rezo para que tenha encontrado aquele tipo de amor. Espero que a outra metade da sua alma tenha pelo menos uma fração do seu brilho. Mesmo não podendo estar aí, saiba que quando você finalmente abrir essa carta, estarei sorrindo para você de lá de cima. Se estiver sol, é porque estou irradiante. Se estiver chovendo, é porque quero fazer a sua maquiagem borrar, porque, afinal de contas, é isso que as irmãs fazem. Mas, se tiver um furacão passando por aí, então provavelmente é o pai tentando te mandar um recado — ou você simplesmente tem um azar do caralho.*

**ESTA** *Noite* **É NOSSA**

*Espero que esteja feliz hoje. Quero te ver sorrindo o dia inteiro, mesmo quando sentir a minha falta. Nunca fico longe de você, porque você é parte de mim. Eu te amo demais. Queria poder te dizer como você está linda e especial nesse instante, mas essa carta vai ter que fazer isso por mim.*

*E, por último, fale para ele que se fizer alguma coisa errada, nessa altura do campeonato, eu devo ter outros amigos fantasmas e vou garantir que ele nunca mais consiga dormir de novo. Te amo.*

*Stephanie*

*P.S. Você vai receber a próxima carta ou quando tiver um filho ou quando fizer cinquenta anos. De qualquer maneira, eu vou voltar...*

Enfio a carta no meu buquê de flores para que ela esteja comigo quando eu atravessar o altar com um sorriso, olhando para esse céu que agora exibe tons de vermelho e púrpura. Ela é um pé no saco, mesmo no túmulo ainda mexe comigo.

Minha irmã amaria isso. Consigo imaginá-la me torrando a paciência por causa da cor dos vestidos, do sabor do bolo e de qualquer outra coisa que pudesse criticar. Consigo imaginá-la entrando em guerra com a Kennedy e então com a Nicole. Ela estaria apaixonada por Eli. Eles se viram poucas vezes, mas sei que o defenderia o tempo todo. Ele tem esse jeitinho que ela não conseguiria resistir. Chega a ser irritante como ele é charmoso.

Alguém bate levemente na porta, eu a abro.

— Pronta? — Brody pergunta, com um sorriso.

— Pronta. — Enrosco o braço no dele.

Brody beija o meu rosto e começamos a andar.

— Estou feliz por você. O Eli é um cara legal.

Dou risada.

— Ele é.

— Você está bem depois da carta?

— Na verdade, estou. Sinto a falta dela. Sinto muito a falta dela, mas ela está comigo o tempo todo.

Brody me para quando terminamos de descer as escadas.

— Ela teria muito orgulho de você.

Agora as lágrimas começam a querer surgir. Olho para cima e abano os olhos, torcendo para conseguir segurar o choro pelo menos até os votos.

— Droga. — Dou risada. — Chega de conversa. Não vou chorar antes do casamento.

— Está certo, vamos focar em não tropeçar.

— De acordo.

Subimos até o convés e o nervosismo me faz apertar o braço de Brody com mais força. Fico pensando em como a minha vida mudou. Não sinto mais medo, e isso tenho que agradecer a Eli. Não fico sentada esperando o mundo desabar, prefiro dançar, curtindo o que temos. Ele ficou ao meu lado em cada momento difícil, sempre estendendo a mão para que eu a segurasse. Quando quis abandonar o programa, conversamos a respeito. Ele queria que eu largasse meu emprego e lidamos com a minha decisão de ficar. Estou sempre do lado dele durante as consultas médicas, mas não sou eu que fico a frente. Pode ser que chegue um tempo em que as coisas mudem para nós, mas tudo bem. Se isso acontecer, enfrentaremos o que tiver que ser juntos.

Kennedy aparece e arruma meu véu.

— E lá vamos nós.

A porta dupla se abre e continuo agarrada ao braço de Brody para não errar o passo. Esse lugar é mais incrível do que eu poderia imaginar. Há flores azuis e verdes, cadeiras brancas maravilhosas e luzes piscando por todo lado. Está tudo perfeito.

A música começa e não é mais o lugar que chama a minha atenção. O homem que eu amo mais do que a própria vida surge no meu campo de visão e eu me derreto. O smoking preto emoldura o corpo dele, exibindo os ombros largos e a cintura perfeita. Nossos olhares se conectam e ele sorri. O meu peito fica apertado e eu luto contra o impulso de correr em sua direção dele. De repente, não consigo mais me segurar.

Começo a me mexer, mas Brody me segura.

Cada passo que dou alivia mais o aperto nas minhas costelas. Quanto mais próximos ficamos, mais fácil fica de respirar.

Chegamos ao final e Brody entrega minha mão para Eli no mesmo instante em que uma lágrima cai. Olho para o amigo que tem sido um irmão para mim. Ele pisca e beija meu rosto.

— Você tem um novo parceiro agora. — Outra lágrima cai e eu concordo, balançando a cabeça.

— Obrigada.

— Seja um bom marido — Brody fala, enquanto Eli aperta a mão dele.

— Sempre.

O pastor chama a atenção de todos nós e eu me sinto extremamente calma. Aqui, cercados pela nossa família e pelos nossos amigos, confessamos o nosso amor. Eli coloca uma aliança *eternity* de diamantes no meu

249

dedo e coloco uma de titânio no dele. Quando escolhemos os anéis, Eli disse que o meu tinha que ser coberto, sem espaço entre as pedras. Escolhi o de metal mais forte.

— Ellington e Heather escolheram escrever os próprios votos — explica o pastor. — Heather, você primeiro.

Respiro fundo e confesso o que está no meu coração:

— Nunca acreditei em destino. O meu mundo era exatamente o que eu fazia dele. Para mim, acreditar que existia alguma coisa que controlava o que estava ao meu redor significava que eu não era muito merecedora, porque a minha vida era um caos. Por isso, eu controlava tudo que podia. Aí conheci você. Um dia que as minhas amigas me forçaram a sair de casa para me divertir acabou transformando o meu futuro. Não imaginava que um único instante poderia mudar tudo aquilo em que eu acreditava, mas você fez isso. Mostrou que não há problema nenhum em assumir riscos. Você me ofereceu abrigo e segurança, em meio à tempestade. Você me dá habilidade e força para acreditar no amanhã. — Eli deixa uma lágrima escapar e enxugo o rosto dele do mesmo jeito que ele fez comigo tantas e tantas vezes. Pego sua mão e aperto com força. Quero que ele saiba o quanto acredito em nós. — Prometo que nunca vou fugir de você, mesmo que você me empurre para fora da minha zona de conforto. Prometo que, mesmo quando as nossas vidas parecerem estar desmoronando, ficarei ao seu lado. Serei a sua força quando precisar. Prometo que nunca vai precisar se perguntar se eu te amo, porque demonstrarei isso todos os dias. Você é a minha outra metade. Você é a minha fé no destino. É a minha razão para seguir em frente. É a minha salvação. E eu te amo demais. De hoje em diante, entrego a você o meu coração, a minha alma e a minha vida.

Dou um suspiro trêmulo e tento não chorar, mas não consigo. Nicole me dá um lenço de papel, mas Eli enxuga a minha lágrima antes de ela cair. Sorrimos um para o outro e o pastor balança a cabeça para ele.

— O amor não era uma coisa que eu procurava. Nunca fui atrás dele ou fiquei na esperança de que viesse até mim, mas então eu te encontrei. Num mar de gente, os meus olhos encontraram os seus. De repente, eu não sabia como respirar. A única coisa que eu queria era ir até você, tocá-la e conhecê-la, e tive que arrumar um jeito de fazer isso. Não fazia a menor ideia de que aquele instante viraria o meu mundo de ponta-cabeça. De que as palavras daquela música acabariam sendo o que você é, a mulher da minha vida. Eu não tinha como imaginar que uma noite seria capaz de transformar todos os meus amanhãs. Saber que você está ao meu lado me dá tudo que preciso. Heather, eu pularia outros mil portões atrás de você se fosse para ter o dia seguinte juntos. — Tento não rir em meio às lágrimas e ele abre um sorriso. — Nunca vou desistir da gente. Vou lutar contra qualquer escuridão que ameace cegar o nosso amor. Nunca deixarei você se sentir sozinha, porque sempre me terá ao seu lado. Nos meus dias ruins, prometo que vou buscar em você o meu apoio. Nos seus dias ruins, prometo que serei o seu porto seguro. Vou te amar nos momentos de dúvida, medo, alegria, tristeza e qualquer outra emoção que você tenha. Nos momentos em que estivermos longe um do outro, eu te amarei à distância. De hoje em diante, prometo que você será o meu dia, a minha noite e o meu amanhã.

Lágrimas de felicidade escorrem pelo meu rosto e tudo que eu quero fazer é beijá-lo. Eli desliza a aliança no meu dedo e se aproxima para erguer as mãos e segurar o meu rosto. Antes de o pastor finalizar, declarando que somos marido e mulher, os lábios de Eli tocam os meus, selando todas as nossas promessas até o final dos tempos.

A The Gift Box é uma editora brasileira, com publicações de autores nacionais e estrangeiros, que surgiu no mercado em janeiro de 2018. Nossos livros estão sempre entre os mais vendidos da Amazon e já receberam diversos destaques em blogs literários e na própria Amazon.

Somos uma empresa jovem, cheia de energia e paixão pela literatura de romance e queremos incentivar cada vez mais a leitura e o crescimento de nossos autores e parceiros.

Acompanhe a The Gift Box nas redes sociais para ficar por dentro de todas as novidades.

 www.thegiftboxbr.com

 /thegiftboxbr.com

 @thegiftboxbr

 @thegiftboxbr

Impressão e acabamento